IHR VAMPIR HELD

NICOLINA MARTIN

Übersetzt von
FRANZISKA HUMPHREY

Dieses E-Buch ist ein fiktives Werk. Während auf aktuelle historische Ereignisse oder bestehende Orte Bezug genommen werden kann, sind die Namen, Charaktere, Orte und Vorfälle entweder das Produkt der Vorstellungen des Autors oder werden fiktiv verwendet. Jede Ähnlichkeit mit tatsächlichen Personen, lebenden oder toten, Geschäftsbetrieben, Ereignissen oder Orten ist völlig zufällig.

Dieses Buch enthält Beschreibungen von vielen BDSM- und sexuelle Praktiken, aber dies ist ein Werk der Fiktion, und als solches sollte es nicht verwendet werden, um in irgendeiner Weise als Leitfaden zu dienen. Der Autor und Verleger haftet nicht für Verluste, Schäden, Verletzungen oder Tod, die aus der Nutzung der darin enthaltenen Informationen resultieren. Mit anderen Worten: Versuchen Sie das nicht zu Hause!

Inhaltsverzeichnis

❋ Erstellt mit Vellum

KAPITEL 1

*at*

SIE NENNEN es aus gutem Grund die Friedhofsschicht.

In den frühen Morgenstunden sterben mehr Menschen als zu jeder anderen Tageszeit. Gegen vier Uhr morgens beginnen sie ins St. Marys zu strömen: Schlaganfälle, Herzinfarkte, Selbstmordversuche.

Dann gibt es die Opfer von Gewalt, diejenigen, die auf dem Heimweg, nachdem sie ausgegangen waren, überfallen wurden. Sie sind oft betrunken, voll Adrenalin, im Delirium und oftmals nicht sonderlich kooperativ. Ich glaube, die Polizei hat aufgegeben. Sie sehen abgestumpft und desinteressiert aus, während sie ein weiteres Opfer verhören.

Ich kann mir diese Einstellung nicht leisten. Das werde ich nicht. Es ist meine Pflicht, jedem meine volle Aufmerksamkeit zu schenken.

„Frau Doktor!"

Ich reibe das Stethoskop mit Alkohol ab, hänge es mir um den Hals und drehe mich um, um zu sehen, wer nach mir gerufen hat. Ich bin die einzige Notfallärztin, die um diese Uhrzeit Bereitschaft hat, und es war bereits eine ziemlich verrückte Nacht. Es ist Vollmond und wohlbekannt, dass dieser die Verrückten herauslockt. Die heutige Nacht ist keine Ausnahme. Die ganze Nacht lang habe ich bis zu den Ellbogen in Blut gesteckt und Schusswunden genäht. Es hat außerdem auch ein paar Tierangriffe gegeben, wahrscheinlich von Hunden. Die Opfer waren verwirrt und konnten nicht viel sagen. Einer von ihnen war ziemlich unerwartet verblutet. Die Wunde war eigentlich nicht *so* schlimm gewesen.

Eine der Krankenschwestern, die hinter dem Tresen in der Mitte der Notaufnahme steht, winkt mir mit einem Zettel zu.

„Was hast du für mich, Sara?"

„Sie haben einen Toten reingebracht. Er liegt in Nummer Vier. Sie müssen es nur unterschreiben." Sie ist klein mit einem wunderschöner Haut wie Ebenholz. Sie ist außerdem hochschwanger und ihr rosa Kittel spannt über ihren runden Bauch.

Ich gehe zu ihr hinüber und greife nach dem Formular. „Weiß irgendjemand, was passiert ist? Ist irgendwer bei ihm?"

Sie zuckt mit den Schultern und gestikuliert hilflos auf das Abteil am anderen Ende der Notaufnahme. „Ich würde sagen Fahrerflucht, so wie es aussieht. Er ist schwer verletzt, der Kopf wurde fast von den Schultern gerissen. Sie müssen es nur noch bestätigen. Tut mir leid."

Ich kneife mir in den Nasenrücken und nicke.

Sara legt eine Hand auf meine Schulter und sieht mich mit mitfühlendem Blick an. „Sind Sie müde, Dr. Donovan?"

Ich atme zischend ein und mit einem Seufzer wieder aus. „Ja. Noch vier Stunden."

„Sie haben um acht Uhr Feierabend?“

„Ja.“ Ich lockere meinen Pferdeschwanz, reibe mir den Kopf und binde dann mein Haar wieder hoch. „In Ordnung, wie dem auch sei, ich bin schon unterwegs.“

Die Geräusche der schnellen Schritte des Personals auf dem Linoleumboden und das Stöhnen der Patienten verblassen, je weiter ich durch den Korridor gehe. Schließlich höre ich nur noch das Geräusch meiner eigenen Schritte. Ich ziehe den gelben Vorhang zurück, um mir den Toten anzusehen.

Ich betrachte die Gestalt eines Mannes, der regungslos auf einer Bahre liegt. Es ist kein Blut zu sehen. Jemand hat ein weißes Tuch hochgezogen, das ihn vollständig abdeckt. Ich bin Gemetzel gewöhnt, empfinde aber trotzdem jedes Mal eine gewisse Beklemmung, bevor ich mir ein Unfallopfer ansehe. Es kann wirklich hässlich sein. Erwarte das Unerwartete, sagt man immer, aber diese Schwelle scheine ich trotz meiner Jahre in diesem Beruf nicht überwinden zu können.

Ich klammere mich an die Papiere in meiner Hand, und schlinge die Finger meiner anderen Hand um die Oberkante des Lakens. Langsam ziehe ich es hinunter, um sein Gesicht freizulegen.

Ich blinzele. Atme ein. Weiche einen Schritt zurück.

Er ist hinreißend schön.

Ich lasse meinen Blick über seine Züge schweifen. Mein Herz scheint einen Schlag auszusetzen und wird plötzlich schwer, als mich eine unerwartete Traurigkeit überkommt.

Er sieht so friedlich aus, als würde er nur schlafen. Ihm fehlt der versunkene Blick eines Verstorbenen, an dem man deutlich erkennen kann, dass ihn das Leben verlassen hat. Dieser Mann sieht so lebendig aus, dass mir ein Schauer über den Rücken läuft. Das Einzige, was verrät, dass er nicht länger unter uns weilt, ist die fehlende Atmung. Er ist absolut regungslos.

Ein Gewirr von widerspenstigen, dunklen Locken umgibt seinen Kopf wie eine Krone auf dem flachen Plastikkissen. Seine Augen sind geschlossen und die langen dunklen Wimpern schmiegen sich an seine Wangen. Ich neige den Kopf und musterte seine schmale, anmutige Nase, die hohen Wangenknochen und die vollen, leicht geöffneten Lippen. Er ist glattrasiert, abgesehen von den Koteletten, die sich leicht altmodisch vor seinen Ohren kräuseln.

Er sieht aus wie ein Engel, in völligem Frieden. Fast möchte ich den Rest des Lakens nicht heben und damit diese unheimliche Ruhe stören. Es ist fast so, als wäre ich in Stille und Ruhe gehüllt, so als wäre all meine Müdigkeit in dem Moment von mir abgefallen, als ich diesen kleinen Raum betreten habe. Meine Hand bewegt sich wie von selbst. Es ist keine freiwillige Entscheidung, nach ihm zu greifen. Ich halte mich zurück, bevor meine Fingerspitzen seine Schläfe berühren, und zeichne den Umriss seines Profils nach. Meine Finger sind nur Millimeter von ihm entfernt. Seine Haut strahlt keine Wärme aus. Es ist fast so, als gäbe es stattdessen eine Kühle. Ich runzele die Stirn, krümme meine Finger und lege meine Fingerknöchel sanft auf seine Wangenknochen. Ich erstarre. Er ist kalt. Er muss schon seit Stunden tot sein und fühlt sich trotzdem noch so weich an.

Ich reiße mich aus meinem nahezu hypnotisierten Zustand heraus und versuche irgendetwas zu finden, was mir verrät, wer er ist oder wo und wann er gefunden wurde. Irgendetwas, aber der Raum ist abgesehen vom Anblick vor mir völlig leer.

Getrocknetes Blut klebt an seiner linken Wange, aber er erscheint mir so unverletzt. Meine Hände zittern, als ich das Laken greife und weiter hinunterziehe. Die Krankenschwester hatte gesagt, dass sein Kopf fast abgerissen worden sei. Ich stähle mich für den erwarteten Anblick. Als ich es an seinem Hals vorbeiziehe, halte ich schockiert inne. Dann reiße ich das Laken bis zu seiner Taille hinunter. Dort ist noch viel mehr Blut. Sein Hals und Hemd sind von teilweise getrocknetem, bröckelndem Blut überzogen, aber ich kann keinen einzigen Kratzer erkennen. Sara muss sich geirrt haben.

Mit einem Stirnrunzeln schaue ich mich um und möchte fast fragen, ob noch irgendjemand sieht, was ich sehe. Aber ich bin genauso allein wie vor einer Minute. Die Detektivin in mir, die analytische Medizinerin, übernimmt das Kommando und ich ziehe mir ein paar Handschuhe an, bevor ich zügig sein Hemd aufknöpfe. Ich muss verstehen, was ihn getötet haben könnte. Natürlich ist eine Autopsie notwendig, aber ich bin diejenige, die einen ersten Eindruck gewinnen muss. Er hat einen Hauch dunkler Haare auf der Brust und darüber hinaus klebt auch dort noch viel mehr Blut. Ich ziehe das Hemd auf und lasse meinen Blick über seinen Brustkorb und Bauch schweifen. Soweit ich es sehen kann, gibt es keine Prellungen und auch keine Wunden.

Nichts.

Ich ziehe das Stethoskop hinunter und stecke mir den Ohrbügel in die Ohren. Dann drücke ich die Membran des Bruststücks auf sein Herz, greife nach seinem Handgelenk und drücke zwei Finger auf die Arterie. Während ich lausche, halte ich den Atem an. Es ist totenstill und er hat, wie erwartet, keinen Puls. Ich reiße mir das Stethoskop ab und lasse es auf seinem Bauch liegen, als ich meine kleine Stabtaschenlampe aus meiner Brusttasche ziehe.

Mein Herz trommelt mit einem plötzlichen Gefühl der Dringlichkeit, dass ich nicht erklären kann. Ich rede mir ein, dass es daran liegt, dass ich jeden Moment woanders gebraucht werden könnte, und dass ich das hier zu Ende bringen muss. Ich lege die Fingerkuppen meines Daumen und Zeigefingers über seine Augenlider und ziehe sie nach oben.

Warme, braune Iris und ein nicht sehender Blick kommen zum Vorschein.

Fast lasse ich die Taschenlampe fallen. Diese Augen sehen nicht tot aus, die Hornhaut ist nicht ausgetrocknet. Ich muss zu müde sein. Ich kann das alles nicht verstehen. Ich drücke auf den Knopf der Lampe und leuchte in seine Augen. Ich suche nach irgendeinem Reflex, aber es ist keiner da. Seine Pupillen sind geweitet und ziehen sich nicht zusammen.

Ich kaue auf der Innenseite meiner Wange herum, schaue ihn noch einmal von oben bis unten an und klappe dann seine Lider zu. Das Gefühl der Traurigkeit kehrt zurück. Er ist so schön. Was für eine Verschwendung. Ich greife nach dem Laken und ziehe es wieder hoch, als eine Bewegung meine Aufmerksamkeit erregt. Das Herz klopft mir bis zum Hals und ich starre aufmerksam in sein Gesicht. Haben seine Wimpern gerade geflattert?

Nein. Das ist nicht möglich.

Sein Herz schlägt nicht. Er ist tot.

Ich greife erneut nach dem Laken und atme wimmernd aus. Sein Augenlid hat gezuckt. Ich schwöre es! Ich schnappe nach Luft und greife nach seinem Handgelenk. Ich fühle noch einmal nach seinem Puls. Und da ist er, schwach, aber er pulsiert unbestreitbar unter meinen Fingerspitzen.

Ich schlage auf den Alarmknopf, strecke den Kopf in den Korridor hinaus und schiebe die Vorhänge zur Seite.

„Schockraum Vier! Sofort!", schreie ich. Ich reiße die Rollbahre aus der Verankerung und rolle sie aus dem Behandlungsraum in den Flur. Rutschend stürze ich regelrecht in Schockraum Eins. Alle rennen aus allen möglichen Richtungen herbei, ziehen sich Plastikschürzen und Vinylhandschuhe an und öffnen Schränke und Schubladen.

„Was haben wir hier?", fragt die Krankenschwester.

„Wir brauchen zwei Infusionen, einen Katheter, vier

Einheiten Blut, null negativ, und haltet Adrenalin bereit." Meine Hände zittern, als ich in seine Haut steche und nach einer Vene suche. Ich bete, dass es nicht zu spät ist, ihn zu retten. Dass der Sauerstoffmangel in seinem Gehirn in nicht langzeitgeschädigt hat. Tief in meinem Inneren weiß ich, dass dies der Fall sein wird, aber ich will verdammt sein, wenn ich nicht mein Bestes gebe. „Und Sauerstoff! Wir müssen ihn intubieren."

„Er atmet von allein, Frau Doktor."

Ich halte abrupt inne und sehe ihn mir genauer an. Tatsächlich hebt und senkt sich sein Brustkorb, langsam aber stetig. Ich schüttle den Kopf. Teils in Verwirrung und teils ehrfürchtig. „Okay, nur Sauerstoff."

Sara macht sich an die Arbeit und legt ihm eine Sauerstoffmaske über Mund und Nase. „Was ist passiert?", fragt sie.

„Er hat noch gelebt, Sara", flüstere ich. „Er lebt noch."

„Aber wie ist das möglich?" Sie starrt mich entsetzt an, als sie die EKG-Elektroden anlegt und die Kurve auf dem Bildschirm erscheint. Sein Herzschlag ist langsam und gleichmäßig. Die Ausschläge der grünen Linie sind eindeutig und klar.

„Hast du seine Wunden gesehen?", frage ich, unfähig, meinen Blick vom Bildschirm abzuwenden.

„Ja", flüstert sie mit weit aufgerissenen Augen.

„Bist du dir sicher?"

Sara nickt und legt eine Hand auf ihren Bauch, als ob sie ihr Baby schützen wollte. „Ja."

„Nun, du musst dich geirrt haben. Auf geht's. Er muss *sofort* auf die Intensivstation."

Sara winkt das Personal hinüber. Der Tropf wird an das Bett gehängt, der Monitor zwischen die Beine des Mannes gelegt, die Bahre entriegelt und dann bewegen wir uns. Ich ziehe mein Telefon aus der Tasche und wähle die verantwortliche Schwester auf der Intensivstation an. Ich bin mir nicht sicher, was ich ihr sagen soll. *Wir haben gerade einen toten Mann aufgeweckt. Es scheint ihm gut zu gehen, aber kann er bitte über Nacht bei euch bleiben?*

KAPITEL 2

Lou

Es ist der Duft, der mich um den Verstand bringt. Saubere und frische blumige Seife, mit einem leichten Hauch von irischem Whiskey, der zwar nicht heute, aber kürzlich getrunken wurde. Es ist eine Kombination, die mich reizt. Ich rieche Traurigkeit, Einsamkeit und einen Hauch von Dunkelheit.

Ich war schwer verwundet worden, so viel ist mir bewusst. Mit dem Blutverlust ging die Heilung nicht so schnell wie sonst und es ist mir irgendwie gelungen, für „tot erklärt" zu werden.

Es war ihre sanfte, warme Stimme und der köstliche Duft, die meine toten Nervenenden wieder aufweckt haben, und mein Bewusstsein so weit an die Oberfläche drängten, dass mein Herz erneut zu schlagen begann. Ich wollte es aufhalten, aber nun ist es zu spät. Die aufmerksame Ärztin hat meinen Puls registriert. Jetzt muss ich mein Herz weiterschlagen lassen und die Scharade weiterspielen. Ich habe heute Abend getrunken, aber auch stark geblutet, als ich von ein paar Gestaltwandlerschlägern angegriffen wurde. Kojoten, die meiner Fährte entweder den ganzen Weg von Louisiana gefolgt sind, oder dem örtlichen Clan angehören. Ich habe sie möglicherweise erwischt. Ich erinnere mich schwach daran, ein oder zwei Arterien aufgerissen zu haben, aber dann war ich zusammengebrochen. Der Schock war selbst für meinen unsterblichen Körper zu groß.

Ich habe geblutet und werde wieder trinken müssen.

Die Krankenschwestern und Ärzte in diesem Krankenhaus leisten gute Arbeit. Ich möchte, dass sie weiterleben. Täglich retten sie meine Nahrung und helfen mir und meinen Brüdern, unseren Lebensstil aufrechtzuerhalten. Wenn sie mehr sehen, als sie sollten, werde ich allerdings gezwungen sein, sie alle zu töten. Es würde mir nicht gefallen, aber mein Geheimnis muss genau das bleiben. Ein Geheimnis.

„Unfallopfer …", „wiederbelebt …", „atmet selbstständig …", „… Adrenalin", „zwei Einheiten Blut …" Die junge Ärztin mit dem köstlichen Duft rasselt ihren Bericht durch das Telefon, während sich meine Trage durch den Korridor bewegt. Ein paar Stockwerke in einem Aufzug und dann durch einen weiteren Korridor.

Sie legt eine Hand auf meine Schulter, unerschütterlich und warm durch das Laken. „Sie werden wieder gesund, Sir. Sie waren schwer verletzt, aber Sie sind jetzt in guten Händen."

Es ist bezaubernd. Ich bewundere jeden, der sein Leben der Fürsorge für andere widmet. Die Welt ist ein kalter und einsamer Ort und ihre Stimme zu hören, die beruhigend und ruhig ist, gibt mir ein Gefühl des Friedens, das ich nur selten empfinde.

Ich bin jetzt vollständig wach und täusche alles nur vor. Ich werde den richtigen Zeitpunkt abwarten müssen. Aber sowie sie mich einen Moment unbeobachtet lassen, werde ich verschwinden.

Mein Durst wütet in mir und meine Gedanken schweifen zu den Clubs im Untergrund von New Orleans. Dort gab es immer Menschen, die man allzu leicht bezirzen konnte, um von ihnen zu trinken. Ich habe gehört, dass es in Tucson ähnliche Clubs gibt. In New Orleans waren die jungen Männer und Frauen so versessen darauf zu gefallen und so gierig nach einem Abenteuer. Aber es befriedigte mich nicht. Einen Menschen zu dominieren und ihn in die Unterwerfung zu treiben, lässt sie köstlich schmecken, aber mir hat stets eine echte Verbindung gefehlt. Es muss doch noch mehr geben. Ich war noch nie mit der Jagd allein zufrieden. Diese Ärztin ist anders – stolz, klug, stark. Ich erkenne es allein an ihrem Duft. Aber ich werde sie in Ruhe lassen. Sie braucht ihre Stärke, um ihre bewundernswerte Arbeit zu tun, und ich möchte ihre Erinnerungen nicht löschen müssen und dabei riskieren, möglicherweise mehr auszulöschen, als ich sollte.

Wenn ich hier rauskomme, werde ich trinken müssen. Danach werde ich den Alpha des hiesigen Kojoten-Rudels aufsuchen und herausfinden, ob es einer seiner Welpen war, der mich angegriffen hat. Ich könnte sie alle töten, aber ich begnüge mich mit der Rache gegen einen Einzelnen. Würden sie nicht wie nasse Wolle und alte Socken schmecken, würde ich sie trockensaugen.

Die späte Nacht wird langsam zum Morgen. Mit dem nahenden Sonnenaufgang lastet die Lethargie schwer in meinen Gliedern. Ich bin nicht allein und es gibt überall Menschen, aber ich muss mich bewegen. Ich kann nicht zu lange hierbleiben und zulassen, dass irgendjemand misstrauisch wird, was ich bin. Ich bin immer noch an einen Monitor angeschlossen und der wird einen Alarm auslösen, egal, ob ich die Kabel abreiße oder ihn ausschalte. Das ist ein kleines Problem, aber ich werde sie erst in letzter Sekunde abziehen und dann bin ich hier raus.

Ich öffne die Augen zum ersten Mal und musterte meine Umgebung. Ich bin allein in einem Raum mit Glaswänden. Draußen in der Mitte der Station gibt es einen Tresen, von dem aus die Krankenschwester alles im Auge behalten kann. Wie ich bereits vermutet habe, befinden sich Monitore an der Wand neben ihr und sie wird benachrichtigt werden, sobald ich die Elektroden abziehe. Der köstliche Duft der Ärztin ist allgegenwärtig und äußerst ablenkend. Ich starre auf den Monitor und tatsächlich erfasst er ebenfalls meine Atmung. Ich hätte es vorgezogen, die Luft anzuhalten, damit ich sie nicht die ganze Zeit riechen muss.

Nach und nach befreie ich mich von den Plastikschläuchen, von denen sie glauben, dass sie mir das Leben retten werden, und schließlich sind nur noch die Elektroden übrig.

Als die Krankenschwester aufsteht, um einem Ruf in ein anderes Zimmer zu folgen, handle ich. Ich reiße die Elektroden ab und rausche blitzschnell aus dem Zimmer, durch einen Korridor und eine Reihe blickdichter Glastüren, wobei ich darauf achte, sie nicht zu zerbrechen. Kein menschliches Auge kann meine Bewegung wahrnehmen, wenn ich laufe. Ich bin nichts als ein Schatten und ein Luftzug.

Fast stoße ich mit ihr zusammen. Auch wenn ich sie bis jetzt noch nicht gesehen habe, weiß ich, dass sie die Donovan-Ärztin ist. Die mitfühlende Seele, die alles gegeben hat, weil sie dachte, sie würde mich retten. Die Frau, die Traurigkeit verströmte, als ihre Hand über meiner Wange schwebte.

Ich nehme ihren Duft tief in mir auf. Sie ist wunderschön. Ihr Gesicht ist herzförmig und ihre prallen Lippen bilden ein stummes „O". Große braune Augen, umrahmt von natürlich langen und dichten Wimpern, starren mich verwirrt an. Ihr Blick verwandelt sich schnell in begründete Vorsicht vor dem Übernatürlichen. Meine Hand bewegt sich wie von selbst. Ich muss sie berühren. Nur einmal.

Mit den Fingern streichle ich über ihre Schläfe, berühre ihre Wange, die warm und weich ist. Ihre Augenlider flattern und ihre Pupillen weiten sich, als ihr ein kleines Keuchen entweicht. Ich muss jetzt gehen, sonst werde ich sie mitnehmen.

Mit einem Knurren zerschlage ich das Fenster neben uns und springe hinaus, ohne zu wissen, wie hoch wir uns befinden oder was unter mir liegt. Drei Stockwerke tiefer stürme ich durch eine Gasse davon, bürste mir das Glas von der nackten Brust und höre ihren überraschten Schrei über mir. Im Schatten eines Müllcontainers bleibe ich schlagartig stehen. Die Sonne geht auf. Mein Körper schreit protestierend, weil ich ihn gezwungen habe, aufzustehen und mich zu bewegen. Ich muss in Deckung gehen, sonst bin ich erledigt. Ein paar Meter vor mir befindet sich ein Kanalisationseingang mit einem schweren Eisendeckel. Die Sonnenstrahlen haben ihn noch nicht erreicht, aber die Helligkeit ist trotzdem unerträglich.

Ich bin nicht allein. Es gibt Menschen hier. Ich höre sie und ihr geistloses Geplapper, ihre Schritte, die über den Bürgersteig klappern. Ich lausche, warte auf den richtigen Moment und schieße dann vorwärts, um den Deckel zu öffnen, hineinzuspringen, ihn zu schließen und mindestens drei Meter tief in einen dunklen, feuchten Gang unter der Straße zu fallen.

Ich bin in Sicherheit.

Für den Moment.

Ich habe Dinge zu erledigen, aber zuerst muss ich schlafen.

Kat

„Nein!"

Ich lehne mich aus dem Fenster und starre in die Gasse hinunter. Ich erwarte, den Patienten gebrochen am Boden liegen zu sehen, und mein Herz wird bei diesem Gedanken schwer. Aber er ist nicht da. Er ist nirgendwo zu sehen. Ich klammere mich an den zerbrochenen Rahmen und starre in die Schatten, bis meine Augen tränen. Dann stelle ich fest, dass ich mich an einer Glasscherbe geschnitten habe. Berauscht vom Adrenalin des Schocks, zu sehen, wie er von oben auf mich herabsah und wirkte, als wollte er mich verzehren, wie er Kraft und tödliche Macht ausströmte, bin ich wie betäubt für den Schmerz, den ich eigentlich spüren sollte.

Ich kann nicht einfach hier stehen. Ein Patient ist weggelaufen.

Ein Hausmeister muss das zerbrochene Fenster abdecken, bis es repariert werden kann. Ich ziehe mein Handy heraus und starre noch immer auf das klaffende Loch mit den scharfen Glascharten, als ich den Sicherheitsdienst des Krankenhauses anrufe. Sie stellen Fragen, aber ich habe keine Antworten.

Ich habe seit sechsundzwanzig Stunden nicht mehr geschlafen und muss nach Hause gehen. Es ist einfach alles zu viel.

Sein Gesicht hat sich in meine Gedanken gebrannt und ich bin mir nicht sicher, wie ich es ohne Zwischenfälle durch den Verkehr nach Hause schaffe. Ich frage mich, ob ich ihn jemals wiedersehen werde. Ich muss mehr erfahren. Wie heißt er? Wie hat er diesen Sturz überlebt?

Der Schlaf überkommt mich nicht mit dem üblicherweise sanften Entgleiten des Bewusstseins. Nein, er haut mich um und schleudert mich in eine brutale Welt von Bildern und Düften.

Ich spüre eine Präsenz. Zuckend erwache ich und setze mich im Bett auf, um in die dunklen Schatten zu starren. Jemand ist in meinem Schlafzimmer. Meine Wohnung befindet sich im sechsten Stockwerk. Ich habe zwei Schlösser und eine Sicherheitskette.

„Wer ist da?“

Ich taste nach dem Lichtschalter auf dem Nachttisch neben mir. Als das gelbliche Licht die Schatten verjagt, tritt er nach vorn. Seine Schönheit erschüttert mein Herz. Sein ungezügelter Gesichtsausdruck erfüllt mich mit markerschütterndem Schrecken und mein Magen zieht sich zusammen. Ich krieche hastig rückwärts, stoße gegen das Kopfteil und starre ihn wie versteinert an, als er sich nähert. Es ist fast so, als würden seine Füße den Boden nicht berühren. Er scheint zu schweben.

Die Matratze wird auf seiner Seite hinuntergedrückt, als er sich neben mich kniet.

Kat. Seine Stimme ist nichts als ein heiseres Flüstern. Er hebt den Arm und streicht mit der Hand über meine Wange.

Meine Augenlider flattern. Ich habe Angst, den Blickkontakt zu verlieren, aber mein Körper scheint von einer unsichtbaren Kraft niedergedrückt zu werden. Schließlich habe ich keine andere Wahl, als die Augen zu schließen. Ich krümme meinen Hals nach hinten und atme zitternd aus, als er mit den Fingern über meine Kehle und an meinem Schlüsselbein vorbei hinunter zu meiner Brustwarze streicht. Ich erstarre und verkneife mir ein Stöhnen, als die Hitze zwischen meine Beine schießt.

„Wer bist du?“, wimmere ich.

Er spreizt seine Finger über meinem Bauch. Seine große Hand ist schwer und fordernd.

Vergiss mich.

Seine Lippen bewegen sich nicht, aber seine raue Stimme

füllt meinen Kopf. Ich freue mich so, ihn zu hören, und will mehr. Ich möchte seine Augen erneut auf mir spüren. Ich will seine seidige, blasse Haut berühren. Ich möchte seine Hände auf meinem Körper spüren. Ich will ihn nicht vergessen.

„Das kann ich nicht.“

Er ist verschwunden.

Zuckend wache ich auf. Ich liege unter meiner Bettdecke und sitze nicht. Das Licht ist aus. Ich bin unangemessen traurig, weil es nichts weiter als ein Traum war. Ich kann seine Berührung immer noch spüren; das Gefühl, von dem meine Brustwarzen hart geworden waren. Ich kneife die Augen zu, drehe mich auf die Seite, umarme ein Kissen und bete, dass ich erneut von ihm träumen werde. Eine Träne rinnt aus meinem Augenwinkel und hinterlässt eine kalte Spur auf meiner Wange.

Ich habe schon seit Jahren nicht mehr so schlecht geschlafen. Am späten Nachmittag wache ich wieder auf, verschwitzt und kalt zugleich. Die Klimaanlage läuft auf Hochtouren und ich wickle mich in meine Decke ein, als ich sie abschalte. Ich mache mich auf den Weg in die Küche, um meinen ersten Kaffee des Tages zu trinken. Meine nächste Schicht ist erst morgen. Ich habe das Gefühl, dass dies ein langer Tag und eine noch längere Nacht werden wird.

ICH DURCHSUCHE die Medien nach allem, was mit meinem mysteriösen Patienten zu tun haben könnte. Ohne Ergebnisse. Ein verletztes Unfallopfer ist einen Bericht nicht wert. Und ein Ausreißer von der Intensivstation ist vielleicht ein Ärgernis für den Krankenhausvorstand, aber nicht von Interesse für die Öffentlichkeit. Es sei denn, er ist gefährlich.

Ist er gefährlich?

Sein wilder Gesichtsausdruck, als wir uns in diesem verlassenen Korridor in die Augen sahen, kurz bevor er aus dem Fenster sprang, war anders als alles, was ich je zuvor gesehen habe. Wilder Hunger, Dunkelheit und Verlangen. In meinem Traum hatte er mir gesagt, ich solle ihn vergessen.

Mhh, ja, das wird ganz sicher nicht so schnell passieren.

Ich stürze mich in die Arbeit. Es ist nicht schwer. Ich bin die Verstärkung in der Notaufnahme und als ich um zehn Uhr abends Feierabend habe, will ich fast nicht gehen. Das Krankenhaus ist meine einzige Verbindung, die ich zu den gestrigen Ereignissen habe, und auf dem Weg zum Garderobenraum schaue ich noch einmal an dem nun vernagelten Fenster im dritten Stock vorbei. Während ich mit den Fingerspitzen über den gebrochenen Rahmen streiche, stelle ich mir vor, sein Profil nachzuzeichnen, und erinnere mich an die Traurigkeit, die ich empfunden hatte. Dann reiße ich mich aus meiner Beinahe-Trance heraus. Ich muss aufhören, mich so auf ihn zu fixieren. Es war seltsam. Es ist passiert. Und jetzt war es an der Zeit, es hinter mir zu lassen.

Mein Wagen steht in der Krankenhausgarage, aber meine Beine tragen mich wie von selbst und ohne meinen Willen zum hinteren Teil des Krankenhauses in die dunkle Gasse. Es ist schon spät. Auf dem Bürgersteig stehen ein paar Leute, eine Gruppe lachender Studenten, die wirklich nicht sonderlich gut darin sind, ihre Bierflaschen zu verstecken, als sie mich sehen.

Die Geräusche der Stadt scheinen sich zu entfernen. Ich stehe unter dem Fenster und höre das Glas unter meinen Füßen auf dem Asphalt knistern. Ich schätze die Entfernung ab und kann nicht verstehen, wie er hinunterspringen und dann weiterlaufen konnte.

Es ist kein Geräusch – ich sehe auch nichts, aber plötzlich versetzt etwas meine Sinne in höchste Alarmbereitschaft.

Gänsehaut breitet sich rasend über meinem Rücken aus, als ich mit zusammengekniffenen Augen in die Schatten am anderen Ende der Gasse blinzele. Ich trete einen Schritt zurück, dann noch einen, und mein Herz klopft wie wild. Ein Luftzug lässt mein Haar wild um meinen Kopf fliegen.

Ich blinzele und werde plötzlich gegen die Wand gedrückt. Ein Schatten überragt mich. Überrascht quietsche ich und eine große Hand legt sich augenblicklich über meinen Mund. Seine Augen brennen schwarz wie die Nacht, heiß und kalt zugleich, und meine Brust zieht sich zusammen. Fast geben meine Knie unter mir nach. Er ist es. Meine Sinne erkennen ihn, bevor ich ihn bewusst wahrnehme. Sein leichter Duft nach Zimt, seine Präsenz, sein Wesen.

Jeder Zentimeter seines unbeugsamen Körpers drückt gegen den meinen. Harte, unnachgiebige Muskeln tun mir mit ihrem brutalen Drängen weh. Alles in mir schreit Gefahr. Dass ich dumm war, hierherzukommen, dumm, so neugierig zu sein, und dass dies der Tod ist. Gleichzeitig überschlägt sich mein Herz triumphierend.

Er ist es.

Ich drehe meinen Kopf von einer Seite zur anderen, um mich zu befreien. Tränen sammeln sich in meinen Augenwinkeln. „Bitte", stöhne ich unter seiner Hand.

Er knurrt und als sich seine Lippen öffnen, verlängern sich seine Eckzähne und werden zu scharfen Reißzähnen. Es fühlt sich an, als ob alles Blut meinen Kopf verlässt und mein ganzer Körper taub wird. Wenn er mich nicht so festhalten würde, würde ich zu einem knochenlosen Häufchen zusammensacken. Er dreht meinen Kopf zur Seite, um meinen Hals zu entblößen, und drückt seinen Mund auf die Haut über meiner hektisch pulsierenden Arterie. Seine Lippen sind weich und bei seiner Berührung läuft mir ein Schauer über den Rücken.

Plötzlich ist er völlig regungslos. Das einzige Geräusch entspringt meinen heftigen Atemzügen.

„Doktor Donovan." Seine Stimme ist ein tiefer, sanfter Bariton, der Wellen unerwarteter Freude durch meine Brust sendet. Sie klingt wie heiße Schokolade nach einem kalten Wintertag und bringt mein Inneres zum Schmelzen.

„Mmmm!"

„Nicht schreien", flüstert er. Sein Atem kitzelt mein Ohr. Er zieht sich ein wenig zurück und begegnet meinem Blick. Wenn ich vorher verloren war, werde ich jetzt niemals gefunden werden. Ich ertrinke in seinen tiefbraunen Augen, wieder und immer wieder, bis ans Ende meiner Tage.

Ich nicke, begierig, ihm zu gefallen. Ich möchte mehr erfahren. Dieser Mann hat mich seit zwei Tagen bei jedem Schlag meines Herzens verfolgt, mit jedem Atemzug, ganz egal ob wach oder im Schlaf.

Er lockert den festen Griff über meinem Mund ein wenig, als ob er mich testen will, bevor er seine Hand vollständig entfernt.

„Sie – Sie sind aus dem Fenster gesprungen."

„Und ich hatte plötzlich einen Puls", kontert er. Sein Tonfall klingt leicht spöttisch.

„Das auch. Was … was sind Sie?"

„Ich war nur ein Unfallopfer, das Glück hatte, Dr. Donovan. Glück, in Ihren kompetenten Händen zu landen, sonst wäre ich sicher tot geblieben."

Ich runzele die Stirn und mustere ihn. Meine Gedanken überschlagen sich.

„Lassen Sie Ihre Fantasie nicht mit sich durchgehen, meine Kleine. Vergessen Sie, was immer Sie gerade denken, und Sie dürfen gehen."

„Ich kann es nicht vergessen", flüstere ich.

Er neigt den Kopf und ein kurzer Blick von Traurigkeit prägt seine Züge. „Dann kann ich Sie nicht gehenlassen.“

Er öffnet den Mund und die Reißzähne – ja Reißzähne, ich habe es mir nicht eingebildet – verlängern sich erneut. Ich schreie und werfe mich zur Seite, nur um zwischen seinen Armen eingeklemmt zu werden, als er seine Handflächen auf beiden Seiten meines Kopfes gegen die Wand drückt. Ich versuche, mich ihm zu entziehen, ende jedoch mit seinem Oberschenkel zwischen meinen Beinen. Er fixiert mich.

„Nicht.“ Meine Stimme ist nichts als ein heiseres Flüstern. Eine ursprüngliche Angst schnürt mir die Kehle zu.

Er runzelt die Stirn und sein Gesichtsausdruck wird traurig, als er mit gekrümmten Fingern über meine Wange streichelt. „Ich könnte Sie vergessen lassen, Dr. Donovan, aber es ist ein launisches Unterfangen und Sie werden danach vielleicht nie wieder die gleiche brillante, junge Frau sein. Ich habe keine große Lust, das zu tun.“

„Dann tun Sie es nicht.“

„Vergessen Sie mich.“

„Das kann ich nicht.“

Er schüttelt den Kopf. „Dann …“

„Aber ich werde niemandem von Ihnen erzählen. Ich verspreche es.“

Seine Augen werden sanft. „Sie haben ja keine Ahnung, wie sehr ich mir wünsche, ich könnte Ihnen glauben.“

„Sie können mir vertrauen“, sage ich schnell. „Ärztliche Schweigepflicht.“

Er lacht. „Clever. Aber das trifft wohl kaum zu.“

„Zwingen Sie mich nicht, zu vergessen. Bitte.“ Ich lege eine Hand auf seine Brust. Er ist hart wie Stein, nicht warm, aber auch nicht kalt. Nicht ganz … menschlich. Er ist etwas anderes. Etwas, das nicht existieren sollte. Meine Gedanken rasen bei der Implikation, dass es dort draußen noch etwas anderes gibt. Etwas, das im Medizinstudium nicht gelehrt wird. Etwas, das die Wissenschaft nicht anerkennt.

Sein Blick schweift über mein Gesicht, über mein Haar und an meinem Körper hinunter. Wenn Blicke eine Berührung wären, würde er mich mit äußerster Besessenheit streicheln. „Ich sollte es besser wissen", murmelt er.

Ich schlucke schwer und schwache Hoffnung flackert in mir auf. „Besser als was?"

„Wenn Sie jemals über mich sprechen, Dr. Donovan, werde ich Sie finden und das hier zu Ende bringen. Haben Sie das verstanden?"

Ich nicke eifrig. „Ich verstehe."

„Kleine Menschenfrau …" Er seufzt. „Laufen Sie. Laufen Sie, bevor ich meine Meinung ändere."

Seine Schönheit ist überirdisch, seine Anziehungskraft auf mich unwiderstehlich, und ich bin so verloren in seinen dunklen Augen, dass ich nicht registriere, was er sagt, bis er seine Nase an meine lehnt und brüllt:

„*Jetzt!*"

Lou

Sie starrt mich schockiert und ehrfürchtig an. Das rohe Verlangen schießt mir direkt in den Schwanz. Wenn sie jetzt nicht verschwindet, werde ich ihr entweder eine Arterie aufschlitzen oder ihr die Kleider vom Leib reißen. Ich bin mir nicht sicher, welches Bedürfnis das stärkere ist. Vielleicht mache ich auch beides.

Die süße Ärztin wird ganz eindeutig nicht weglaufen. Sie ist zu überwältigt und genauso verzückt wie ich, also muss ich es tun. Es ist das Einzige, was sie retten kann.

Sie quietscht, als ich mich losreiße und am Gebäude nach

oben durch die kühle Nachtluft hinauf in Richtung Sterne schieße. Das Gebäude ist acht oder neun Stockwerke hoch, aber es hätten auch dreißig sein können, es spielt keine Rolle. Ich kann nicht fliegen, aber die Schwerkraft stellt für mich kein Hindernis dar. Vor allem nicht, wenn das Monster in mir befreit werden will.

Mein Körper brüllt vor Durst und der Teufel in mir heult vor Enttäuschung laut auf. Er wollte, dass ich ihr auch den letzten Tropfen ihrer warmen, köstlichen Lebensessenz aussauge.

Ich töte nicht, wenn ich trinke. Ich nehme mir nur, was ich brauche. Dann gebe ich dem Geist meiner Opfer einen kleinen Denkanstoß, um zu vergessen, dass ich meine Zähne in sie gebohrt habe. Ich lösche nie mehr als die letzten paar Minuten und das ist nichts, was ihre Seelen zerstören kann.

Aber die Erinnerungen der jungen Ärztin von allem, was mit mir zu tun hat, zu bereinigen – jeden Versuch einer wissenschaftlichen Erklärung für das, was sie gesehen hat, auszulöschen – würde zu viele andere darin verschlungene Gedanken und Erfahrungen betreffen. Die Chancen stehen gut, dass es sie zerstören würde. Ihr Tod wäre die bessere Lösung, aber das konnte ich nicht.

Ihr Duft ist überall. Sie hat sich trotz meines Befehls immer noch nicht bewegt und ich sitze wie erstarrt an der Kante des Daches und kann nicht verschwinden.

„Wer sind Sie?", flüstert sie. Selbst über die Entfernung hinweg nehmen meine Ohren ihre Worte mit Leichtigkeit wahr.

Wer ich bin?

Ich bin eine traurige Existenz, eine Abscheulichkeit. Ich lebe für immer, der menschlichen Rasse überlegen, ein Raubtier der Raubtiere. Ich bin ein Vampir und ein Mann. Ich habe meinen Kompass verloren, meinen Norden, den Polarstern. Aber die junge Ärztin hat die Nadel zum Zucken gebracht.

Ich muss mich selbst zwingen, aufzustehen und über das Dach zu laufen. Ich überquere es, bevor ich so weit wie möglich von ihr entfernt zurück auf die Straße springe. Es kostet mich all meine Kraft, nicht zurückzueilen und sie in Besitz zu nehmen. Ich darf weder ihr Leben noch ihren Körper nehmen. Sie ist zu rein. Und ich bin einer der Schlimmsten – erbarmungslos, stark und bösartig. Ich würde ihre Existenz ruinieren und sie hat noch so viel zu geben. Sie wird ihre Medizin praktizieren, einen Ehemann finden, sich fortpflanzen und den Kreislauf des Lebens fortsetzen. Mit mir gibt es nur den Tod.

KAPITEL 3

*K*at

Ich weiß nicht, wie ich es nach Hause schaffe. Selbst nachdem ich meine Haustür abgeschlossen und von innen verriegelt habe, fühle ich mich nicht sicher. Ich glaube nicht, dass ich mich jemals wieder sicher fühlen werde.

Seine Reißzähne blitzen in Gedanken vor meinen Augen auf. Seine Schnelligkeit, seine Stärke, seine unnatürliche Heilung und sein verlockender Duft, der kein Parfüm und auch nicht der Geruch von Haut ist. Es ist etwas anderes. Er ist etwas, das nicht existieren sollte. Die Wissenschaftlerin in mir rebelliert und ich kann scheinbar nicht aufhören zu zittern. Mir ist nicht kalt. Es rührt von dem Wissen, dass mit meiner Sicht der Welt in den ersten neunundzwanzig Jahren meines Lebens etwas auf tiefster Ebene nicht stimmt. Das alles, was ich zu wissen glaubte, falsch ist.

Ich schließe die Arme um mich selbst und versuche, das Zittern zu stoppen. Mein Herz schlägt wild in meiner Brust und schlingt ein fast schmerzliches Band aus Stahl um meinen Brustkorb. Ich hetze wie verrückt durch meine

Wohnung, ziehe alle Vorhänge zu und schalte jedes Licht ein. Ich öffne jede Schranktür, um mich zu vergewissern, dass sich nichts in den Schatten verbirgt, und bin gleichzeitig enttäuscht, als nichts da ist.

Er macht mir Angst und verlockt mich zugleich. Ist er mir hierher gefolgt? Er weiß, wer ich bin. *„Doktor Donovan."* Er kann mich leicht finden.

Meine Kontaktliste ist erbärmlich kurz. Ich blättere sie mit zitternden Händen durch. Ein paar alte Freunde aus der Highschool, ein paar Leute, mit denen ich während des Medizinstudiums Zeit verbracht habe, seitdem jedoch keinen Kontakt mehr hatte. Ein paar Kollegen, mit denen ich hin und wieder ein oder zwei Feierabendbiere trinke, ein Psychiater, ein paar Wartungsmitarbeiter und meine Vermieterin. Es ist zu spät, um meine Mutter anzurufen, und ich weiß sowieso nicht, was ich ihr sagen soll.

Mom, Hilfe, ich habe jemanden kennengelernt, der nicht existieren sollte, scheint irgendwie nicht ganz richtig zu klingen und könnte mich in der Psychiatrie landen lassen.

Ich bin schmerzlich einsam. Ich habe für meine Eltern gelebt und versucht, eine gute Tochter zu sein und ihre überwältigende Trauer nach dem Tod meines Bruders wiedergutzumachen. Dann für mein Studium und jetzt für meine Arbeit. Ich verbringe bis zu siebzig Stunden pro Woche im Krankenhaus, bleibe oft länger als nötig und nehme Extraschichten an. Ich will mich der Tatsache nicht stellen, dass ich niemanden habe. Ich bin fast dreißig Jahre alt und stehe ernsthaft kurz vor dem Ende meiner Kräfte. In diesem Moment brauche ich nur eine Umarmung und jemanden, der mir sagt, dass alles gut werden wird.

Als ich mich routinemäßig zum Schlafengehen bereitmache, befinde ich mich gedanklich noch immer in dieser Gasse. In einer Sekunde hatte er mich gegen die Wand gedrückt und in der nächsten war er verschwunden. Ich habe nicht gesehen, wohin er gegangen ist. Es ist, als hätte er sich in Luft aufgelöst. Ich trinke einen Whisky, dann einen zweiten und einen winzigen Schluck eines dritten Glases, bevor mein Kopf zu schwer wird. Ich bin unruhig, innerlich aufgewühlt und kann nicht schlafen. Die Morgendämmerung naht bereits, als die Lethargie des Einschlafens mich schließlich in Besitz nimmt. Aber sobald ich meine Augen schließe, ist er mit voller Kraft zurück.

Kat. Es war töricht von Ihnen, hierherzukommen.

Ich sehe mich um. Ich befinde mich in einem verlassenen Industriegebäude. Es riecht ein wenig nach Öl, nach Motoren und nach ihm. Eine einsame Lampe leuchtet im Dunkeln und erzeugt einen gelben Lichtkreis auf dem Boden. Sein Gesicht liegt im Schatten.

„Ist das ein Traum?"

Er tritt näher und ins Licht. Seine Augen brennen, sie glühen rot. Blutrot. *Was glauben Sie?*

„Sie sind in meinem Kopf."

Oder Sie sind in meinem.

„Wer sind Sie? *Was* sind Sie?"

Er kommt noch näher, bis er direkt vor mir steht. Ich muss meinen Kopf nach hinten neigen, um ihn weiterhin anzusehen. Wenn ich mich vorbeugte, würde meine Brust an seiner ruhen. Und mein Körper sehnt sich nach dieser Berührung. Ich will ihn wieder spüren.

Sie stellen nicht die richtigen Fragen, Kat, sagt er leise und greift nach mir. Ich schließe die Augen und warte, unfähig, meinen nächsten Atemzug zu nehmen. Seine Finger sind warm auf meiner Wange und doch breitet sich überall dort, wo er mich berührt, eine Gänsehaut aus. Er schiebt ein paar verirrte Haarsträhnen hinter mein Ohr und streicht mit dem Finger an meiner Kehle hinunter. Ich schnappe nach Luft. Der Sauerstoffmangel lässt mich schwindlig fühlen.

„Was sind die richtigen Fragen?", flüstere ich.

Er streichelt über mein Schlüsselbein und berührt dann meine Brustwarze. Die Empfindung schießt wie ein Hitzschlag in meine Muschi und ich schwanke.

„Oh mein Gott."

Die Frage ist, was ich mit Ihnen machen soll.

Ich wimmere, als seine Hand zu meiner Taille gleitet und den Streifen nackter Haut zwischen meinem Oberteil und meiner Hose berührt. Ich reiße die Augen auf und schaue an mir hinab. Mir wird bewusst, dass ich meinen Schlafanzug trage. Ich schaue auf und begegne seinem Blick. Er ist kalt wie Stahl und heiß wie Lava zugleich. Es fühlt sich surreal an, aber ich muss wohl träumen. In einem Traum kann alles passieren, nicht wahr? Ich kann alles tun. Ich lege meine Handfläche über sein Herz und fühle es in einem langsamen, gleichmäßigen Rhythmus schlagen. Es ist beruhigend und verwirrend zugleich.

„Was werden Sie mit mir tun?" Ich hasse, dass meine Stimme zittert.

Er zieht die Mundwinkel zu einem verschmitzten Grinsen hoch, schlingt seinen Arm um meine Taille und wir fliegen. Wir schießen durch die Luft dem Nachthimmel entgegen. Ich schreie und lache zugleich. Im nächsten Moment liege ich zitternd und nackt auf einem Bett. Am Fußende des Bettes steht mein Entführer. Er ist der schönste Mann, den ich je gesehen habe. Er trägt eine schwarze Anzughose und ein schwarzes Hemd, das offen hängt und eine breite Brust mit einem Hauch dunkler Haare enthüllt. Ich vergehe vor Verlangen nach ihm. Mein … Vampir.

Ich muss anerkennen, dass er das ist, auch wenn solche Kreaturen nur in Märchen existieren. Vielleicht ist das alles nur ein Traum gewesen? Ich werde aufwachen und feststellen, dass er gar kein Patient in der Notaufnahme war, und dass nichts von alledem passiert ist. Der Gedanke erfüllt mich mit einem so starken Schmerz, dass es mir den Atem raubt. Morgen werde ich aufwachen und er wird für immer verschwunden sein. Es gibt keine toten Männer, die plötzlich wieder einen Herzschlag haben. Niemand hat Reißzähne oder kann fliegen.

Ich – Er stemmt ein Knie auf das Bett – *will* – er klettert über mich – *Ihren Körper. Ich will Ihr Blut und ich will Ihre Seele.*

Er beugt sich vor und gleitet mit dem Gesicht über meinen Hals. Ich keuche, als sich etwas Scharfes in meine Haut bohrt, aber dann leckt er sich nur seinen Weg zu meiner Brustwarze hinunter. Er umkreist sie mit der Zunge, bevor er mit den Zähnen daran knabbert. Ich krümme mich mit gleichen Teilen von Angst und Erregung. Er drückt mich nach unten und hält mich mit einer Hand an der Kehle fest. Die andere Hand schlingt er um meine Handgelenke und hebt meine Arme über meinen Kopf.

„Tun Sie mir nicht weh!", schreie ich.

Geben Sie sich mir hin. Das ist alles nur ein Traum, wissen Sie noch?

Dieser Traum ist seltsam. Er ist viel zu real. Ich rieche seinen Duft in meiner Nase. Ich spüre alles so klar, als ob es wirklich passiert.

„Wenn ich im Traum sterbe, sterbe ich dann auch wirklich?"

Er neigt seinen Kopf an meiner Brust, beißt und bohrt sich erneut in meine Haut. Ich schnappe nach Luft. Es brennt, aber der leichte Schmerz setzt gleichzeitig meine Eingeweide in Flammen. Er küsst sich an meinem Bauch entlang nach unten und lässt meinen Hals und meine Handgelenke los. Ich klammere mich in sein Haar und zittere unter ihm, als er den untersten Teil meines Bauches erreicht. Er muss meine Erregung riechen und sein Knurren bestätigt es mir.

Wäre der Tod so schlimm?

Er drückt meine Oberschenkel auseinander und leckt über meine feuchte Weiblichkeit. Ich keuche und krümme mich ihm heftig entgegen. Er ist so ruhig und gesammelt, so vorsichtig und doch so energisch. Ich habe mir nicht ausgesucht, hier zu sein, und er lässt mich nicht wählen, ob ich leben oder sterben will. Mein Schicksal liegt in seiner Hand und es fühlt sich überraschend gut an. Besonders, wenn er das hier tut!

„Oh Gott", stöhne ich, als er meine Schamlippen mit der Zunge spreizt und meine feuchte Mitte findet. Er umschließt meine Klitoris, saugt fest daran und schnippt mit der Zunge darüber, als seine Finger ihren Weg in meinen engen Spalt finden.

Es gibt keinen Gott, Kat.

Er leckt über meinen Schlitz und küsst dann die Innenseite meines Oberschenkels, während er meine Beine weiter auseinanderspreizt. Ich spüre die Gefahr, habe aber keine Zeit, darauf zu reagieren. Und ich habe ohnehin kein Mittel gegen diese Kreatur. Der Schmerz ist scharf, ein tiefer Einstich, der prickelnde Qual in die Tiefe meines Bauches treibt. Seine Reißzähne durchbohren meine Oberschenkelarterie. Dann schließt er seinen Mund über meiner Haut. Seine Finger stecken noch immer in meiner Muschi. Sie gleiten mit Leichtigkeit hinein und heraus, wobei er das Tempo erhöht. Er saugt mein Blut und das Gefühl des Saugens ist anders als alles, was ich je gespürt habe. Er ist erbarmungslos, wild, und sollte ich jemals gedacht haben, ich hätte irgendetwas Menschliches in ihm gesehen, dann ist es nun verschwunden. Ich möchte bleiben und mich gleichzeitig befreien und mein

Leben retten. Das Blutgefäß, das er durchbohrt hat, ist so dick wie mein kleiner Finger und das Blut schießt mit hohem Druck hindurch. Selbst wenn er loslässt, werde ich verbluten.

Meine Hilflosigkeit gepaart mit seinen mich verwüstenden Fingern, die meine Muschi füllen, und die raue Sinnlichkeit des Verschlungenwerdens bilden den perfekten Sturm.

„Ich will dich", keuche ich.

Er antwortet mit einem Knurren und saugt fester. Ich klammere meine Finger in sein dichtes Haar und halte mich fest, als das Leben meinen Körper mit jedem Blutschwall, der auf seine Zunge trifft, langsam verlässt. Mein Kopf fühlt sich immer benommener an, meine Bauchdecke spannt sich und ein Kribbeln breitet sich von der Innenseite meiner Oberschenkel aus. Alle meine Sinne konzentrieren sich auf den Bereich zwischen meinen Beinen.

„Ich gehöre dir!", schreie ich, als meine Muskeln sich zusammenziehen und ich mich mit so starker Erlösung verkrampfe, dass meine Sicht verschwimmt. Mit den Fingern stößt er weiter durch meinen Orgasmus. Er scheint nie zu enden. Mein Bewusstsein hängt an einem seidenen Faden und ich spüre nichts als ihn.

Dann fange ich an zu schweben und fühle nichts mehr.

KAPITEL 4

*L*ou

Ich springe auf die Füße. Die Schreie der Ärztin hallen um mich herum wider, als ob sie hier wäre. Mein Herz klopft wie wild und ich sehe mich in der alten Gruft um. Ich erwarte fast, ihre zarten von Glückseligkeit verzerrten Züge vor mir zu sehen.

Niemand ist hier. Es gibt keine Bedrohung, keine süß duftende Schönheit. Die Sonne ist noch nicht untergegangen und ich bin trotzdem aufgewacht.

Ihr Duft ist in meiner Nase, so als hätte ich sie gerade in den Armen gehalten.

Ich träume nicht. Ich träume nie. Und doch …

Sie schürt ein Feuer in mir. In meinem ganzen langen Leben habe ich meine zweite Hälfte nie gefunden. Eine Unterwürfige, die zu meiner dominanten Seite passt. Die perfekte Eine für mich.

Sie könnte mein Polarstern sein. Meine perfekte Sub. Mein Liebling. Die Eine.

Süßblut, so nennt man sie – Menschen, die sich Vampiren bereitwillig unterwerfen.

Ich habe die Spiele gespielt. Habe gelernt, Vergnügen und Schmerz auszubalancieren und das Blut eines Menschen mit Endorphinen in Wallungen zu bringen. Aber niemand hat mein Herz je auf eine Weise erweckt wie die junge Frau Doktor Donovan. Keine hat einen Eindruck hinterlassen, der auch nur fünf Minuten angehalten hätte, nachdem ich ihre Gedanken gelöscht habe.

Ich muss mich um dringende Angelegenheiten kümmern. Jede Zelle in meinem Körper brüllt vor Durst und ich muss herausfinden, woher meine Angreifer gekommen waren – ob es Zufall war oder ob ich verfolgt wurde.

In den zwielichtigen Bars des el Mercado-Viertels in Tucson finde ich willige Kehlen und warmes Blut. Aber mit jedem Körper, den ich gegen eine Wand dränge, mit jedem Blutschwall, der auf meine Zunge trifft, wächst mein Durst. Sie schmecken alle falsch. Sie würde sich so süß wehren. Es wäre eine exquisite Jagd. Sie wäre eine würdige Beute.

Ihr Duft haftet noch immer auf meiner Haut und im Stoff meiner Kleidung. Ich muss sie wiedersehen, sie spüren, sie riechen … und um das zu tun, muss ich herausfinden, wer mich neulich Abend angegriffen hat.

Der König von Louisiana hat mir in New Orleans seine Attentäter auf den Hals gehetzt und danach eine Gruppe hiesiger Gestaltwandler in die Gruft geschickt, die ich hier in Tucson als meinen sicheren Rückzugsort gewählt habe. Tagsüber mag ich vielleicht wie ein Toter schlafen, aber meine Jahre machen mich stark. Ich bin aufgewacht. Sie haben es nicht geschafft, die Gruft lebend zu verlassen. Ich strebe nicht nach Macht und interessiere mich auch nicht für belanglose lokale Politik, aber ich verbeuge mich auch vor niemandem.

Bis zu diesem Zeitpunkt hatte ich nichts gegen den König von Louisiana. Jetzt schon. Er ist ein verängstigter kleiner Mann und ich werde diesen Angriff nicht vergessen.

Es wird vielleicht ein Jahr oder auch ein Jahrhundert dauern, aber wenn ich bereit bin, werde ich zurückkehren und ihn zur Strecke bringen.

Jetzt muss ich mich um die Gestaltwandler kümmern. Ich finde den Anführer des größten örtlichen Kojoten-Rudels im Büro eines schäbigen alten Nachtklubs im zwielichtigen Teil von Tucson. Er hat vier riesige Leibwächter, alles Wandler. Ihre Augen schimmern gelb und es ist offensichtlich, wie sehr sich jede Zelle in ihnen danach sehnt, sich zu verwandeln. Sie sind in ihrer menschlichen Gestalt stärker als Menschen, aber in ihrer tierischen Form können sie sogar mir ernsthaften Schaden zufügen.

Ich könnte mich jedoch auf sie stürzen und sie würden es noch nicht einmal kommen sehen. Diese vier Männer könnten innerhalb einer Sekunde tot sein. Sie glauben, ihre Muskeln, ihr Fell und ihre Zähne können sie retten. Sie haben keine Ahnung, mit wem sie es zu tun haben.

„Ich muss mit eurem Rudelführer sprechen." Ich wende mich an den verantwortlichen Wandler, einen großen breitschultrigen Mann, Anfang dreißig, mit einer dichten Mähne langen schwarzen Haares, die über seinen Rücken fällt. Es ist leicht, sich seinen Kojoten vorzustellen.

„Du hast hier nichts zu suchen, *Vampir*", speit er und tritt einen Schritt nach vorn, wobei er die Schultern durchdrückt.

„Wenn du weiterleben willst, schlage ich vor, du lässt mich rein."

„Was hält uns davon ab, dich hier und jetzt in Stücke zu reißen?"

„Ich bin ein Gast in eurer Stadt und wurde zu Unrecht von tollwütigen *Tieren* angegriffen. Ich bin ein geduldiger Mann, aber auch ich habe meine Grenzen. Ich werde euch alle zerreißen, Glied um Glied, und das schneller als ich die Worte aussprechen kann. Dann werde ich den Rest eures

Rudels vernichten, kleiner *Welpe*. Willst du mich herausfordern?"

Die Wächter sehen einander an und zwei von ihnen zittern. Sie erschaudern leicht und kämpfen offensichtlich gegen ihren Instinkt an, sich zu verwandeln.

„Ich komme in Frieden", sage ich und hebe eine Augenbraue. Innerlich lache ich leise. Diese Jünglinge sind so verängstigt, so aufgewühlt. Ich bin neulich Nacht vielleicht verwundet worden, weil sie mich überraschen konnten, aber es braucht viel, um mich zu verunsichern. „Man hat mir gesagt, dass euer Rudelführer ein ehrenwerter Mann ist, und dies trotz seiner unglücklichen Natur. Er schuldet mir eine Entschuldigung."

„Er schuldet dir überhaupt nichts, *Teufel*", knurrt eine der anderen Wachen.

Ich fahre meine Reißzähne aus und fauche, bevor ich ihn gegen eine Wand schleudere. Meine Hand umklammert seine Kehle, bereit, sie herauszureißen. Hinter mir zucken die anderen zusammen, bereit, auf mich zu springen.

„Ah-ah", sage ich und halte meine freie Hand hoch. „Ihr macht das hier schwieriger, als es sein muss. Ich werde sowieso mit eurem Rudelführer sprechen, egal was passiert. Ihr habt die Wahl, ob ihr am Leben oder in Stücke zerfetzt sein wollt, wenn ich durch diese Tür gehe." Ich nicke mit dem Kopf in die Richtung des Flurs.

„Chef", krächzt der Kojote, den ich festhalte. Eine köstliche Angst strahlt von ihm aus, aber er stinkt nach Hund. Was die Süße des Geruchs merklich schwächt. Seine Augen sind wild und wässern mit unfreiwilligen Tränen. Er zappelt mit den Füßen, da seine Beine den Boden nicht ganz berühren.

„Ich glaube, wir hatten einen schlechten Start", sagt der Chef und räuspert sich.

„Dem stimme ich zu", sage ich und lasse den Hund fallen. Ich rücke seine Krawatte zurecht, bevor ich ihm die Wange tätschele.

Der Anführer der Wachen beißt die Zähne zusammen, während er gegen seine Instinkte ankämpft. Er weiß, dass er einer Stärke begegnet ist, die der seinen weit überlegen ist. Und dass ich die Wahrheit sage.

„Einen Moment", knirscht er und bewegt sich durch den Flur. Er verschwindet durch die einzige Tür.

Seth Bowden ist überraschenderweise ungeschützt. Ich hätte durch ein Fenster hineinspringen und das Ganze beenden können, bevor seine Wachen überhaupt etwas davon gemerkt hätten. Es gibt überall Wachmänner und möglicherweise reichen sie gegen normale Bedrohungen aus.

Es ist allerdings schon lange her, seit ich normal war.

Hitze, Angst und Wut strömen von den drei verbleibenden Gestaltwandlern aus. Ich ignoriere sie und konzentriere mich auf die Tür. Ich mache einen Schritt darauf zu, als sie sich wieder öffnet.

„Mister Bowden wird dich jetzt empfangen", sagt der schwarzhaarige Wandler.

„Du warst sehr zuvorkommend", sage ich mit einem leichten Grinsen, als ich an ihm vorbeigehe und auf seine Kehle starre, nur um ihn aufzuwühlen.

„Genau", murmelt er und schließt die Tür hinter mir. „*Verdammter Blutsauger*." Meine Ohren erfassen die Worte mit Leichtigkeit und das selbst durch die geschlossene Tür.

„Das habe ich gehört", sage ich und grinse, als ich ihn fluchen höre.

Ich schreite durch einen weiteren langen Korridor mit vielen Türen auf beiden Seiten, aber ich kann mein Zielobjekt riechen. Als der schmale Korridor in einen riesigen Raum mündet, der so hell wie die Sonne wäre, wäre es Tag, erhöhe ich mein Tempo und werde beim Durchqueren des Zimmers zu einem verschwommenen Fleck. Wie aus dem Nichts erscheine ich vor dem Rudelführer der Wandler. Er zuckt zurück, bleibt jedoch sitzen und drückt seine Finger aneinander.

„Sie sind ein mutiger Mann, Mister Bowden. Mich allein zu treffen."

Sein Adamsapfel wippt beim Schlucken hoch und runter. Er ist besorgt, aber es ist offensichtlich, dass das alles ist, was er mir je zeigen wird. Wenn es so weit käme, würde er ohne ein Eingeständnis sterben. Er ist ein stolzer Mann und er könnte möglicherweise meinen Respekt verdienen, je nachdem wie das hier läuft.

„Ich sehe keinen Grund, meine Macht zu zeigen. Sie sind zum Reden hergekommen. Ich höre zu."

„Sehr gut."

„Bitte setzen Sie sich. Kann ich Ihnen etwas anbieten? Einen Whisky?"

„Ich werde mich kurzfassen. Vor zwei Nächten haben mich zwei Kojotenwandler angegriffen. In meiner ersten Nacht in dieser Stadt. Ich finde das sehr verletzend und verlange, dass sie bestraft werden."

Bowden sieht nach unten und tippt seine Zeigefinger aneinander. „Es war nicht unser Rudel. Die Vampire und wir laden uns zwar nicht gerade gegenseitig zu Hochzeiten ein, aber wir stehen auch nicht im Konflikt."

„Es ist mir egal, welche Art von Gestaltwandler oder mit wem Sie befreundet sind. Für mich sind Sie alle gleich mit Ihrem Fell, den Klauen und Ihrem unberechenbaren Temperament. Sie haben Einfluss in der Gemeinde und ich habe genug davon, dass sie mir nachstellen. Wenn das noch einmal passiert, werde ich Ihre gesamte Sippe auslöschen. Verstehen wir uns? Ich habe vor, mich hier niederzulassen, und will keinen Ärger. Aber wenn ein Gestaltwandler Krieg gegen mich führt, werden Sie es bereuen. Haben wir uns verstanden?"

Bowden schweigt. Sein Blick fällt auf etwas hinter mir und dann auf einen Bilderrahmen auf seinem Schreibtisch. Ich greife danach und drehe ihn zu mir um. Das Bild zeigt eine Frau und ein kleines Kind.

„Nette Familie." Ich lasse die unausgesprochene Drohung im Raum stehen. Seine Lippen sind zu einer dünnen Linie zusammengepresst. „Kein Wandler aus *meiner* Sippe wird Sie belästigen, Mister ..."

Ich antworte ihm nicht. Ich habe keine Antwort. Ich bin Lou. Mehr weiß ich nicht.

Bowden räuspert sich. „Ich werde die Nachricht verbreiten, dass jeder, der mit böser Absicht hierherkommt, von einem Vampir getötet werden wird. Und wie bereits gesagt, es war nicht meine Sippe."

„Ich werde Sie beim Wort nehmen. Gute Nacht, Mister Bowden."

Ich gehe an den Wachen vorbei. Niemand sagt ein Wort, aber die Spannung ist spürbar, als ich zu meinem zweiten Termin heute Abend aufbreche.

ALS ICH NACH TUCSON KAM, wollte ich eigentlich nur ein paar Nächte bleiben. In all meinen Jahren habe ich diese Stadt nie besucht und die Lage in Louisiana war ... nun, angespannt. Aber jetzt möchte ich wissen, was es mit der Ärztin auf sich hat. Ich muss sehen, wie sie lebt, mit wem sie ihre Freizeit verbringt, ob sie vergeben ist. Ich will sie wieder riechen und das plötzliche Bedürfnis, alles zu erkunden, was

Doktor Donovan betrifft, ist stärker als meine nomadische Art.

Ich habe vor, zu bleiben, und es ist an der Zeit, dass ich mich dem örtlichen Königshaus vorstelle. Ich will nicht, dass sich die Geschichte wiederholt, und ich weiß nicht, ob sich die Gerüchte über die Ereignisse bereits herumgesprochen haben.

Die Tür zu Lucius Frangelicos Haus stinkt nach Wandler und meine Nackenhaare stellen sich auf. Ich habe noch nie so viele Wandler in so kurzer Zeit getroffen. Sie sind einfach *falsch*. Ich mag vielleicht unnatürlich sein, aber eine Kreatur, die ihre Form von einem Menschen zu einem Tier wandelt? Unvorstellbar. Sie neigen außerdem auch dazu, unbeständig und unzuverlässig zu sein, genau wie ihre Gestalt selbst.

Diese Villa ist jedoch ganz eindeutig das Zuhause eines Vampirs. Eines alten Vampirs. Ich spüre die Gegenwart eines Mannes, der seit mindestens einem Jahrtausend, wenn nicht sogar noch länger, lebt. Warum beschäftigt er Wandler, wenn er sich doch mit seinen eigenen Schöpfungen umgeben könnte?

Noch bevor ich meine Hand heben kann, um an die Tür zu klopfen, spricht eine leise Stimme zu meiner Rechten.

„Ich habe mich schon gefragt, wann du dich vorstellen würdest."

Ich grinse und drehe mich um. Nicht viele schaffen es, sich an mich heranzuschleichen, aber der Vampirkönig macht seinem Ruf alle Ehre. Er ist ein großer Mann und tadellos gepflegt. Seine Haltung ist lässig, aber sein Blick bohrt sich in meine Augen. Intelligent und suchend.

„Mister Frangelico."

„Willkommen in Tucson, Mister …?"

„Lou."

Frangelico hebt eine Augenbraue. „Nur Lou?"

„Nur Lou."

„Angenehm, dich kennenzulernen, nur Lou." Der Vampir-könig studiert mich für einen Moment, bevor er eine Hand aus der Tasche zieht, um mich in sein Haus zu winken. Ich folge ihm in ein geräumiges Wohnzimmer mit einer Sitzecke vor einem Kamin. Auf dem Boden liegen Perserteppiche und überall scheinen brennende Kerzen zu stehen. Der Raum wirkt ruhig und trotz seiner Weite intim. Hinter den Glastüren befinden sich ein großer Garten und die entfernte Wüste, mit ihren kühlen nächtlichen Farben.

Nachdem wir uns auf dunklen Ledersofas niedergelassen haben, fragt Frangelico: „Kann ich dir etwas zu trinken anbieten?"

Er meint keinen Whisky. Ich nicke. „Ja, bitte."

Seine Augen blitzen. „Magst du es süß? Es wird ein paar Minuten länger dauern."

Vor zwei Tagen hätte ich mich noch daran erfreut, eine junge Frau in eine unterwürfige Trance zu versetzen, bevor ich mich an ihrem Hals labe. Jetzt ist das einzige süße Blut, das ich schmecken möchte, das der Ärztin. „Normal ist in Ordnung."

Lucius schnippt mit den Fingern und es dauert nur einen Augenblick, bis ein junger Mann erscheint. Ein Mensch. Er hält ein Glas in der Hand und steuert auf Lucius zu, der ihm gestikuliert, stattdessen zu mir zu gehen. Seine blauen Augen blitzen auf – misstrauisch, neugierig, aufgeregt. Ich bitte ihn, sich zu mir zu setzen, nehme das Glas, steche in die Haut seines Handgelenks und lasse es laufen. Er schließt die Augen und Erregung strahlt von ihm aus.

„Ist er bezirzt?"

Mein Gastgeber schüttelt den Kopf. „Wir haben viele frei-willige Menschen, die begierig darauf sind, uns zu dienen."

„Sie hoffen, dass Sie sie verwandeln werden?"

Lucius zuckt mit den Schultern. „Manche vielleicht. Andere von ihnen erregt es einfach."

Ich grinse. Oh, ich verstehe. Es ist nicht schwer, eine willige Mahlzeit zu finden. Als ich mit der Menge zufrieden bin, steche ich mir mit einem Reißzahn in den Finger und reibe einen Tropfen Blut über seine Wunde. Ich sehe dabei zu, wie sie heilt.

Lucius winkt ihn fort. „Das wäre alles, Ramone."

„Meine Herren", sagt er und verbeugt sich, bevor er den Raum verlässt.

Ich nehme einen Schluck des Blutes und bin erstaunt über die unerwartete Süße. Lucius grinst und hebt eine Augenbraue. „Sie werden unten in meinem Club konditioniert. Nach einer Weile bewirkt die bloße Anwesenheit eines Vampirs, dass sie Endorphine ausstoßen."

„Club Toxic. Das ist Ihr Club, nicht wahr?"

Lucius nickt. „Du hast davon gehört?"

„Natürlich. Ihr Ruf eilt Ihnen voraus."

Er lächelt. „Das gefällt mir. Nun, was führt dich in meine Stadt?"

Ich kann den Argwohn in seiner Stimme laut und deutlich hören. Er fragt, ob ich hier bin, um ihn herauszufordern. „Ich bin nur auf der Durchreise. Ich hatte einen Zusammenstoß mit ein paar Kojoten und musste in der Kanalisation schlafen. Ich brauche einen Ort, an dem ich mich ein paar Tage lang verstecken kann."

„Deshalb stinkst du also so nach Hund?"

Ich grinse. „Ich habe dem Rudelführer einen Besuch abgestattet, bevor ich hierhergekommen bin. Entschuldigen Sie den Gestank."

„Und wie ist das gelaufen? Es fällt mir schwer, zu glauben, dass seine Jungs dich angegriffen haben, wenn man bedenkt, wie sich die Dinge zwischen ihnen und uns entwickelt haben. Aber vielleicht ändern sie sich ja?"

„Vielleicht", sage ich und beiße den Kiefer zusammen. Ich bin nicht sonderlich erpicht darauf, ihm zu verraten, dass ich ihm möglicherweise Ärger vor die Haustür bringe. „Ich habe ihm mitgeteilt, dass ich seine gesamte Rasse auslöschen werde, wenn ich noch einmal auch nur einen Zahn sehe. Er hat versprochen, sie im Zaum zu halten, und ich glaube, dass wir eine Einigung gefunden haben."

Lucius lacht bellend und lehnt sich zurück. „Eine Einigung ohne Blutvergießen. Sehr gut. Das weiß ich zu schätzen. Es macht mein Leben leichter. Du hast gesagt, dass du eine Bleibe brauchst."

„In der Tat."

„Und es gefällt dir, Menschen zur Unterwerfung zu peitschen?"

„Allerdings."

„Ich glaube, dann habe ich den richtigen Ort für dich."

CLUB TOXIC IST ANDERS als jeder andere Club, den ich je besucht habe. Die obere Etage ist eine Bar mit einer Tanzfläche. Vampire mischen sich dort unter ahnungslose Menschen. Der zugangsbeschränkte Keller ist ein Paradies voller Werkzeuge für Folter und Vergnügen. Verschwitzte, sich windende Körper von Männern und Frauen sind an Kreuze, Sybians und Bänke geschnallt. Peitschen schwirren durch die Luft und ihr Zischen vermischt sich mit dem Stöhnen der Erregung und Schmerzensschreien.

Mein Schwanz wird hart und meine Kehle wird vor Durst plötzlich trocken. Die süße Essenz von Menschen in Ekstase ist überwältigend. „Sie haben ein nettes Arrangement hier."

Wie aus dem Nichts taucht eine athletische junge Frau mit

langen, weißblonden Haaren auf. Sie schmiegt sich an Lucius' Seite, der einen Arm um ihre Taille schlingt und sie auf den Scheitel küsst. „Selene, meine Liebe. Das ist Lou. Nur Lou. Er ist zu Gast in unserer Stadt. Kannst du ihm bitte das hintere Zimmer zeigen? Er braucht ein Bett."

„Selbstverständlich", sagt sie leise und gestikuliert, dass ich ihr folgen soll.

Die Leidenschaft zwischen ihnen – ihre Bindung – ist in ihrer Stärke fast greifbar. Allerdings ist ihr Geruch irgendwie seltsam. Sie ist ein neugeborener Vampir, höchstens ein paar Jahre alt, aber sie ist auch noch etwas anderes.

„Ich bin auch Gestaltwandlerin", sagt sie, als könnte sie meine Gedanken lesen. „Der Geruch sollte mit der Zeit nachlassen."

Mit Schrecken wird mir bewusst, dass sie dadurch mächtiger als Vampire und Wandler ist. Sie ist eine Art Superrasse und sogar noch mächtiger als ihr Schöpfer selbst.

„Du bist sehr aufmerksam."

„Deine Schnüffelei war offensichtlich. Warum bist du in unserem Territorium? Müssen wir uns Sorgen machen?" Sie führt mich an einer Reihe verschlossener Türen vorbei. Hinter den meisten von ihnen hört man es stöhnen. Adrenalin, Schweiß und Lust durchdringen die Luft.

„Ich habe kein Interesse daran, Unruhe zu stiften. Aber ich bin an dieser Einrichtung interessiert, als Gast", füge ich schnell hinzu, als sie mir einen kurzen von Misstrauen erfüllten Blick zuwirft.

„Ich halte dich für ehrenhaft, genau wie Lucius auch. Er bietet dir an, bei uns zu bleiben, bis du dich entschieden hast, ob du dir eine eigene Bleibe in Tucson suchen willst, oder ob du es vorziehst, weiterzuziehen."

„Das ist sehr großzügig. Ich bin überrascht. Die meisten herrschenden Vampire sind skrupellos und hart."

Selene lächelt. Sie hat keine Angst vor ihm. Sie ist ihm mehr als ebenbürtig. Ich denke wieder an die junge Ärztin und frage mich, wie es sich wohl anfühlt, denjenigen zu finden, von dem man weiß, dass man die Ewigkeit mit ihm verbringen möchte. Ich möchte sie fragen, was zwischen ihnen passiert ist, aber ich war noch nie neugierig und entscheide mich dagegen.

„Er ist fair. Außerdem erweckst du die Neugier in ihm. Ein Altersgenosse, dem er noch nie begegnet ist. Wenn man lange lebt, lebt man einsam, habe ich nicht recht?"

Der ganze Raum ist schwarz gestrichen und der Fußboden aus dunklem Hartholz. Darin befindet sich ein großes Himmelbett mit roter Seidenbettwäsche. An der Seite steht außerdem ein Schreibtisch. Eine Tür daneben ist leicht angelehnt und offenbart den Blick auf ein anliegendes Badezimmer.

Ich neige den Kopf und bestätige ihre Aussage mit einem Nicken.

„Lass mich wissen, wenn du noch etwas brauchst. Die Wände sind schalldicht." Sie zwinkert. „Ich hoffe, du bist das, was du zu sein scheinst", fügt sie hinzu. Dann verschwindet sie durch den Korridor, schneller als es ihre Jugend ihr erlauben sollte. Ihre Wandlergenetik gepaart mit dem Vampirvirus haben sie zu einer starken, prächtigen Kreatur gemacht. Lucius Frangelico ist ein gesegneter Mann.

Ich hatte eine lange Nacht und ein paar anstrengende letzte Tage. Ich werde mich duschen und schlafen. Morgen werde ich alles über die Ärztin herausfinden, was es zu wissen gibt.

Der Tag übermannt mich und sobald ich vom Schlaf überwältigt werde, ist sie da. Sie liegt nackt auf meinem Bett, auf diesem Bett, blutend, in Verzückung, köstlich schutzlos und ganz die Meine.

Ich habe noch nie zuvor geträumt. Nicht in all meinen Jahren. Nicht bevor ich sie traf.

Aber heute Nacht träume ich.

~

Kat

Zuckend wache ich auf, reiße die Bettdecke hoch und taste meine Brust, die Hüfte und Oberschenkel ab. Oh mein Gott! Ich habe wieder geträumt. Ich träume jede Nacht von ihm. Jede Nacht erscheint er in meinem Schlafzimmer, verführt mich und trinkt von mir. Heute Nacht habe ich mir mehr als je zuvor gewünscht, dass es real ist. Aber es war wieder nur ein Traum. Ich trage meinen Schlafanzug und als ich die Hose hinunterziehe, um meine Leistengegend zu inspizieren, ist die Haut dort unversehrt. Ich bin verschwitzt, kribblig und völlig durcheinander.

Nichts fühlt sich so an, wie es sollte. Es ist, als wären die Geräusche um mich herum lauter und als würde das Licht meine Augen blenden. Überall sind Menschen. Meine Sinne sind geschärft und doch irgendwie abgestumpft zugleich. Das Einzige, woran ich mich klammern kann, ist die Tatsache, dass es im Krankenhaus einen Eintrag gibt und dass das Fenster im dritten Stock noch immer mit einem Brett vernagelt ist. Ich habe es mir nicht eingebildet.

Ich weiß nicht, wie ich den Tag überstehe. Die Routine setzt ein. Es ist fast so, als hätte ich überhaupt nicht geschlafen und als meine Schicht zu Ende geht, befinde ich mich vor Erschöpfung fast im Delirium. Trotzdem schaffe ich es nicht, nach Hause zu gehen.

Ich laufe in der Gasse auf und ab und hoffe gegen alle Hoffnung, dass er erneut auftauchen wird. Dann streife ich ziellos durch die Straßen, bis ich in eine Kneipe schlüpfe, wo ich mir ein Glas Wein bestelle.

Rotwein.

So rot wie Blut.

Ich bin besessen von ihm, aber wie sollte ich es auch nicht sein? Der Traum, seine imaginäre Berührung, seine *echte* Berührung, der besitzergreifende Blick in seinen Augen, der sich nach *mir* sehnt.

Draußen neigt sich der Tag dem Ende zu und die Sonne geht unter. Der Verkehr verlangsamt sich, als immer mehr Pendler nach Hause zu ihren Lieben eilen. Ich sollte ebenfalls nach Hause gehen. Ich sollte zu Abend essen, duschen, die wissenschaftlichen Artikel lesen, die sich auf meinem Esstisch stapeln, ein paar alberne Talkshows ansehen und dann schlafen gehen. Ich sollte nicht darauf hoffen, dass ich im Traum meinem Tod begegne. Aber es ist, als würde ein Fieber durch meinen Körper strömen und meinen Geist durcheinanderbringen. Es ist alles, woran ich denken kann. Noch nie zuvor habe ich etwas so Intensives gespürt wie den Höhepunkt, als er die letzten Tropfen meines Blutes aus mir saugte. Ich war ohnmächtig geworden.

Le petite mort, nennen sie es – die Franzosen. Der kleine Tod.

Ich lächle und leere mein Glas, bevor ich dem Kellner signalisiere, mir ein weiteres zu bringen. Ich will nicht nach Hause gehen. Ich will nicht allein sein. Ich will ihn finden. Er ist irgendwo hier draußen, ich weiß es. Ich spüre ihn und vielleicht spürt er mich auch?

Die Bar füllt sich mit Menschen und der Lärmpegel steigt allmählich an. Draußen auf der Straße werden die Geschäftsleute von Klubbesuchern in engen Kleidern und schicken Anzügen ersetzt. Ich habe mein zweites Glas Wein geleert und nippe nun die letzten Tropfen eines Whiskys, den ich anstelle eines weiteren Weines bestellt habe. Ich fühle mich selig taub und kämpfe darum, die Sehnsucht und die zunehmende Einsamkeit in Schach zu halten. Auf der anderen Straßenseite bildet sich eine Schlange vor einer unscheinbaren Tür. Zwei bemerkenswert riesige Türsteher drängen die Wartenden zurück. Unbewusst schweift mein Blick über die Gruppe von Menschen. Einige gleiten an der Schlange vorbei und werden mit einem kurzen Nicken zu den Türstehern einfach hineingelassen. Die meisten verharren jedoch in der Schlange und warten scheinbar ewig. Ich runzele die Stirn, als ich beginne, eine Art Muster zu erkennen. Irgendetwas an den VIPs kommt mir vertraut vor. Ihre Haltung, ihre selbstbewusste Ausstrahlung, die düsteren Gesichter mit einem Hauch von Gefahr. Ich sitze aufrechter, als mein Herz höherschlägt.

Sie sind wie er.

Wenn er etwas anderes ist, dann muss es mehr von seiner Art geben. Warum ist mir das noch nie aufgefallen? Mit zitternden Händen wühle ich nach meiner Geldbörse und lege ein paar Scheine auf den Tisch. Ich nicke dem Kellner zu und verlasse eilig die Kneipe. Ich habe keinen Plan. Nein, ich will es nur aus nächster Nähe sehen. Um zu bestätigen, ob es Gemeinsamkeiten gibt oder ob ich es mir nur einbilde.

Alle starren mich an, als ich an der Schlange vorbeigehe. Ich fühle mich in meinem anständigen, knielangen Kleid und den praktischen Halbschuhen überaus unzulänglich. Sie sind in schwarzen und roten Latex, Leder und Spitze gehüllt. Manche von ihnen tragen Halsbänder, an deren Vorderseite Leinen hinunterhängen. Einige haben Masken, die ihre Gesichter verdecken. Es liegt eine unruhige Energie der Aufregung gemischt mit Beklemmung in der Luft. Die Stimmung ist anders als alles, was ich je außerhalb eines jeden Clubs, den ich jemals besucht habe, gespürt habe.

Und das ist nur die Warteschlange.

Die Männer und Frauen an der Tür sind völlig anders. Sie verströmen Bedrohlichkeit und verwerflichen Durst. Ich spüre ihre Blicke wie eine fast körperliche Empfindung auf mir, die meine Haut versengt. Bin ich die Einzige, die das sieht? Sie sind alle überirdisch schön, königlich in ihrer Haltung und viel zu unbeweglich. Sie werden anfangen müssen zu atmen, wenn sie jemals als Menschen durchgehen wollen. Oder vielleicht ist es ihnen egal? Ich gehe weiter, senke den Kopf und verstecke die Seite meines Gesichtes hinter meinem Haar. Ich spüre ihre Blicke auf meinem Rücken. Ich werfe einen Blick über meine Schulter und mustere noch einmal die Menschen, die in der Schlange warten. Wissen sie es? Oder werden sie wie Lämmer zur Schlachtung geführt?

Ich erhöhe mein Tempo und laufe fast, als ich die letzten paar Schritte zur Ecke des Gebäudes eile. Mein Rücken brennt.

Ich lehne mich gegen die raue Ziegelmauer in einer dunklen Seitengasse. Meine Gedanken rasen. Ich habe keinen Zweifel daran, dass es dort draußen eine Welt gibt, von der ich nichts wusste.

„Hallo, meine Hübsche."

Eine geschmeidige, tiefe Stimme erklingt zu meiner Linken. Gegen die Wand gelehnt steht ein großer, kahlköpfiger Mann mit einem gepflegten, dunklen Bart. Er ist in einen schwarzen Ledermantel gehüllt. Sehr klischeehaft, aber auch sehr dramatisch und passend. Ich streiche mir die Haare aus dem Gesicht und versuche zu lächeln.

„Hi. Ich wollte gerade ..." Ich zeige auf die Straße und entferne mich ein paar Schritte von dem Mann. Kein Mensch, wie mir mit einem eiskalten Frösteln bewusst wird. Etwas anderes. Jede meiner Zellen schreit *Gefahr* und *verschwinde von hier!*

Er tritt vor. Die untere Hälfte seines Körpers wird von den Straßenlaternen angestrahlt, während sein Gesicht noch immer im Schatten liegt. Seine Augen brennen heiß, als er mich mit bohrendem Blick anstarrt. „Du siehst einsam aus. Darf ich nach deinem Namen fragen?"

Ich kaue auf meiner Unterlippe und mein Blick huscht zwischen ihm und der Straße hin und her. Ich schnappe nach Luft, als er mir plötzlich die Sicht versperrt und eine Hand an die Wand neben meinem Kopf drückt, wodurch er mich am Gehen hindert.

„Vergiss die Straße", sagt er. „Vergiss alles. Du warst so neugierig auf den Club, Kleines. So neugierig auf uns. So viele Fragen in deinen Augen. Ich habe alle deine Antworten."

Mein Herz hämmert in einem unheimlichen Rhythmus in meiner Brust, als er sich vorbeugt und mir das Haar zur Seite schiebt.

„Bitte", flüstere ich. „Ich wollte gerade nach Hause gehen."

Er schnüffelt an meiner Kehle. Seine Lippen sind federleicht, als er sie über meine Haut gleiten lässt. „Köstlich."

„Nein!"

Er drückt mir die Handfläche über den Mund und dämpft meinen Schrei. Ich starre ihn an und schreckliche Angst steigt in meinem Innersten auf. Er sieht mir in die Augen und grinst, während sich seine Eckzähne zu scharfen Spitzen – tödlichen Waffen – verlängern. Ich schreie erneut und er lacht. In seinen Augen gibt es keinerlei Mitgefühl. Keine Menschlichkeit.

„Ja", sagt er. „Kämpfe gegen mich. Fürchte mich. Das macht dich sogar noch süßer, *Miss Donovan*." Dann beugt er sich vor und beißt mir in den Hals. Wie von Sinnen schreie ich in seine Handfläche, schlage um mich und versuche, mich zu befreien. Aber er hält mich mit ungeahnter Kraft fest. Als sein seltsames, tiefes Saugen beginnt, weiß ich, dass ich verloren habe. Ich werde hier in einer schmutzigen Gasse nur wenige Meter von der belebten Hauptstraße entfernt sterben. Niemand wird je davon wissen. Und ich werde meinen Fremden niemals wiedersehen.

KAPITEL 5

L ou

Ich habe sie überall gesucht. Nachdem ich durch ihre Fenster geschaut habe, bin ich zu dem Schluss gekommen, dass ihre Wohnung leer ist. Es gibt auch keinerlei Anzeichen dafür, dass sie seit heute Morgen dort gewesen ist. Sie ist nicht an ihrem Arbeitsplatz. Ich bin ihrem Duft gefolgt, der schwach in den feuchtnassen Gerüchen der Stadt nachklingt. Er führte mich ins Mercado-Viertel und das gefällt mir nicht. Dies ist kein Ort, an dem sie sich herumtreiben sollte. Zu dieser Tageszeit ist er voller Gefahren und verdorbener Kreaturen. Es gibt Raubtiere in menschlicher Gestalt und meinesgleichen dort.

Ich hocke hoch über der Hauptstraße an der Kante eines Daches und schaue auf die geschäftigen Menschen hinunter. Die Welt hat sich in den letzten paar hundert Jahren so verändert. Viel mehr als es sich diese jungen Seelen vorstellen können. Ich passe mich mit Leichtigkeit an. Das war schon immer so. Nicht jeder kann dies und ich habe im Laufe der Jahre viele Vampire getroffen, die stets darum kämpften, dass alles beim Alten bleibt. Ihr Groll gegen die sich immer weiter entwickelnde Menschheit führte schließlich zu Hass, Gewalt und ihrem eigenen Untergang. Vielleicht hilft es, dass ich mich nur an Bruchstücke meines ersten Lebens erinnern kann? Ich kann nicht an dem festhalten, was ich einst kannte, weil es einfach nicht da ist. Ich wurde als unbeschriebenes Blatt im Vampirreich wiedergeboren.

Ein Duft weht vorbei. Ich drehe den Kopf der leichten, nächtlichen Brise entgegen und atme tief ein. Sofort bin ich auf den Beinen und bewege mich.

Sie ist es. Sie ist ganz nah.

Ich springe hoch über dem Boden von Dach zu Dach und verschwimme zu einer bloßen Unschärfe, die das menschliche Auge niemals wahrnehmen könnte. Ihr Duft nimmt zu, entfaltet sich und verändert sich von den herrlich blumigen Untertönen zum scharfen und süßen Geruch von Angst, bevor er sich zu einem Blutbad wandelt. Im nächsten Moment bin ich am Boden und stürze mich auf ihren Angreifer. Er entwischt mir, bevor ich ihn erkennen kann. Ich bin halb entschlossen, ihm zu folgen, aber als ich die Unmengen von Blut sehe, wird mir bewusst, dass ich dringendere Probleme habe.

Die junge Ärztin drückt ihre Hand auf ihren stark blutenden Hals und sackt mit verschwommenem Blick und weit aufgerissenen, verängstigten Augen an der Wand zu Boden. Sie ist zu blass und es ist offensichtlich, dass sie sehr viel Blut verloren hat.

Scheiße! Ist es zu spät? Der Teufel in mir denkt, ich sollte den Job einfach zu Ende bringen.

Nein.

Ein heftiger Beschützerinstinkt übermannt mich. Ich habe sie nicht verschont, damit ein anderer ihr Leben einfordern kann. Sie gehört mir.

Ich fange sie auf, bevor sie auf dem Boden aufschlägt,

und führe sie langsam hinunter, bis sie sitzt und in meinen Armen liegt. Ich beiße in mein Handgelenk und drücke es gegen ihre Lippen. Sie färben sich dunkelrot von meinem Blut.

„Trink. Es wird dir helfen zu heilen."

Die Ärztin stöhnt und ihr Kopf kippt zur Seite, aber ihre Zunge schnellt heraus und fängt ein paar Tropfen auf. Ich beuge mich vor und lecke über ihre Wunde. Innerlich kämpfe ich gegen das Monster an, das immer noch brüllt und sie begehrt. Es will sie aussaugen. Ich muss den Schaden abschätzen. Ein Knurren entweicht mir, als ich die zerrissene Haut und die tiefe Wunde sehe. Er wollte nicht, dass sie überlebt. Ich beiße mir erneut ins Handgelenk, reibe mein Blut über das klaffende Loch und beobachte, wie die zerfetzten Ränder der Wunde nachwachsen und den Schnitt verengen, bis er nicht mehr da ist. Die heilende Wirkung von Vampirblut ist ein wahres Wunder. Es ist die Art, wie sich die Natur für die Gräueltaten unserer Rasse revanchiert.

Ihr Blick ist fiebrig und ihre Augen glasig, als sie mich ansieht. „Du?", haucht sie. Ich streiche ihren Kopf, hebe sie hoch und trage sie in meinen Armen. „Du bist jetzt in Sicherheit. Ruh dich aus."

Sie zittert heftig. „Ich habe zu viel Blut verloren. Ich muss ins…", sie atmet tief ein und mit einem unregelmäßigen Schaudern wieder aus, „… Krankenhaus."

„Ich kann dich nicht ins Krankenhaus bringen, Kleines." Die harte Wahrheit ist, dass sie zu viel weiß. Viel zu viel. Ich kann sie nicht gehen lassen. Ich muss ihren brillanten, jungen Verstand auslöschen oder … sie behalten.

„Bitte."

„Alles wird gut." Ich wiege sie an meiner Brust, während ich sie um die Ecke trage. Meine Füße bewegen sich mit übernatürlicher Geschwindigkeit. Am Eingang zu Club Toxic ist viel los, aber der Kopf eines jeden Vampirs schnappt in meine Richtung herum, als sie das Blut riechen. Ihre Augen sprühen vor Durst. Die zwei riesigen Türsteher wissen, wer ich bin. Maximus stößt die Leute aus dem Weg und reißt sofort die Tür auf. Augustus rennt vor mir her und bahnt sich einen Weg durch die Menschenmenge, so wie Moses damals das Meer teilte.

„In einem Raum voller Vampire? Von Blut bedeckt?", flüstert sie.

Ich starre auf meine bleiche kleine Gefangene herab. „Ich werde jeden enthaupten, der probiert, dich zu berühren."

Sie leckt sich die Lippen und versucht, den Kopf zu heben, um sich umzusehen. Aber ihre Augen rollen zurück und sie gibt ihre schwachen Versuche auf. „Du hast mich gefunden."

„Psst. Ruhe dich aus."

Augustus hält die Tür zu meinem Zimmer auf und ich eile zum Bett. Ich lege die kleine Menschenfrau darauf.

„Gib ihr viel zu trinken. Ich werde dafür sorgen, dass euch niemand stört", sagt Augustus in seinem tiefen Bariton.

Ich nicke, springe auf und schließe die Tür ab, als er sie hinter sich schließt. Dann kehre ich zu meiner Ärztin zurück und betrachte sie. Sie ist blass, zu blass, und zittert heftig. Ihre Zähne klappern. Ich greife nach der Decke, ziehe sie über sie und wickele sie ein, bevor ich einen leichten Kuss auf ihre Stirn drücke.

„Ich fühle mich nicht so gut", bemerkt sie.

„Schlaf. Du musst dich ausruhen." Ich rase quer durch den Raum zum Badezimmer und fülle ein Glas mit Wasser, das ich ihr an die Lippen halte.

Sie trinkt gierig und rollt sich zusammen. Während sie sich an den Saum der Bettdecke klammert, sucht sie nach meinem Blick. „Ich habe Angst."

„Ich weiß."

„Ich …"

Ich drücke einen Finger auf ihre weichen, blassen Lippen. „Wir unterhalten uns später. Ich möchte dich nicht zum Schlafen zwingen müssen. Schließ jetzt die Augen und sei still. Ich werde hier sein, wenn du aufwachst."

~

Kat

Zu Beginn bin ich nichts als Bewusstsein, das zuckend zurück ins Leben strömt. Es ist dunkel. Ich kann meinen Körper nicht spüren. Ich habe keine Ahnung, wo ich bin. Ich bin gleichzeitig leicht und schwer und in einen schmerzlich vertrauten Duft von warmem Zimt gehüllt. Ich zucke zusammen, öffne die Augen und unterdrücke ein Keuchen. Das Zimmer ist stockdunkel. Ich höre nichts, spüre aber trotzdem eine Präsenz hinter meinem Rücken.

„Du bist wach", sagt eine körperlose Stimme, die ich so gut kenne.

Mein Herz setzt einen Schlag aus und ich drehe mich um. Ich stöhne, als ich von einem Schwindelgefühl überkommen werde. Ich bin im Begriff zu fragen, was passiert ist und wo ich bin. Aber noch bevor ich den Mund öffnen kann, treffen mich die Erinnerungen wie ein Schlag. Ich greife an meinen Hals, als mich Phantomschmerzen dort durchzucken, wo ich gebissen wurde.

„Hast du Schmerzen?"

Ich schüttele den Kopf, weiß jedoch nicht, ob er es sieht. Ich kann nichts sehen. „Nein."

Ich höre ein Klicken und sanftes Licht strahlt über das Kopfteil des Bettes. Der Lampenschirm ist genauso schwarz wie die Wände und die Decke. Ich senke meinen Blick, bis er auf ihm ruht. Er ist es. Mein toter Patient, tot mit einem Herzschlag. Mein Retter und jetzt … mein Entführer?

„Sag mir deinen Namen", sagt er.

„Ich bin Kat." Ich atme zitternd aus. „Donovan. Aber das weißt du doch schon."

„Kat", schnurrt er. „Ist das eine Abkürzung?"

„Katarina. Meine Mutter ist Schwedin. Dort kommt der Name häufig vor."

„Ich hätte auf Russisch getippt oder vielleicht Ungarisch. Aber ich war nicht allzu weit entfernt. Im größeren Maßstab ist es noch dieselbe Region. Sie haben jede Menge gemeinsame Geschichte."

Ich runzele die Stirn.

„Vor langer Zeit", fügt er hinzu.

„Wer bist du?"

„Ich bin Lou."

„Hallo … Lou", sage ich plötzlich schüchtern.

„Du machst mir nichts als Ärger, junge Katarina."

„Du bist derjenige, der in meiner Notaufnahme gelandet ist."

Er nickt zustimmend mit dem Kopf. „Das stimmt."

„Was … was bist du?"

„Ich glaube, dass du das inzwischen weißt. Du hast es sogar selbst gesagt, als ich dich hier hineingetragen habe."

Habe ich das? Ich erinnere mich nicht. Aber ich erinnere mich an seine Arme und das Gefühl der Sicherheit. „Du bist kein Mensch?"

Er schüttelt den Kopf.

„Wie kannst du existieren? Dinge wie dich gibt es nicht!"

„Dinge?"

Ich zeige auf ihn, unfähig, das Wort auszusprechen. Wenn ich es sage, wird es real und dafür bin ich noch nicht bereit.

„Kat. Was bin ich?"

Ein Vampir.

Schreckliche Angst schnürt mir die Kehle zu und erschwert mir das Atmen. Eiskalte Schauer strömen durch jede Zelle meines Körpers und mein Blick fällt auf die geschlossene Tür. Ich schreie, als er mein Kinn packt und mich zwingt, ihn wieder anzusehen.

„Die Tür ist verschlossen. Denke noch nicht einmal daran. Du wirst es nicht einmal aus dem Bett schaffen, wenn ich es nicht erlaube.“

Vampir!

„Wirst du mich töten?“

Er schnauft. „Warum sollte ich dich töten wollen, wenn ich mir solche Mühe gemacht habe, dich am Leben zu halten?“

„Ich weiß es nicht? Warum bin ich hier?“

„Ich konnte dich nicht blutend auf der Straße liegen lassen.“

„Konnte? Oder wollte?“

Ein Lächeln verzieht seine Lippen. „Du bist zu schlau für dein eigenes Wohl.“

„Also … was jetzt?“

„Du musst heilen.“

Ich berühre erneut meinen Hals. Die Haut ist unversehrt und als ich auf meine Hand blicke, stelle ich fest, dass sie mit getrocknetem Blut überzogen ist. Mit meinem Blut. „Und … was dann?“

„Es wird später noch genügend Zeit für Fragen geben. Fürs Erste müssen wir dein Blutvolumen wiederherstellen.“

Er ermahnt mich, als ob ich das nicht selbst wüsste. Als wäre ich ein Kind und keine erwachsene, gebildete Frau.

„Ich glaube, ich muss mich frisch machen.“ Ich strecke ihm meine blutverschmierten Hände entgegen. Ich bin mir sehr wohl bewusst, dass er meiner Frage ausgewichen ist.

Aber ich habe das starke Gefühl, dass ich meine Antwort sowieso früher oder später bekommen werde.

Sein Blick huscht zwischen meinen Händen hin und her. Begierde blitzt in seinen Augen auf und lässt mich zurückschrecken. Er atmet aus und nickt dann. „Komm mit." Er verschwimmt und steht im nächsten Augenblick an meiner Seite. Er schiebt seine Arme unter meinem Rücken und meinen Knien hindurch und hebt mich hoch.

„Hey! Ich kann selbst gehen."

„Katarina, ich möchte mich um dich kümmern." Er wiegt mich an seiner Brust, als wir uns auf eine Tür zubewegen und einen etwas wärmeren Raum betreten. Als er die Lichter an der Decke einschaltet, wandelt sich die Umgebung zu einem wunderschönen Badezimmer. Die Wände sind ein Mosaik aus tiefbraunen Farbtönen mit goldenen Flecken und der Boden ist aus demselben Hartholz gefertigt wie der im Schlafzimmer. Er setzt mich auf dem Rand einer überdimensionalen Whirlpool-Badewanne ab.

Sobald ich aufrecht stehe, fällt mein Blutdruck und meine Sehkraft schwindet.

„Oha!" Ich reiße meine Hand zur Wand herum und versuche, mich abzustützen.

Er fängt mich sofort und streckt mir ein Glas Wasser entgegen, das wie aus dem Nichts erscheint. „Trink. Ich hab dich."

Ich zittere, während ich das Glas leere, und halte es mit beiden Händen fest. Als es leer ist, füllt er es wieder auf.

„Danke schön." Ich trinke in kleineren Schlückchen weiter. Ich muss vorsichtig sein, aber ich brauche dringend Flüssigkeit.

„Ich werde dich jetzt ausziehen." Er stellt das Glas auf die polierte Steinplatte neben dem Waschbecken.

Trotz meines benebelten Gehirns schießt ein Adrenalinschub durch meinen Körper und ich reiße die Hand hoch, um mich am Ausschnitt meines Kleides festzukrallen. „Was? Nein!"

Lou nimmt meine Hand und löst sie Finger für Finger von meinem Kleid. Er senkt sie zu meinem Schoß hinunter.

„Doch, Katarina. Ich möchte, dass du etwas verstehst. Du kannst nicht mehr in dein früheres Leben zurückkehren. Von jetzt an ruht dein Leben in meinen Händen. Du gehörst jetzt zu mir."

Ich reiße die Augen weit auf und starre ihn entsetzt an. „Was?", flüstere ich.

„Von dem Moment an …", er streicht mit dem Finger von meiner Schläfe über meine Wange, lässt ihn an der Stelle ruhen, an der ich gebissen wurde, folgt dann meinem Schlüsselbein und hinunter zum obersten Knopf meines Kleides, „… als du damals im Krankenhaus mein Profil nachgezeichnet hast und so traurig warst. Als du um einen Fremden getrauert hast, den du noch nie zuvor gesehen hattest … war es dein Schicksal hier zu landen."

Ich schüttele den Kopf und er drückt einen Finger auf meine Lippen. Er schaut mir mit geneigtem Kopf in die Augen und sagt: „Du hast nach mir gesucht."

In seinem tiefbraunen Blick liegt ein Versprechen von Sicherheit, von Zugehörigkeit und von tödlicher Gefahr. Ich schlucke schwer. „Ich wusste es nicht."

„Was wusstest du nicht?"

Ein Schauder schießt über meinen Rücken. Er greift hinter mich und dreht die Dusche auf. „Dass es gefährlich ist."

„Das ist nicht wahr. Du wusstest es."

Ich blicke auf meine nackten Füße hinunter. Sie sind schmutzig und von Blut verschmiert. Ich weiß nicht, wo meine Schuhe sind. Ich kann nicht leugnen, dass ich es vom ersten Moment an gespürt habe. „Ja“, flüstere ich. „Aber Lou … ich habe ein Leben. Ich werde gebraucht. Die Leute werden mich vermissen.“

Ehrlich gesagt weiß ich nicht, welche Leute ich meine. Meinen Arbeitsplatz. Mom und Dad natürlich. Ich kann doch nicht einfach …

Er hockt sich vor mich und öffnet den ersten Knopf. Ich starre auf seine kräftigen Hände hinunter. So stark. Ich hebe meinen Blick und schaue in seine warmen Augen. Darin schwimmt Mitgefühl und eine Sehnsucht, die ich so stark empfinden kann, als wäre sie meine eigene. Wie kann das sein?

Der nächste Knopf ist offen. Mein Kleid ist steif von getrocknetem Blut und meine Brust mit braunen Streifen verschmiert.

„So ist das Leben, Kat. Menschen kommen. Menschen gehen.“ Er öffnet die nächsten beiden Knöpfe. „Heb die Arme hoch.“

Ich zittere, schüchtern, und meine Wangen brennen vor Verlegenheit. Aber ich weiß, dass ich keine andere Wahl habe.

„Braves Mädchen.“ Er greift nach dem Saum und zieht mein Kleid in einer schnellen Bewegung nach oben und über meinen Kopf aus. Ich verschränke die Arme vor der Brust, aber er lässt es nicht zu. Er schüttelt den Kopf und sein Blick wird dunkler.

„Was hast du mit mir vor? Ich kann doch nicht für den Rest meines Lebens hierbleiben.“

Lou steht auf und sieht mich mit geneigtem Kopf an. „Komm.“ Er nimmt meine Hand und hilft mir, meine Beine über den Badewannenrand zu heben. Dann tritt er vollbekleidet in die Dusche und setzt mich vor sich hin. Ich sitze eingeklemmt zwischen seinen Oberschenkeln mit dem

Rücken zu seiner Brust. Er greift nach dem Duschkopf und beginnt, meinen völlig unterkühlten Körper mit perfekt temperiertem Wasser aufzuwärmen. „Sorge dich um eins nach dem anderen, Kat."

Meine Gedanken hören nicht auf zu rasen. Mir schießt ein unmögliches Szenario nach dem anderen durch den Kopf, aber allmählich entspanne ich mich. Ich lehne mich zurück und lasse mich gegen seine harte Brust sinken. Ich werde mir seines Körpers immer bewusster. Seine starken Hände, die massiven Oberschenkel, die unter seiner durchnässten, schwarzen Anzughose verborgen liegen. Seine Hand in meinem Haar, die meine Kopfhaut massiert und eine wahre Wonne ist. Er schiebt die Hände über meine Schultern hinunter und seine Berührung löscht die Erinnerungen an meinen Angreifer aus. Das Gefühl seiner Haut auf meiner sendet ein Kribbeln durch meinen Körper. Das Wasser, das sich auf dem Boden der Wanne sammelt, mischt sich mit roten Rinnsalen und färbt sich allmählich zu einem helleren Rosa. Ich lege meine Hände auf seine Oberschenkel und schwelge im Gefühl seiner harten Muskeln. Er zuckt und schlingt einen Arm um meine Brust, als ihm ein tiefes Knurren entweicht, das in mir nachhallt.

„Lass uns den hier ablegen." Er drückt mir den Duschkopf in die Hand und öffnet meinen BH. Er zieht ihn von mir ab und lässt ihn auf den Boden fallen. Mit der Hand streichelt er über meine Hüfte und schiebt sie dann seitlich in mein Höschen. Er zieht es hinunter. Ich schnappe nach Luft, als ich meinen Hintern hebe, um ihm bei seiner Aufgabe behilflich zu sein. Ich habe Angst und brenne gleichzeitig vor Erwartung, als mir bewusst wird, dass ich im nächsten Augenblick völlig nackt vor diesem Fremden, vor diesem Vampir, sitzen werde. Vor diesem *Mann*.

Denn was auch immer er sonst noch ist, er ist auch ein

Mann. So überaus männlich, dass er meine Hormone in Aufruhr versetzt hat, seit ich ihn zum ersten Mal gesehen habe. Und jetzt zieht er mich aus. Ich bin ihm ausgeliefert und er hat mehr als deutlich gemacht, dass ich nirgendwo hingehen werde. Ich kann dagegen ankämpfen oder ich kann das, was passieren wird, geschehen lassen.

Bitte sei vorsichtig mit mir. Ich möchte ihn anflehen, aber ich kann die Worte einfach nicht über die Lippen bringen. Es gibt so vieles, das er nicht über mich weiß. Aber ist es ihm wichtig oder wird er wie der andere sein, der mich einfach gegen die Wand gestoßen und von mir genommen hat?

Egal, was passiert, mein Leben hat sich für immer verändert.

KAPITEL 6

Lou

Sie ist so weich in meinen Händen, schwach und wundervoll geschmeidig, aber sie riecht falsch. Der Gestank eines anderen Vampirs haftet ihr an und das muss sich ändern. Mein Herz schlägt und ich will nicht, dass es aufhört. Es schlägt für sie. Ich spüre ihre Qual, ihr Leben verloren zu haben. Ich spüre ihre Angst davor, mir ausgeliefert zu sein. Davor, nicht zu wissen, wer ich bin oder was ich ihr antun werde. Und ich spüre die Spannung zwischen uns – dieses köstliche Gefühl erster Begegnung, des Wunsches, mehr zu erfahren, des Wunsches, zu entdecken und zu erforschen.

Ihre unterwürfige Haltung überrascht und erfreut mich. Ich möchte gern glauben, dass sie natürlich ist, und ich bin mir fast sicher, dass ich nicht völlig danebenliege. Aber ich weiß auch, dass sie mehr als erschöpft ist und ihr Mangel an energischem Protest wahrscheinlich darauf zurückzuführen ist. Mit der Zeit werden sie kommen. Ihr Zorn, die Leugnung, Angst, Fluchtversuche und schließlich Akzeptanz.

Ich werde jedes dieser Gefühle genießen und es mir für

zukünftige einsame Jahrzehnte genau einprägen, in denen ich mich an diese faszinierende, kleine, menschliche Frau erinnern werde.

Ich gebe etwas Duschgel auf meine Handfläche, reibe mir die Hände und streichele über ihren Hals, ihre Schultern, ihren Rücken und die Arme. Sanft berühre ich die Seiten ihrer Brüste. Sie zuckt und schnappt leicht nach Luft. Das werde ich später noch genauer erforschen, viel, viel genauer, aber zunächst muss ich dafür sorgen, dass sie wieder wie sie selbst riecht, und sie etwas Kraft gewinnen lassen.

„Lou", sagt sie bei einem Ausatmen, als ich mit der Hand über ihren Bauch reibe. „Ist das kurz für Louis?"

„Ich weiß es nicht."

Sie schaut zu mir auf und drückt ihren Rücken gegen meine Brust, als ich meine Hände über die Innenseite ihrer Oberschenkel gleiten lasse. „Wie kommt das? Dass – dass du deinen eigenen Namen nicht kennst?"

„Meine Verwandlung war … traumatisch. Ich habe nur sehr wenige Erinnerungen an mein Leben als Mensch."

„Oh. Was ist passiert?"

Meine Brust zieht sich zusammen. Dies ist meine einzige echte Schwäche. Das mein Geist die Stunden unter der Erde nicht überstanden hat. Dass sie mich jenseits jeglicher Heilung traumatisiert haben. Vielleicht bin ich deshalb so neugierig und spüre einen solch starken Beschützerinstinkt für die Menschen, denen ich begegnet bin und die mir wichtig waren. Weil ich ihre Verletzlichkeit verehre. Es war einst meine eigene. Ich streiche ihr ein paar Haarsträhnen von der Stirn. „Vielleicht ein anderes Mal, Katarina Donovan. Vielleicht ein anderes Mal."

„Nein!" Sie windet sich. Versucht, mich von sich zu schieben. „Du schuldest mir mehr. Du nimmst mir mein

Leben. Gib mir etwas, mit dem ich hier arbeiten kann. Ich brauche etwas. Wo kommst du her?"

Ich grinse, als ich sie enger an meine Brust ziehe. Es gefällt mir, dass sie mir Fragen stellt und dass sie mir widerspricht. Kein Mensch hat je zuvor solch unmittelbares Interesse in mir erweckt wie die junge Doktor Donovan. Sie ist genauso, wie ich sie mir vorgestellt habe, und ich kenne sie erst seit ein paar Minuten. Ich bin ein Teufel, ihr dies anzutun, aber wie soll ich ihr widerstehen? Ihre Lebensspanne beträgt nur wenige Jahre. Ich nehme nicht viel. Nicht im Vergleich zur Ewigkeit der Einsamkeit, die meiner zufälligen Begegnung mit ihr in der Notaufnahme vorausging.

„Möglicherweise aus der Region, die jetzt Frankreich heißt", sage ich. „Vielleicht südlich der Pyrenäen. Spanien. Oder Italien. Ich habe nach meiner Abstammung gesucht. Ich habe mein Aussehen, meine Ausdrucksformen und meine bruchstückhaften Erinnerungen mit den Menschen verglichen, die dort leben. Aber ich hatte nie das Gefühl, irgendwo hineinzupassen."

„Das tut mir so leid."

Ich greife nach dem Duschkopf und spüle das Duschgel mit dem Wasserstrahl ab. „Es ist schon lange her. Es gibt nichts, was dir leidtun muss, meine Kleine. Du musst diese Last nicht tragen." Ich schäume meine Hände mit Shampoo ein und beginne, ihre Kopfhaut zu massieren.

„Warum hast du mich mitgenommen?", fragt sie schläfrig. „Oh, das fühlt sich so gut an."

Ihr sanftes, vergnügtes Stöhnen lässt meinen Schwanz zucken, aber ich drücke ihn nach unten. Dies ist nicht der richtige Zeitpunkt. Ich werde sie genießen, sie schmecken, sie zum Schreien bringen, aber alles zu seiner Zeit. „Du brauchst jemanden, der sich um dich kümmert."

„Das tut nie jemand", murmelt sie mit geschlossenen

Augen. Ihr Gesichtsausdruck zeugt von stiller Verzückung, als würde sie von innen heraus strahlen. „Niemand kümmert sich je um mich."

„Ich weiß. Das ändert sich jetzt." Ich spüle ihr Haar aus und schaue mich um. Ihr Haar braucht Pflege und ich füge eine Spülung zu meiner wachsenden Liste von Dingen hinzu, die ich brauchen werde, um mich richtig um diese menschliche Frau kümmern zu können. Sie ist ein zerbrechliches kleines Ding und sie wird in meiner Welt nicht in der Lage sein, für sich selbst zu sorgen. Sie ist von jetzt an und bis zu ihrem letzten Atemzug meine Verantwortung. „Komm." Ich stehe auf und ziehe sie mit mir. Dann hebe ich sie wieder in meine Arme und wickele sie in ein flauschiges Handtuch.

„Au, mir ist schwindelig." Sie kneift die Augen zusammen und drückt ihren Kopf an meine tropfnasse Brust. Sie ist sauber und riecht wieder wie sie selbst. Ich schwelge in der Wärme, die von ihrer Haut ausstrahlt.

Als ich vor dem Bett stehe, wird mir bewusst, dass die Laken gewechselt werden müssen. Ich muss ihr außerdem etwas zu essen und mehr zu trinken besorgen. Ich lege sie auf meine Seite, die nicht beschmutzt ist, und decke sie zu. „Ruh dich aus. Ich bin gleich wieder da."

Kat

Es gibt einen winzigen rationalen Teil, der in mir schreit, dass ich versuchen muss, von hier zu fliehen. Aber als ich mich daran erinnere, dass ich mich in einem Keller in einem Club voller Vampire befinde, gebe ich den Gedanken auf. Ich genieße den Anblick von Lous breitem Rücken, als er sich die durchnässte Hose und das Hemd auszieht. Mein Herz schlägt beim Anblick das nackten Vampirs bis zum

Hals. Er ist wunderschön mit gewölbten Muskeln unter seiner bleichen Haut, kräftigen Oberschenkeln, einem Hintern zum Anbeißen und, oh, wie sehr ich mir wünsche, dass er sich umdreht. Aber er ist ein Gentlemen, schnappt sich eine schwarze Jeans aus dem Schrank und verschwindet für ein paar Sekunden im Badezimmer, bevor er mit nackter Brust, aber von der Taille abwärts bekleidet, wieder auftaucht.

Er sieht mir in die Augen und mein Magen überschlägt sich. „Schau nicht so enttäuscht, Kat."

Schnell wende ich den Blick ab und ziehe die Bettdecke bis zu meinem Kinn hoch. „Tu ich doch gar nicht", murmele ich.

Lou lacht leise. „Ich bin gleich wieder da. Geh nicht weg. Ich werde die Tür abschließen. Dort draußen ist ein ganzer Club voller gefräßiger Vampire und Menschen, die zu berauscht sind, um sich darum zu scheren. Ich werde dich beschützen, aber du musst tun, was ich dir sage."

„Ich gehe nirgendwohin. Ich kann mich noch nicht einmal allein aufsetzen. Bitte … komm zurück."

„Schlaf ein wenig und ich werde zurück sein, bevor du dich versiehst." Er schreitet durch den Raum und die Tür fällt ins Schloss, bevor ich auch nur blinzeln kann. Verdammte Vampirgeschwindigkeit. Sie verwirrt meine Sinne. Ich sehe mich im Zimmer um und kämpfe, um wachzubleiben. Ich möchte Nachforschungen anstellen, aber als der Rausch seiner Berührung allmählich verblasst, weicht er einer tiefen Lethargie, wie ich sie noch nie zuvor gespürt habe. Ich schließe meine Augen nur ein wenig.

„Kat."

Etwas kitzelt meine Wange. Es dauert einen Moment, bevor ich plötzlich aufwache und direkt in die dunklen Tiefen von Lous Augen starre. Er hockt neben dem Bett und sein

Kopf befindet sich auf gleicher Höhe mit meinem. Ein schiefes Lächeln ziert seine Lippen.

„Ich dachte, du wolltest irgendwo hingehen?"

„Ich war weg. Und jetzt bin ich zurück."

„Ich habe geschlafen?"

„Wie ein Stein. Zu saufen und mindestens ein Viertel deines Blutvolumens zu verlieren, verursacht so etwas. Komm." Er greift nach mir und zieht mich in seine Arme. Dann trägt er mich zu einem Sessel, den ich vorher noch nicht bemerkt habe.

„Woher weißt du das?"

„Was?"

„Beides? Kannst du die Anzahl meiner Blutplättchen spüren?"

„Dein Blut ist wässrig. Es ist zu dünn. Deine Lippen sind blass, deine Augen hohl und du bist weiß wie ein Laken. Ich sehe es, ich rieche es. Und du hast nach Whisky gestunken, als ich dich gefunden habe." Er hält eine seidene marineblaue Haremshose hoch. „Gib mir deinen Fuß."

„Höschen?"

Er sieht einen Moment sprachlos aus. „Oh. Nun, ich habe geplündert, was ich finden konnte. Ich werde dir alles besorgen, was du brauchst, aber für den Moment ist das alles, was ich habe."

„Alles, was ich brauche. Außer meine Freiheit?"

Lou nickt. „Korrekt." Er sagt das so beiläufig, als ob nichts Dramatisches dabei wäre. Ich bin zu müde, um klar zu denken, aber er hat doch sicher nicht vor, mich auf unbestimmte Zeit hierzubehalten?

Ich lasse mich von ihm kleiden. Nach der Hose folgt ein langärmeliges, enges, weißes Oberteil und dicke Socken. Er legt mir eine Wolldecke über den Schoß und zeigt auf den

Beistelltisch, wo eine Mahlzeit wartet. Außerdem ein Glas Wasser und ein Päckchen Eisenpräparate.

„Iss. Ich werde das Bett machen.“

Er verschwimmt vor mir und ist bereits mit dem Bett fertig, bevor ich auch nur zwei Bissen des medium-rare gebratenen Steaks essen kann.

„Wie hast du das alles bekommen?“

Lou hockt sich vor mich hin und legt seine Hände auf meine Knie. Mir wird erneut schwindlig, aber dieses Mal nicht wegen des sinkenden Blutdrucks, sondern ganz im Gegenteil. Seine Handflächen wärmen meine Haut durch den dünnen Stoff der Hose und ich möchte meine Oberschenkel gleichzeitig spreizen und zusammenkneifen. Stattdessen tue ich gar nichts. Ich bin krankhaft neugierig, wo das alles hinführen wird. Es ist so surreal. Wenn ich jemals gedacht habe, mein Leben sei eintönig … nun, das ist es jetzt nicht mehr.

„Lucius war so gütig, jemanden zu schicken, der frische Laken und Toilettenartikel bringt. Ich habe ein paar Geschäfte geplündert und das hier“, sagt er mit einem Kopfnicken in Richtung Teller, „… ist von einem nahe gelegenen Restaurant.“

„Lucius?“

„Der hiesige König.“

„Es gibt einen König?“

„Einen Vampirkönig.“

„Was? Mit einem Schloss und einem Burggraben, der Hof hält und …“

„Nein … nicht ganz so. Du befindest dich in seinem Club.“

„Club? Lou … wo hast du mich hingebracht? Was ist das für ein Ort?“

„Wie viel hast du gesehen?“

Ich starre auf die geschlossene Tür und erinnere mich an Stöhngeräusche und verschwitzte, nackte Körper. Meine Wangen werden heiß, was in gewisser Weise ein Segen ist, da ich mich in einem ständigen Fröstelzustand befinde.

„Sex. Ich habe Menschen gesehen, die Sex hatten." Er neigt den Kopf und scheint meine Reaktion abzuschätzen. Ich habe darauf allerdings keine besondere Reaktion. Der menschliche Körper macht mir keine Angst und Sex ist ein integraler Bestandteil des Lebens. Essen, Schlaf und Sex sind die obersten Prioritäten im Kopf eines jeden Menschen. Dafür zu kämpfen oder dagegen. Dieselbe Leidenschaft, dieselben Instinkte. Ist es für Vampire genauso?

„Nicht ganz. Aber nah dran. Hier kommen Vampire her, um zu trinken."

Ich zucke und lasse die Gabel fallen. Lou fängt sie noch in der Luft auf. Seine Hand schießt mit unmenschlicher Geschwindigkeit vor. Er hält sie mir wieder hin.

„Macht dir das Angst?"

Ich starre ihn an, auf die Tür, auf die Gabel und habe das Gefühl, dass die Wände über mir hereinbrechen. „Ja."

„Ich werde nicht zulassen, dass dir etwas zustößt, Kat. Du hast mein Wort."

Ich hebe die Hand an meinen Hals und berühre die Stelle, an der ich gebissen wurde. „Aber du wirst mein Blut trinken."

Sein Blick verdunkelt sich. Er legt die Gabel mit langsamer und bedachter Bewegung auf das Tablett. Ich schrecke zurück, als ich mich plötzlich und eindringlich an seine nicht-menschliche Natur erinnere. Die Luft zwischen uns verdichtet sich und er antwortet nicht sofort. Er lässt seine Hände über das seidige Material der Hose an meinen Oberschenkel hinaufgleiten und verursacht damit eine Gänsehaut an allen Stellen, die er berührt. Ich schaue ihm in die Augen und bin gebannt von der Flut der Gefühle, die darin strahlt. Da ist

Durst, aber auch Traurigkeit, Sehnsucht und unterdrücktes Verlangen. Ich war schon immer gut darin, Menschen zu lesen. Aber auch wenn er nicht gerade zur Kategorie „Mensch" gehört, sehe ich ihn immer noch als eine Person und nicht als ein einfältiges Monster an.

„Ja", sagt er schließlich. „Ich werde von dir trinken."

Mein Atem stockt beim Ausatmen. Ich sage gar nichts. Der Raum scheint zu kippen und mein Herz schlägt wild in meiner Brust. Ich brauche mein Blut, sonst sterbe ich. Wie viel wird er nehmen? Wird es genauso wehtun wie bei dem Monster, das mich in der Gasse gebissen hat? Ich habe tausend Fragen und traue mich nicht, auch nur eine davon zu stellen.

„Bitte, Lou. Lass mich gehen", wimmere ich und beiße mir auf die Unterlippe, um das Zittern zu unterbinden.

Er hebt seine Hand an meine Wange und streichelt mit dem Daumen darüber. Dann fährt er mit seinen Fingern durch mein Haar, hinunter zu meinem Nacken und lässt sie schließlich an meinem schutzlosen Hals ruhen. Ich kann nichts dafür, dass ich mich in seine Hand schmiege und Unterstützung von der einzigen Quelle suche, die ich habe.

„Das kann ich nicht", sagt er leise.

„Warum? Du kannst einen Menschen nicht einfach aus seinem Leben reißen."

„Ich kann es und ich habe es getan. Du hast zu viel gesehen. Du brauchst das nicht noch einmal zu fragen. Ich habe mich entschieden, dich zu behalten, weil du mich faszinierst. Unter anderen Umständen hätte ich dich töten oder deine Erinnerungen an mich für immer auslöschen müssen."

„Das hast du schon einmal gesagt", flüstere ich.

„Und du hast mich angefleht, es nicht zu tun."

„Damals hast du mich gehen lassen."

Seine Mundwinkel ziehen sich zu einem schiefen Lächeln

hoch, das mich innerlich schmerzen lässt. „Das stimmt nicht ganz."

„Du bist mir gefolgt?" Inmitten aller Emotionen überschlägt sich mein Herz vor Freude. Ich habe nach ihm gesucht, mich nach ihm gesehnt und gedacht, dass ich ihn nie wiedersehen würde. Aber er war die ganze Zeit da gewesen.

„Das musste ich."

„Weil ich zu viel gesehen hatte?"

„Nein. Weil ich dich wiedersehen musste."

„Warum?" Die Luft zwischen uns wird dick und ich weiß nicht einmal, wie ich meinen nächsten Atemzug tun soll.

„Ich habe ein Mädchen getroffen, das mir unendliches Mitgefühl zeigte. Das nach Blumen, Whisky und Einsamkeit riecht und ihre Hände nicht von mir lassen konnte. Ein Mädchen, das um meinen vermeintlichen Tod trauerte, ohne mich überhaupt zu kennen. Wie sollte ich dich *nicht* kennenlernen wollen?"

„Aber …"

„Iss auf, bevor es kalt wird. Du brauchst Nahrung. Ich werde dich in Ruhe lassen." Er zieht seine Hand weg und steht auf. Ich vermisse seine Berührung sofort.

„Wohin gehst du?"

„Ich muss mich auch ernähren, Kat."

Er lässt mich allein und zieht die Tür hinter sich zu. Die Andeutung ist zu viel für mich. Er ist unterwegs, um zu trinken. Das Blut von jemandem. Und er wird mein Blut trinken, wenn ich stärker bin. Ich starre auf meine Mahlzeit und das Eisenpräparat. Ich könnte mich weigern zu essen und schwach bleiben. Aber ehrlich gesagt, will ich das nicht tun. Niemand hat sich je so um mich gekümmert wie Lou in den letzten paar Stunden. Er hat mich gebadet, gekleidet und gefüttert. Ich will mehr davon. Und ich will mehr erfahren.

Mir ist schwindelig. Es gibt Vampire. Und einen König?

Ich kann mir ein kleines halb hysterisches Lachen nicht verkneifen. Was wäre, wenn die US-Regierung erfährt, dass wir einen König haben? Was wäre, wenn die Welt wüsste, dass es größere Raubtiere gibt als uns und wir nicht an der Spitze der Nahrungskette stehen?

Mein Magen überschlägt sich.

Oh mein Gott. Ich bin eine Mahlzeit.

KAPITEL 7

Lou

Im nächsten Moment bin ich schon zur Tür hinaus. Ich brauche dringend Blut. Ihr Geschmack kribbelt bereits, seit ich ihre Wunde geleckt habe, auf meiner Zunge. Und seitdem wütet das Monster in mir und will mehr. Ich will nicht irgendjemanden. Ich will sie, aber zuerst muss sie ihre Kräfte zurückerlangen.

Sie hat so viele Fragen. Jetzt fängt es an. Ich erwarte, dass ihr Widerstand zunehmen und abnehmen und wieder zunehmen wird. Aber zum Schluss wird sie ihr Schicksal akzeptieren. *Ich* bin ihr Schicksal.

Lucius sitzt auf seinem Thron. Seine Hybrid-Frau ist nirgends zu sehen. Als ich mich ihm nähere, schaut er auf. „Ich bin neugierig", sagt er. „Wer ist das Mädchen?"

Ich runzele die Stirn. Ich weiß nicht, wie ich antworten soll. Er schnippt mit den Fingern und einer seiner Lakaien kommt näher. „Bring dem Gentleman einen Stuhl."

Ich schüttle den Kopf. „Ich muss trinken."

„Hab Nachsicht mit mir, Lou. Das lässt sich arrangieren. Vom Hals?"

Der Lakai kommt mit einem Stuhl zurück, den er an die Selenes leerem Platz gegenüberliegende Seite des Thrones stellt. Ich setze mich und sehe Kats glatte, blasse Haut vor meinem geistigen Auge. Es gibt nur einen Hals auf der Welt, in den ich meine Reißzähne versenken möchte.

„Glas."

„Bass", sagt Lucius mit einer lauteren Stimme und ein großer, kahlköpfiger Vampir, der gerade Nippel-Klammern von einem jungen Mann entfernt, schaut auf.

„Sir?"

„Komm mit deinem Sub hierher. Bringe ein Glas mit."

„Sofort, Sir."

Er befreit seinen Menschen vom Andreaskreuz und führt den benommenen Mann zu uns hinüber. Er drängt ihn, sich vor Lucius' Füßen auf die Treppe zu setzen, verschwindet dann für einen Moment und kommt mit einem Glas zurück. Lucius neigt den Kopf zu mir und Bass streckt mir das Glas entgegen. Ich winke den Menschen heran, näherzukommen, greife nach seinem Arm und halte ihn fest, während ich die Haut seines Handgelenks durchbohre. Mehrere Vampire im Club schauen auf, als der süße Duft des Blutes des Unterwürfigen aufsteigt. Mein eigenes Monster knurrt mit ungeheurem Durst. Ich habe in den letzten Tagen zu wenig getrunken. Ich war … zu beschäftigt.

Als ich mit der Menge zufrieden bin, beiße ich in mein eigenes Handgelenk und reibe ein paar Tropfen Blut über die Wunde, um sie zu verschließen.

„Wie heißt du?", frage ich den jungen Mann.

„Sean", flüstert er wie versteinert. Seine Pupillen weiten sich und sein Mund hängt offen. Es ist offensichtlich, dass er denkt, er hätte einen neuen Master gefunden.

„Vielen Dank, Sean. Du kannst jetzt gehen."

Er steht unentschlossen da und starrt mich mit gierigem

Blick an. Ein Ruck von Bass lässt ihn die Treppe hinunter-
stolpern.

Lucius lacht. „Ich glaube, den musst du dir noch einmal
vornehmen."

Bass' Blick wird dunkler. „Ja, Sir."

„Beeindruckende Fähigkeiten", sagt Lucius und dreht sich
zu mir um. „Du hast noch nicht einmal seinen Geist manipu-
liert und ihn trotzdem völlig verzaubert."

Ich trinke einen großen Schluck des warmen, süßen
Blutes und schwelge im Gefühl, wie es meine Adern füllt und
meinen Körper wärmt. „Ja", sage ich nur.

„Du bist sehr alt."

„Das bin ich allerdings."

„Und doch erhebst du keinen Anspruch auf einen Thron?"

Er testet mich noch immer, aber ich verstehe, wieso er es
tut. Vampire sind eine ständige Bedrohung füreinander. „Ich
habe kein Interesse an Intrigen, am Regieren oder daran, mir
ein Gefolge von Lakaien zu halten."

„Es ist ein komfortables Leben", sagt Lucius und breitet
die Arme aus, um auf seinen Club zu deuten.

„Ist es das? In all meinen Jahren habe ich noch kein
Vampirnest gesehen, das nicht in die Brüche gegangen
wäre. Es braucht einen strengen Herrscher." Ich sehe Lucius
in die Augen. Er versucht, mich einzuschätzen. Es ist nur
natürlich, aber auch ich möchte wissen, woraus er gemacht
ist.

„Ich finde es amüsant. Viele Männer haben versucht,
mein Imperium zu zerschlagen. Sie sind alle gescheitert. Sag
mir, was sind deine Absichten mit deinem Menschen?"

Ich blicke zur anderen Seite des Raumes in die Richtung
des dunklen Korridors, der zu meinem vorübergehenden
Zimmer führt. Ich sehne mich bereits danach, sie wieder in
meinen Armen zu spüren. „Sie muss heilen."

„Du hättest ihre Erinnerungen löschen und sie ihr Leben weiterleben lassen können."

„Das verdient sie nicht."

„Was verdient sie dann? Dich?"

Ich schaue von Lucius auf das Kreuz auf der anderen Seite des Raumes und stelle mir ihren blassen Körper vor, der sich unter meiner Peitsche windet. „Wahrscheinlich nicht mich, aber das ist es, was sie bekommt."

„Hast du dir oft Menschen gehalten?"

„Ein paar."

„Hast du vor, sie zu trainieren?"

Ich hatte bislang überhaupt keine Pläne, aber als ich nun damit konfrontiert werde, wird mir bewusst, dass es genau das ist, was ich zu tun gedenke.

„Ja."

„Und sie will das auch?"

Ich runzele die Stirn. Ich bin überrascht von seiner Frage. Er kommt mir nicht wie ein Mann vor, der sich um anderer Leute Zustimmung schert. „War es das, was Ihre Gespielin wollte?"

„Selene ist mir ebenbürtig und meine Königin. Sie ist nur meine Gespielin, wenn wir Spaß miteinander haben. Und um deine Frage zu beantworten: wir hatten einen etwas komplizierten Start."

„Wie das?"

„Sie wurde geschickt, um mich zu ermorden."

„Tatsächlich? Wie ist das für sie ausgegangen?"

„Sagen wir einfach, es lief nicht wie geplant."

„Das tut es nie, nicht wahr?"

Lucius beugt sich vor und spricht mit so leiser Stimme, dass kein anderer Vampir ihn hören kann. „Ich möchte, dass du etwas verstehst. Wenn jemand in meinem Etablissement einen Menschen beschädigt, ist er sofort draußen. Es darf

Gedankenkontrolle geben, oder auch nicht. Manchmal wird die Zustimmung gegeben, manchmal genommen. Es gibt Blut, Schweiß und Tränen, aber keine dauerhaften Schäden. Jeder, der mir nicht gehorcht, fliegt raus. Ohne Vorwarnung. Wer hier einen Menschen tötet, stirbt. Endgültig." Er schaut auf und begegnet dem Blick eines großen, vornehm gekleideten Mannes, der an der Bar sitzt und ein Glas Blut trinkt, als würde er auf jemanden warten. „Stimmt das nicht, Aleron?"

Alerons Blick huscht zwischen mir und dem König hin und her. „Manche haben das auf die harte Tour gelernt", sagt er ohne Umschweife.

„Damit habe ich kein Problem", sage ich.

Lucius nickt. „Ich werde dich bleiben lassen, während sie sich noch erholt. Wenn du danach in Tucson bleiben willst, rate ich dir, dir eine eigene Bleibe zu suchen. Wenn du dich benimmst, wirst du in meinem Etablissement immer willkommen sein."

„Das weiß ich zu schätzen."

Schweigend sitzen wir da und beobachten die sich windenden Körper. Manche trinken. Manche haben Sex. Die Hitze nimmt zu und lässt nach und im Laufe der Stunden wird die Menge dünner. Selene grüßt mich mit einem Nicken, als sie zu uns kommt und sich anmutig auf ihren Thron sinken lässt. Sie sind ein ansehnliches Paar und ein Anflug von Neid steigt in meiner Brust auf. Plötzlich sehne ich mich unheimlich danach, Kat erneut in die Arme zu schließen. Ich spüre den nahenden Sonnenaufgang und stehe auf.

„Ja", sagt Lucius, „es ist Zeit. Geh und kümmere dich um deine Gespielin. Deine Kammer ist sicher. Du kannst ruhig schlafen. Selbst ich gelange nicht hinein, wenn sie von innen verriegelt ist."

Selene schaut auf. Ihre blassgrauen Augen blitzen interessiert auf. Sie ist neugierig. Sie sind beide neugierig auf mich und meinen Menschen, aber sie kommentiert es nicht.

Ich grüße sie zum Abschied mit einem Nicken und gehe ohne ein weiteres Wort davon.

~

Kat

Es scheint, als wäre er ewig weg. Ich habe kein Telefon, keinen Fernseher und keine Uhr. Ich habe nichts, was mir die Zeit anzeigt, und keine Möglichkeit, mit der Außenwelt zu kommunizieren. Nach dem Essen schaue ich sehnsüchtig auf das Bett, als mir bewusst wird, dass ich zur Toilette muss. Ich stehe auf und werde sofort ohnmächtig, weil mein Blutdruck rapide fällt. Ich komme zu mir, umklammere die Armlehne und liege halb auf dem Boden. Die Wände tanzen um mich herum und ich muss einen Moment lang die Augen zukneifen, um mich wieder zu fangen. Scheiße. Das war dumm.

Ich knirsche mit den Zähnen und krieche auf Händen und Knien ins Badezimmer. Ich schwitze literweise und mir wird von der Anstrengung übel. Meine Gliedmaßen fühlen sich an, als wären sie mit Blei gefüllt. Ich brauche *dringend* ein paar Einheiten Blut. Ich kann nicht glauben, wie ich hier gelandet bin – gefangen von einem *Vampir*. Ich bin so eine Idiotin. Warum musste ich losziehen und so neugierig sein?

Mit knirschenden Zähnen krieche ich zurück. Ich frage mich, wohin Lou gegangen ist und von wem er trinkt. Meine Brust krampft sich beim Gedanken daran zusammen, dass er eine andere Person in seinen starken Armen halten könnte. Ich bin doch nicht *eifersüchtig*, oder? Das ist verrückt. Ich sollte froh sein, dass ich es nicht bin. Andererseits, was ist, wenn er *meinetwegen* dort draußen ist und einem anderen Menschen nachstellt? Der Durst in seinen Augen, als er das

Blut an meinen Händen sah … oh Gott. Alles ist falsch, so wahnsinnig falsch.

Das Bett ruft nach mir. Ich würde so gern das Zimmer, die Schubladen am Schreibtisch und den Schrank durchsuchen, aber mein Schädel dröhnt und ich muss mich ausruhen. Die rote Seidenbettwäsche ist kühl und weich. Stück für Stück krieche ich darunter und falle in einen unruhigen Schlaf.

Reißzähne. Dunkle Gassen. Schmerz. Ich sterbe wieder und wieder. Hilflos. Gefangen.

„Ganz ruhig, Kat. Ich hab dich."

Starke Arme sind um meine Schultern geschlungen und halten mich fest. Ich stöhne und vergrabe mein Gesicht in seinem Nacken, während ich darum kämpfe, meine Atmung unter Kontrolle zu bringen. Die gesichtslosen Monster meines Traumes verblassen, aber die rohe, unerbittliche Angst bleibt.

„Dein Herz schlägt *so* schnell. Ein Albtraum?"

„Ja", lalle ich. „Wo warst du?"

„Ich dachte, ich lasse dich schlafen." Er hebt seine Hand, um meinen Kopf zu streicheln. Mit den Fingern gleitet er durch mein Haar und zieht mich dabei noch fester an sich. „Du zitterst ja."

„Es war schlimm."

„Hast du von mir geträumt?"

Benommen liege ich in seinen starken Armen und ertrinke in seinem süßen Duft. Er riecht nach Weihnachten, nach Plätzchen backen. Er riecht nach Heimat.

„Nein. Nicht von dir."

Er umarmt mich und ich kuschle mich an ihn. Mein Körper schmiegt sich an seinen. Seine Bewegungen sind träge und die Stimme ist leicht verändert, irgendwie tiefer.

„Die Morgendämmerung bricht an. Der Schlaf wird mich jede Minute überkommen. Auf dem Schreibtisch liegen Mahlzeitenersatzgetränke für dich. Sorge dafür, dass du isst und trinkst. Versuche, nicht wegzulaufen. Du darfst dieses Zimmer nicht verlassen."

„Du schläfst, wenn die Sonne scheint?"

Er antwortet nicht und ich schaue auf. Ich mustere sein kantiges Profil im weichen Licht der Nachttischlampe. Seine Augen sind geschlossen. Mein Blick wandert zu seiner Brust. Sie bewegt sich nicht. Ich lege mein Ohr über sein Herz und mein eigenes Herz zuckt zusammen, als ich nichts höre. Alle meine Instinkte schreien, dass dies falsch ist. Es ist so, als wäre er tot. Ich erinnere mich an unser erstes Treffen in der Notaufnahme, aber dieses Mal muss ich nicht um ihn trauern. Ich muss um mich selbst trauern. Wenn die Sonne in diesem Moment aufgeht, bedeutet das, dass ich in etwa einer Stunde bei der Arbeit erwartet werde. Wenn ich nicht auftauche, wird irgendwann jemand nach mir suchen gehen, und ich werde einfach verschwunden sein. Irgendwann werde ich ersetzt werden. Die Polizei wird an die Tür meiner Eltern klopfen, um ihnen die Nachricht zu überbringen, dass ich vermisst werde. Bei dem Gedanken steigen mir Tränen in die Augen. Sie haben bereits ein Kind verloren. Das haben sie nicht verdient. Mein älterer Bruder starb an einer Überdosis Fentanyl, als er siebzehn war. Ich war damals erst zehn Jahre alt. Ich glaube, das war der Zeitpunkt, an dem ich beschlossen habe, Ärztin zu werden. Ich wollte alles wieder in Ordnung bringen.

Jetzt wird nichts je wieder in Ordnung sein. Wenn ich ihnen wenigstens eine Nachricht zukommen lassen könnte.

Ich schlafe, in den Armen eines Mannes, eines Vampirs, eines surrealen Wesens, das nicht existieren sollte. Ich bin so schwach wie ein Baby, als ich trinke, was er mir mitgebracht hat. Dann besuche ich noch einmal das Badezimmer, bevor ich mich wieder neben ihm einkuschele.

Hätte mir gestern jemand gesagt, dass ich in vierundzwanzig Stunden neben einem Fremden schlafen, mich von ihm baden und anziehen lassen, und dabei dieses seltsame Gefühl des Vertrauens empfinden würde, hätte ich gelacht.

Wenn mir jemand gesagt hätte, dass ich an die Existenz von Vampiren glauben würde, hätte ich ihn als verrückt bezeichnet.

Als ich mein Ohr an Lous Brust drücke, lache ich nicht. Er ist unbeweglich. Es gibt keinerlei Anzeichen von Leben.

Ich warte.

Kein Puls.

Kein Atem.

Ich habe keine Ahnung, wie spät es ist.

Ich zucke heftig, als sich sein Brustkorb bewegt und das Geräusch der Luft in seine Lungen rauscht.

„Kat", keucht er.

KAPITEL 8

Kat

„Ich bin hier." Ich hebe den Kopf und begegne seinen dunklen Augen.

Ein kurzer, verwirrter Blick huscht über seine Züge, bevor er mich so fest an sich zieht, dass ich husten muss. „Ich dachte, ich hätte geträumt."

„Du träumst?"

Er schüttelt den Kopf. „Nein, ich träume nicht."

„Niemals?"

„Ich bin im Grunde genommen tot, wenn ich schlafe, Kat. Ich träume nicht."

„Warum hast du dann jetzt gedacht, dass du geträumt hättest?"

Er kneift die Augen zusammen und sieht mich an. „Ich weiß es nicht … wie fühlst du dich?"

„Beschissen."

„Hüte deine Zunge, Kleines."

„Was? Gefällt es dir nicht, wenn ich ‚beschissen' sage? Was willst du dagegen tun? Mich beißen?" Meine Wangen werden heiß. Ich kann nicht glauben, dass ich das gerade gesagt habe, aber es ist kein Wunder. Ich glaube, ich habe die ganze Nacht lang von scharfen Zähnen an meinem Hals geträumt. Oder den Tag lang. Oder wie spät es auch immer ist.

Ich quieke, als er mir die Bettdecke wegreißt und mich hochhebt, als würde ich überhaupt nichts wiegen. „Wir …", Er wiegt mich in seinen Armen, als er mich ins Badezimmer trägt, „… werden ein paar Grundregeln festlegen müssen." Er setzt mich neben der Wanne ab und steckt den Stöpsel hinein, bevor er den Wasserhahn aufgedreht. „Du kannst mich verspotten, aber jede Handlung hat eine Konsequenz. Immer. Diese Lektion beginnt jetzt."

Ich reiße meine Augen weit auf, als die Hitze zwischen meine Beine schießt. Lektion? Ich habe bruchstückhafte Erinnerungen an das, was dort draußen im Club vor sich geht, und die Erinnerung, dieser Hinweis, lässt mich auf nicht ganz unangenehme Weise kribbeln. „Du bist nicht …"

Er schüttelt langsam den Kopf und ich klappe den Mund zu. Sein Gesichtsausdruck ist streng, als er mich ansieht. „Zieh dein Oberteil und deine Hose aus."

Ich bin von zwei gegensätzlichen Emotionen völlig verwirrt. Ich kann mich nicht einfach so vor einem Fremden ausziehen. So sollte es nicht sein. Aber dennoch ist es genau das, was ich tun will. Es ist so einfach und ich kann es so einfach sein lassen. Wohin sein Blick auch wandert, meine Haut brennt. Meine Reaktion auf ihn ist nicht von dieser Welt. Es ist heiß. Es ist verboten. Es ist schmutzig und ich will mehr.

Ich schaue ihm in die Augen, als ich nach dem Saum meines Oberteils greife und es quälend langsam nach oben ziehe, um mich vor ihm zu entblößen. Ich lasse das Oberteil auf den Boden fallen, schiebe meinen Daumen in den Hosenbund, warte und atme. Meine Brustwarzen verhärten sich zu straffen, kleinen Knospen, während er mich beobachtet, und meine Muschi wird von Hitze durchflutet. Ich schiebe meine Hose über meine Hüfte und meinen Arsch hinunter. Ein Atemzug entweicht ihm. Ich lasse das lockere Material zu Boden fallen, bevor ich heraustrete. Dann taumele ich und er fängt mich auf. Seine Finger schließen sich um meinen Arm und die Luft zwischen uns wird dick.

„Setz dich", knurrt er. Sein Blick wandert weiter über meinen Körper.

Ich lasse mich ungraziös auf den Rand der Badewanne fallen. Mein Herz klopft vor Angst und Erwartung, als er mich loslässt und den obersten Knopf seines schwarzen Hemdes öffnet. Er sieht mir weiter in die Augen und öffnet einen Knopf nach dem anderen, bis sein Hemd auffällt. Er ist, mit seiner markanten Brust und dem dunklen Haar, das über seinen Bauch verläuft und im Hosenbund verschwindet, atemberaubend schön. Seine Hüfte ist von zwei starken, vertikalen Winkeln geprägt, die direkt auf seinen … ich stöhnte innerlich und presse die Oberschenkel zusammen. Ohne ein Wort zu sagen, macht er mit seiner Hose weiter. Knopf, Reißverschluss und dann zieht er sie runter und tritt heraus. Alle Luft schießt aus meiner Lunge und ich weiß nicht, wohin ich schauen soll. Er ist hinreißend und sein Körper wie für die Sünde gemacht. Es ist nur ein Körper, sage ich mir. Ich habe bei der Arbeit Tausende nackte Männern gesehen und hatte selbst auch einige Liebhaber. Aber nichts hätte mich auf den Anblick eines nackten Lous vorbereiten können. Wenn ich mir diesen Schwanz auf Vollmast vorstelle, muss ich schwer schlucken.

„Bist du fertig, mich mit den Augen zu verschlingen?"

Ich zwinge mich, ihm in die Augen zu sehen. „Geht es dir bei dieser Show nicht genau darum? Mich zu beeindrucken?"

Er lacht und dreht den Wasserhahn ab. „Du bist ein wenig

vorlauter, als ich es erwartet hatte …" Er streckt die Hand aus und hilft mir, in die Wanne zu steigen.

Ich ziehe eine Augenbraue hoch. „Du weißt gar nichts über mich."

Er klettert hinter mir hinein und setzt mich vor sich hin. Er beugt sich vor und flüstert mit seinem Mund ganz nah an meinem Ohr: „Das wird sich ändern."

„Oh Gott", stöhne ich, als er mich mit dem Rücken an seine Brust zieht. An meinem Arsch spüre ich grobes Haar und seinen härter werdenden Schwanz.

„Lehn dich zurück und entspann dich. Ich werde dich waschen."

„Ich kann mich nicht entspannen", keuche ich. Er lacht leise.

Er zieht seine Hände seitlich an meinem Körper hoch, streicht dabei über die Seiten meiner Brüste und hoch zu meinem Hals. Mit einer Hand kreist er um meine Kehle, sodass ich gezwungen bin, mich zurückzulehnen und an ihn zu schmiegen. Mit der anderen Hand wechselt er die Richtung und gleitet zu meiner Brust hinunter. Ich zucke zusammen, als er mit einem scharfen Fingernagel über meine Brustwarze kratzt.

„Und woran liegt das?"

Ich stöhne. Wärme strömt zwischen meine Beine und ein wirbelndes, zuckendes Verlangen steigt in mir auf. „Wirst du mich ficken?"

Er zwickt meine Brustwarze, zuerst experimentell und dann fester. Ich krümme mich von dem Schmerz, der sich sofort in süße Lava verwandelt, die durch meine unterkühlte Mitte schießt. Er lässt meine gepeinigte Brust los und schiebt die Hand an meinem Bauch hinunter. Dann schiebt er sie zwischen meine Beine und hält sich dort fest.

„Nein, Kat. *Wir* werden ficken, du und ich gemeinsam.

Wenn du darum bettelst, dass ich dich nehme." Er gleitet mit einem Finger über meine Schamlippen und ich schieße fast aus der Wanne. Ich bin so nass, so bedürftig und so bereit. Er reißt mich heftig an seine Brust zurück. So nah, dass ich seinen Schwanz hart an meinem Hintern spüre.

„Ich glaube nicht, dass das lange dauern wird", jammere ich.

Lou reibt mit seinem Finger auf und ab, öffnet meine Schamlippen und lässt sie anschwellen. Ich spüre nichts als seine Hand zwischen meinen Beinen. Alle Nervenenden scheinen sich dort zu sammeln und warten sehnsüchtig auf seinen nächsten Streich.

„Dann wird das deine Strafe sein."

„Was?", keuche ich. Von seinem Finger auf meiner Klitoris wird mir schwindelig. Ich reibe mich an ihm und dränge meinen Hintern gegen seinen Schwanz. Oh mein Gott. Ich fühle mich wie eine läufige Hündin.

„Du darfst nicht kommen", flüstert er mir ins Ohr, als er seine Finger in mich stößt. Ich schreie auf und krümme mich, während ich mich ihm entgegenstrecke. Ich bin so nah dran! Mein ganzes Bewusstsein ist auf meine Muschi gerichtet, darauf, wie er mich berührt. Ich spüre nichts als ihn, seinen Duft, seine warme Haut, seine starken Arme und Beine, die mich an Ort und Stelle festhalten.

„Was? Nein. Lou, ich kann nicht …" Seine Zähne, die über die Haut an meinem Hals kratzen, lassen mich erstarren und ich bin augenblicklich regungslos.

„Ich dachte, dass das deine Aufmerksamkeit erregen würde. Und jetzt beweg dich nicht."

„Wirst du mich beißen?" Ich keuche und kann kaum meinen nächsten Atemzug tun.

„Nein. Aber du wirst aufhören zu zappeln, damit ich dich

waschen kann." Er löst seine Hand von meiner Muschi und ich zucke um die spürbare Leere.

„Bitte!"

„Bettelst du für mich?"

Ich wimmere und er lacht. „Zu gegebener Zeit, mein begieriger Schatz. Ich will, dass du stark bist. Ich will, dass du mit dem, was ich austeile, fertig werden kannst. Und glaube mir, du bist noch nicht stark genug, obwohl ich deinen Blutdruck schon deutlich erhöht habe."

Lou seift mich ein und kommandiert mich herum, damit er jede Stelle meiner Haut erreichen kann. Es ist die reinste Qual. Er berührt meine Muschi nicht noch einmal, aber er spielt mit meinen Brüsten, bis ich in seinen Armen zittere und unfähig bin, Schmerz und Vergnügen zu unterscheiden. Ich will ihn anfassen und versuche es auch, aber er packt mein Handgelenk und schüttelt langsam den Kopf, um mir zu zeigen, wer das Sagen hat. Als ob ich das nicht bereits wüsste.

Nachdem er mir die Haare abgespült hat, zieht er schließlich den Stöpsel und hebt mich auf die Füße. Ich bin völlig außer mir und glaube nicht, dass überhaupt noch ein Tropfen Blut in meinem Kopf verblieben ist. Er wickelt mich in ein warmes Handtuch und zieht mich an sich.

„Du bist ein entzückendes, kleines Geschöpf, weißt du das?"

Ich begegne seinem dunklen Blick. Sein unausgesprochenes Verlangen gleicht meinem eigenen. „Was geschieht mit mir?", flüstere ich.

„Ich habe dich nicht bezirzt, Kat. Das bist du alles selbst."

„Ich glaube, mein Gehirn wird nicht genug mit Sauerstoff versorgt", murmele ich.

Lou lacht. „Dann lass uns dich stärken und dein Blut wieder auffüllen. Mal sehen, ob du dann wieder zu Sinnen kommst. Komm. Ich werde dir etwas zu essen besorgen. Was isst du gern?"

LOU

Es ist mir eine unerwartete Freude, mich um jemanden zu kümmern. Ich muss den Schrank mit Kleidern und Dessous, die ihr passen, füllen und sie würde sich wahrscheinlich über eine Beschäftigung freuen. Ich muss herausfinden, was ihr gefällt.

Der Gedanke daran, sie in kleine schwarze, knappe Teilchen wie einem Tanga und einen BH zu kleiden, lässt mein Herz höherschlagen. Ich trage sie zum Bett und lege sie vorsichtig hin. Ihre Augen sind glasig und ihre Lippen leicht geöffnet. Sie starrt mich mit einem Verlangen an, dass mir direkt in den Schwanz schießt.

„Ich esse alles", sagt sie. „Überrasch mich."

Ihr Blick wandert an meinem Körper hinunter und es ist, als ob all die Jahre und all meine Müdigkeit weggespült werden. Ihre Doppeldeutigkeit und ihr schüchternes, kleines Lächeln machen mich fertig. Im nächsten Augenblick liege ich auf dem Bett, drücke sie nach unten und dränge meine steinharte Erektion gegen den Ansatz ihre Oberschenkel. Ich ärgere mich über das dicke Handtuch zwischen uns.

„Du", knurre ich, sinke auf sie herab und drücke meine Nase gegen ihre, „hast keine Ahnung, womit du da spielst."

Ihr süßer Atem strömt über meine Lippen, ihre Pupillen weiten sich und ihr Blut zischt. Die Wellen der Angst und Erregung, die durch sie hindurchschießen, übertragen sich auf mein totes Herz und lassen es vor Freude, Verlangen und Hoffnung doppelt so schnell schlagen.

„Lou", flüstert sie. „Was hast du mir angetan?"

Ich kämpfe mit mir, ihr nicht das Handtuch abzureißen und sie in Besitz zu nehmen. Ich zittere fast vor Anstrengung. „Ich glaube, die richtige Frage ist, was du mir angetan hast", knirsche ich. Ich senke meinen Mund zu ihrem Hals und drücke meine Lippen auf die süß duftende Weichheit. Nur ein Schlückchen. Ich will nur einen Schluck. Einen Tropfen. Ich fahre meine Reißzähne aus, durchsteche die makellose Haut und lasse sie zusammenzucken.

„Au!"

„Schhh. Atme." Ich presse meinen Mund auf die Wunde und lecke den winzigen Tropfen ab. Ihr Geschmack explodiert auf meiner Zunge. Es ist ein Genuss. Der Tag, an dem ich vollständig von ihr trinken werde, wird der Tag sein, an dem ich meinen Schwanz in ihre enge Muschi stoße. Ich werde sie nie mehr loslassen. Niemals. Es gibt nur eine Sache, die sie mir schließlich wegnehmen wird. Die, die alle Menschenleben fordert, aber wir werden noch einige Jahre haben und ich werde mich um sie kümmern und bis zu ihrem unvermeidlichen Ende für ihre Gesundheit sorgen.

Durchdrungen von ihrer Essenz kann ich nur daran denken, dass ich sie eines Tages verlieren werde. Das Leben hat mir immer wieder Türen vor der Nase zugeschlagen und alle Dinge kommen zu einem Ende, ebenso wie meine Abenteuer mit Kat. Es macht mich sehr traurig und lässt mich sie gleichzeitig völlig, ungehemmt und ununterbrochen genießen wollen.

„Wie schmecke ich?", flüstert sie mit heiserer Stimme, die ein wenig zittert.

Ich hebe meinen Kopf und sehe in ihre dunklen, riesigen, fragenden Augen. „Du schmeckst nach Sommer. Wie Sonnenschein und Blumen. Wie eine milde Brise am Strand. Wie Lachen und Freude."

„Wirklich?"

„Du schmeckst außerdem auch verdünnt.“

„Was du nicht sagst“, murmelt sie. „Er hat viel genommen. Definitiv ein paar Liter. Ich fühle mich schwer. Träge.“

„Er wollte nicht, dass du überlebst.“ Ich setze mich auf und steche mir ins Handgelenk. Dann reibe ich einen Tropfen meines Blutes über die Wunde an ihrem Hals und sehe dabei zu, wie sie verschwindet.

Sie berührt ihren Hals. „Wie machst du das? Können alle Vampire ihre … Opfer heilen?“

„Die Gaben, die dieser Fluch mit sich bringt, sind willkürlich verteilt. Aber die meisten können heilen, ja.“

„Was kannst du noch?“

Ich lächle. „Diese Diskussion heben wir uns für ein anderes Mal auf. Wir haben Dinge zu tun. Es tut mir leid, dass ich so unaufmerksam bin. Aber ich bin es nicht gewohnt, mich um jemanden zu kümmern. Du wirst die gleichen Kleidungsstücke noch einmal tragen müssen. Nur für eine Weile. Wir werden einkaufen gehen. Ich werde dafür sorgen, dass es nicht wieder vorkommt.“

Sie reißt den Kopf hoch. „Werden wir das? Ich darf rausgehen?“

Ich lache über ihren plötzlichen Eifer. „Ja, natürlich. Zum Essen. Für Kleidung. Ich werde dich nicht elendig in einer Höhle festhalten. Ich will, dass du die starke, strahlende Frau bist, die ich kennengelernt habe. Ich möchte, dass du dich gut fühlst.“

„Darf ich ein paar Sachen aus meiner Wohnung holen?“

Ich denke einen Moment lang darüber nach. Ich kann es leicht geschehen lassen und dafür sorgen, dass uns niemand bemerkt. „Das darfst du.“

Kat wirft sich mir an den Hals und umarmt mich fest. „Vielen Dank!“

Ich versteife mich und weise sie zurück. Ich halte sie auf

Armeslänge, als ein Verdacht in mir aufsteigt. „Du akzeptierst das alles einfach so."

Ihr Herzschlag beschleunigt sich und sie wendet den Blick ab.

„Kat. Versuche bloß nichts." Sie starrt immer noch über meine Schulter und ich greife nach ihrem Kinn, um ihr Gesicht zu mir zu drehen. „Fordere mich nicht heraus. Die Konsequenzen werden dir nicht gefallen."

Der Gedanke daran, sie an eine der Bänke dort draußen zu fesseln und ihren Hintern für alle sichtbar zur Schau zu stellen, bis sie sich vor Demütigung windet, bevor ich ihre Haut erröten und brennen lasse, lässt mich fast wünschen, sie wäre tatsächlich ungehorsam.

Sie schluckt hörbar. „Das werde ich nicht."

Ich lächle. „Und das war eine Lüge."

Sie senkt ihr Gesicht und schüttelt den Kopf. „Nein."

Ich wirbele sie in einer schnellen Bewegung herum und reiße ihr das Handtuch vom Leib. Sie quietscht.

„Lou!"

„Geh auf die Hände und Knie."

„Ich … warum?"

„Tu es", brülle ich. Sie zuckt zusammen und beeilt sich, sich in Position zu bringen. Ich grinse, als ich ihren köstlichen Hintern streichele und das berauschende Aroma ihrer Erregung rieche. Sie zittert. „Hast du Angst?"

„Ja", keucht sie.

„Wirst du versuchen, vor mir wegzulaufen?" Ich streiche mit einem Finger über ihren nassen Eingang, lehne mich vor und folge dem Finger mit der Zunge. Kat schreit auf und vergräbt ihr Gesicht im Kissen. Ihre Oberschenkelarterie ist nah und ihr Puls hämmert so stark. Mein Bedürfnis, meine Reißzähne in dieser Ader zu versenken, ist genauso überwältigend wie mein Wunsch, meinen Schwanz in ihre Muschi zu stoßen. Aber stattdessen zwicke ich ihre Klitoris, sodass sie von mir weg nach vorn zuckt. Ich packe ihre Hüfte und gebe ihrem Hinterteil einen harten Klaps, der sie aufschreien lässt. Ihr Duft wird um ein Vielfaches süßer. Sie reagiert auf mich wie niemand je zuvor.

„Ich werde nichts …", keucht sie und ihre Worte sind kaum zusammenhängend. „… werde nichts versuchen."

Ich spiele mit ihren geschwollenen Schamlippen, umkreise ihre Klitoris und lasse sie zusammenzucken. „Bist du dir sicher?"

„Ich weiß nicht, was ich antworten soll. Ich weiß gar nicht mehr, was du gefragt hast", jammert sie.

Ich grinse und ziehe sie in meine Arme, um sie an meiner Brust zu wiegen. „Meine liebe, süße Menschenfrau. Magst du es, wenn ich dich bestrafe?"

Ihr Blick spricht Bände. Sie ist so erregt, dass mich die Sehnsucht nach ihr allein von diesem Anblick verzehrt. Unsere Verbindung wird glorreich sein. Sie nickt und schlägt sich die Handflächen vor ihr Gesicht. „Oh mein Gott", haucht sie.

Ich küsse ihre Stirn, stehe auf und setze sie ab. „Zieh dich an. Wir haben Dinge zu erledigen."

KAPITEL 9

Lou trägt mich zu Fuß nach Hause. Er hält mich vor seiner Brust und läuft schneller, als es das menschliche Auge erfassen könnte. Ich kneife die Augen zu und verstecke mein Gesicht in seinem Hemd. Die Geschwindigkeit ist schwindelerregend.

„Hast du kein Auto?", stöhne ich.

„Ich hatte noch keine Zeit, mir eins anzuschaffen. Und in einer Stadt, in der es überall Bremslichter und andere lästige Hindernisse gibt, ist das sowieso schneller."

Es dauert nur ein paar Minuten, bis wir vor den Toren meines Wohnkomplexes stehen. Ich gaffe. „Du weißt, wo ich wohne?"

Er stößt die Tür auf und setzt mich auf meine schwachen Beine ab, während er noch immer einen Arm um meine Taille geschlungen hält. Wir begeben uns zum Aufzug. „Ja."

Ich schlucke schwer und werfe den Kopf zurück. Ich bin zwischen Lou und der Wand eingeklemmt. „Bist du mir gefolgt?"

„Ja."

Ich bin sprachlos und auch ein wenig glücklich. In den letzten beiden Nächten, bevor er mich blutend in der Gasse gefunden hat, habe ich mich so schrecklich allein gefühlt. Aber jetzt weiß ich, dass ich es gar nicht war. Er war die ganze Zeit in der Nähe.

Als ich vor meiner Haustür stehe, stelle ich fest, dass ich meine Schlüssel nicht habe. Meine Tasche ging verloren, als ich angegriffen wurde. Ich hebe meine leeren Hände und schaue zu ihm auf. Er löst das Problem mit einem Ruck und die Tür fliegt auf. Bevor ich in den dunklen Flur treten kann, packt er mich beim Arm.

„Du musst mich hineinbitten."

„Warum? *Oh!*" Die Mythen sind wahr! Ein Adrenalinschub schießt durch mich hindurch, als ich an die Möglichkeiten denke. Wenn ich es nur in meine Wohnung schaffe, kann er mich nicht mehr erreichen! Ich könnte … ich weiß nicht … jemanden anrufen? Um Hilfe bitten? Mein Herz schlägt mir bis zum Hals. Wie sollte ich das tun? Er würde jeden, der hierherkommt, einfach manipulieren. Oder noch schlimmer. Ich stecke wirklich in der Falle. Ich lecke mir die trockenen Lippen und begegne seinem dunklen Blick. „Komm herein." Meine Stimme bebt. Ich blicke nach unten und balle die Fäuste, als mir die Zwangslage, in der ich mich befinde, voll und ganz bewusst wird. Lou hält mich immer noch fest, als wir eintreten, und ich lege den Lichtschalter um.

„Ich weiß, was du denkst", sagt er, als er die Tür schließt. „Ich werde das nur einmal sagen. Versuche nicht, vor mir wegzulaufen. Ich *werde* dich fangen und Menschen werden verletzt werden. Hast du das verstanden?"

Extrem angespannt schaue mich um. Die Umgebung ist mir so vertraut. Mein Leben. Der Schmerz schnürt mir die

Kehle zu, als ich mich frage, ob dies das letzte Mal sein wird, dass ich einen Fuß in meine Wohnung setze.

„Ich verstehe", sage ich stumpf.

Er packt mein Kinn und zwingt mich, ihm ins Gesicht zu sehen. Ich schreie auf und springe zurück, als er seine Reißzähne ausfährt.

„Tust du das wirklich?"

Ich nicke. „Ja."

„Ich kann dir helfen, loszulassen, wenn du willst. Deinem Geist einen winzigen Denkanstoß geben."

Mein Magen zieht sich zusammen. „Du hast gesagt, dass du das nicht tun würdest."

„Ich konnte nicht dein gesamtes Wissen über mich löschen, ohne schlimme Konsequenzen zu riskieren, aber das hier könnte ich tun."

„Bitte nicht", flüstere ich.

„Was wirst du vermissen?", fragt er und sieht sich um. „An diesem Leben?"

Ich drehe mich langsam im Kreis, betrachte mein Zuhause und durchsuche meine Erinnerungen. „Meine Arbeit."

„Damit kann ich dir nicht helfen."

„Meine Eltern."

„Möchtest du ihnen eine Nachricht hinterlassen?"

Ich klammere mich an seine Anzugjacke und zerre an dem Stoff. „Ja!"

„Dann tu das. Noch etwas?"

„Ich möchte nicht für den Rest meines Lebens im Keller eines Sexclubs wohnen."

„Es ist nur für ein paar Tage, bis ich etwas anderes gefunden habe."

Ich atme erleichtert aus. *Gott sei Dank.* „Wirst du mich zwingen, dich zu mögen?"

„Nein."

„Ich …“

„Packe, was immer du brauchst, schreibe deinen Eltern einen Brief. Wir müssen uns vor Tagesanbruch noch um andere Dinge kümmern.“ Seine Stimmung scheint sich zu verändern und sein tödliches Wesen an die Oberfläche zu bringen. Die plötzlich ernste Stimme lässt keinen Raum für weitere Fragen.

ICH TRAGE MEHR TÜTEN, als ich zählen kann. Sie sind mit überwiegend ernsthaft unanständigen und ein paar wenigen stilvollen Kleidungsstücken gefüllt. Ich habe nun alle grundlegenden Schönheitsprodukte, einen sündhaft roten Lippenstift, einige Paare hinreißender Schuhe mit der berühmten roten Sohle und winzige Dessous aus Spitze, Latex und Leder. Ich habe meinen Laptop, meine alten Fotoalben und ein paar Bücher eingepackt. Ich habe einen Vampir an meiner Seite, der mich als sein Spielzeug ansieht, mich aber so behandelt, als wäre ich seine ganze Welt.

Mit Lou einzukaufen war surreal. Und es hat Spaß gemacht. Irgendwie hatte ich nicht erwartet, dass er sich in einem exklusiven Modegeschäft so wohlfühlen würde, aber er tat so, als ginge er in Läden dieser Art ein und aus. Ich bin in meinem ganzen Leben noch nie so verwöhnt worden.

Als wir den Club verlassen hatten, waren nur wenige Angestellte dort gewesen. Aber als wir zurückkamen, hatte sich auf dem Bürgersteig erneut eine Schlange gebildet. Leute warfen mir schmutzige Blicke zu, als ich mit Lou aus der Limousine stieg. Ich bin seine Gefangene, aber er schafft es, mich wie eine Königin fühlen zu lassen. Ich musste immer auf mich selbst aufpassen. Nach dem Tod meines Bruders waren meine Eltern vor Trauer wie betäubt und mein Zuhause war danach nie mehr dasselbe gewesen. Ich bin früh ausgezogen. Ich habe immer hart gearbeitet und nur wenig Zeit zum Spielen und keine Zeit für einen Partner gehabt. Ich sollte schreien und brüllen und meine Freiheit einfordern, aber ich genieße das alles zu sehr.

Und selbst wenn es nicht so wäre, könnte ich Lou nicht entkommen. Ich muss ihm gehorchen. Ich habe keine andere Wahl.

Er hat mich allein gelassen. Schon wieder. Bevor er loszog, um zu trinken, hat er mir befohlen, mir ein Outfit auszusuchen und ihn zu überraschen. Ich habe überall auf dem Bett, dem Stuhl und dem Schreibtisch Kleider verstreut, aber ich weiß bereits, was ich wählen werde. Ein champagnerfarbenes Latexkleid fällt mir immer wieder ins Auge. Es hat eine lockere Passform, entblößt fast meinen ganzen Rücken und reicht nur wenige Zentimeter über meinen Hintern. Es ist sowohl unanständig als auch stilvoll zugleich.

Ein Energieschub durchflutet mich, als ich mich entscheide und innerhalb weniger Minuten das Zimmer aufräume, den Schrank fülle und seine wenigen Habseligkeiten zur Seite schiebe. Mein Leben hat die seltsamste Wendung genommen. Aber im Moment ist jede Minute ein Abenteuer und ich will es genießen. Alles was gut ist, geht früher oder später zu Ende, und was auch immer passiert, es wird nicht von Dauer sein, also muss ich einfach das Beste daraus machen.

Ich gehe duschen und freue mich, dass mir nicht mehr so schwindlig dabei wird. Gutes Essen mit viel rotem Fleisch, Vitaminen und Ruhe erlauben mir wenigstens ohne die Gefahr, ohnmächtig zu werden, herumzulaufen. Wahrscheinlich werde ich in nächster Zeit jedoch keinen Marathon laufen.

Ich föhne mein Haar und achte darauf, dass es lockig

bleibt. Dann binde ich es zu einem lockeren Dutt hoch oben auf meinen Kopf. Ich schlüpfe in mein Kleid, lege etwas Lippenstift auf und warte. Als ich in den Spiegel schaue, entscheide ich mich, mein Höschen auszuziehen. Die durchgängige Linie des Latex, der meinen Hintern umhüllt, ist ein viel schönerer Anblick. Ich bin zittrig. Die Erinnerung an seine Berührung sendet eine Gänsehaut über meine Oberschenkel und macht meine Brustwarzen hart. Ich liege auf dem Bett und zucke plötzlich zusammen, als es an der Tür klopft. Sofort setze ich mich aufrecht hin. Noch bevor ich irgendetwas anderes tun kann, öffnet sich die Tür. Eine Frau kommt herein, wie ich sie noch nie zuvor gesehen habe.

Ihre Bewegungen sind katzengleich, elegant und raubtierhaft. Sie ist sehr blass und trägt kein Make-up, das ich erkennen kann. Langes, weißblondes Haar ruht ungezähmt auf ihren Schultern. In ihrem weißen Kleid sieht sie wie ein Engel aus. Ein Engel mit Reißzähnen, denn auch wenn ich es nicht mit Sicherheit sagen kann, bin ich überzeugt, dass sie ein Vampir ist. Ich weiß nicht, ob ich mir Sorgen machen sollte.

„Kat?"

Ich beeile mich, vom Bett aufzustehen, und mache eine völlig unnötige Bewegung, um mein Kleid zu glätten. Latex knittert nicht. „Ja", keuche ich. Ich bin außer Atem, als wäre ich gerannt.

Ihr Blick wandert über meinen Körper, bevor sie mit einem kleinen Lächeln wieder zu mir aufschaut. „Ich bin Selene. Warum kommst du nicht mit mir mit?"

„Ich bin … ich bin mir nicht sicher, ob ich das sollte …"

„Nur zu. Dein Lou ist hier zu Gast. Solange er unter unserem Dach weilt, darf er keine Forderungen stellen. Ich sorge für deine Sicherheit und das ist alles, was ihm wichtig ist." Sie streckt den Arm aus, krümmt ihren Zeigefinger und winkt mich näher.

Mein Lou.

Ich bin mir nicht sicher, ob wir schon mit Possessivpronomen begonnen haben, aber die Worte senden trotzdem eine kribbelnde Wärme durch meine Brust.

Von ihrer Schönheit verführt, gehe ich auf sie zu und bin neugierig darauf, einen weiteren Vampir kennenzulernen. „Ist das dein Club?" Ich schiele auf die Tür, die sie nur angelehnt hat. Die Musik hämmert, Hitze strömt herein und bringt den Duft von Rasierwasser, Sex und Schweiß mit sich.

Selene lacht. „Er gehört Lucius. Er wird in Kürze erscheinen. Komm mit, wenn du ihn kennenlernen willst. Wir sind alle neugierig auf die kleine Menschenfrau, die unser Gast hier beherbergt."

„Arbeitest du für ihn? Für Lucius."

„Oh nein. Er ist mein Liebhaber, mein Gefährte, mein für immer."

„Er hat dich zum Vampir gemacht?"

Sie neigt den Kopf und mustert mich von oben bis unten. „Das ist eine Geschichte für ein anderes Mal."

Ich bewege mich auf sie zu und habe das Gefühl, als würde ich durch einen Nebel gehen. Einen Nebel, der sich manifestiert, als wir den Korridor durchqueren. Selene schlingt ihre langen, schlanken, starken Finger durch meine und ich bin von der Intimität dieser Geste überrascht.

Meine Erinnerungen von vor ein paar Tagen, als Lou mich durch diesen einem Verlies ähnlichen Keller getragen hat, sind nur ein bruchstückhaftes Durcheinander. Es fiel mir schwer, meinen eigenen Schmerz und meine Angst von den Wellen der Verzückung, der Verzweiflung und Befriedigung, die über mir hereinbrachen, zu unterscheiden. Ich erinnere mich an zitternde Körper, an Peitschen, die durch die Luft zischten, an Handflächen, die auf nacktes Fleisch klatschten. Ich schleiche auf Zehenspitzen neben der wunderschönen Vampirfrau her und bin ängstlich und krankhaft neugierig zugleich. Wir kommen an einer Reihe von Türen vorbei, die ähnlich wie die Tür zu Lous Zimmer aussehen. Sie sind verschlossen und ich höre dahinter nichts. Der Korridor öffnet sich in einen großen Raum, der in mehrere Bereiche unterteilt ist. Sie alle scheinen ihren eigenen Nutzen zu haben. Ich bleibe stehen und starre ehrfürchtig.

„Deine Herzfrequenz hat sich gerade verdoppelt, Liebes." Selenes sinnliche Stimme an meinem Ohr lässt mich zusammenzucken.

Ich sehe sie an und dann zurück auf die vor uns liegenden Szenen. Auf der anderen Seite des Raumes befindet sich ein langer Tresen aus poliertem, dunklem Holz, dessen Seite mit sündhaft rotem Samt bezogen ist. Darum herum drängen sich Männer und Frauen. Ich kann die Vampire nicht von den Menschen unterscheiden, aber die scheinbare Rangordnung lässt mich vermuten, wer wer ist. Vor allem bei denjenigen mit Halsbändern, die zu den Füßen ihrer Master auf dem Boden sitzen. Sie müssen Menschen sein. Es sieht erniedrigend und erschreckend aus, aber das ist nicht das, was ich auf den Gesichtern der Untergebenen lesen kann. Sie sehen begierig und fast verzweifelt aus. Einige von ihnen strahlen mit glückseliger Zufriedenheit.

Neben der Bar befindet sich ein Podium mit zwei thronartigen Stühlen, die im Moment beide leer sind. Ich werfe Selene einen kurzen Blick zu und ihr kaum sichtbares Nicken bestätigt meinen Verdacht. Es ist ihr Platz und der des mysteriösen Lucius.

Meine Handflächen werden feucht, als ich den Rest des Raumes mustere. Es gibt ... Möbel, die eher wie mittelalterliche Folterwerkzeuge wirken. Ein Kreuz mit einer splitternackten, gefesselten jungen Frau, deren Rücken und Po von roten Striemen geziert sind. Ein Mann kniet zwischen ihren Beinen und … ich kneife meine Oberschenkel zusammen, als eine Hitzewelle über mich hereinbricht und ich daran denke, wo Lou vor ein paar Stunden seine Zunge hatte. Der Mann schaut auf, hebt seinen Finger an seine Unterlippe und wischt sich einen roten Streifen ab. Entlang der Innenseite des blassen Oberschenkels der Frau tröpfelt Blut. Er begegnet meinem Blick mit misstrauischem Ausdruck und ich wende mich ab. Meine Wangen brennen.

„Bass, benimm dich", sagt Selene. Er zuckt mit den Schultern und wendet sich wieder seinem … Essen zu. Ich muss mich zwingen, wegzuschauen. Ist das meine Zukunft?

In der Mitte der Tanzfläche tanzen ein Mann und eine Frau. Sie bewegen sich mit der Anmut professioneller Gesellschaftstänzer, er im Smoking und sie in einem langen roten Kleid mit einem hohen Schlitz an der Seite, der ihre wohlgeformten Oberschenkel zur Schau stellt. Er beugt sie in gefährlich steilem Winkel rückwärts, reißt sie wieder hoch und wirbelt sie um sich herum. Der Anblick erscheint mir in dieser Höhle des Blutvergießens merkwürdig, aber als ich genauer hinsehe, bemerke ich, dass ihre Augen glasig sind und sich zwei kleine Einstiche in der Haut an ihrem Hals befinden. Welches Spiel auch immer sie spielen, sie passen wahrscheinlich genau hier rein.

„Darf ich dir etwas zu trinken anbieten?", fragt Selene.

„Einen Bloody Mary, bitte", murmele ich.

Sie lacht und zieht mich an dem seltsamen Pärchen vorbei. Als wir sie passieren, schaut der Mann mit blutrot blitzenden Augen auf und es fühlt sich so an, als würde sich die Haut auf meinem Rücken zusammenziehen. Lou hat mich mit seiner liebenswürdigen Freundlichkeit vergessen lassen, was sie sind, aber als ich mich umsehe, wird mir bewusst, dass ich zu einer trügerischen Gelassenheit verführt worden bin. Diese Kreaturen sind gefährlich.

Es ist fast so, als könnte Selene meine Gedanken lesen. „Mach dir keine Sorgen, Kat. Niemand hier wird dir etwas tun. Du stehst unter Lous Schutz und er ist Lucius' Gast. Das macht dich hier fast unverwundbar. Unberührbar." Sie schnippt mit ihren hübsch manikürten Fingernägeln nach der Barkeeperin und zeigt dann auf den Fußboden vor den beiden Thronen. „Setz dich." Ich falle auf die Knie und lasse meine Hände in meinen Schoß sinken. Selene legt ihre kühle Hand in meinen Nacken und dreht mich so, dass ich erneut den Raum betrachte. „Was siehst du?", fragt sie.

„Sind wir alle nur Nahrung für euch?", flüstere ich und versuche, den Blick von zwei Männern loszureißen, die kaum sichtbar im Schatten in der hintersten Ecke stehen. Der eine wird von dem anderen mit dem Gesicht gegen die Wand gedrückt. Der andere hält ihn und drückt seinen Mund an den Hals des ersten Mannes. Neugierde und Abscheu liefern sich in meiner Brust einen Kampf. Jemand drückt mir ein Getränk in die Hand und ich stürze mir die Hälfte des Glases hinunter. Ich genieße den würzigen Geschmack von Tomaten und Sellerie und den betäubenden Biss des Wodkas. Der Mann, der gegen die Wand gedrückt wird, knickt ein, aber der Vampir scheint es nicht zu bemerken. Oder sich nicht dafür zu interessieren. Die Ärztin in mir schreit auf. Ich sehe Selene an. „Dieser Mann … er hat zu viel Blut verloren."

Sie reißt den Kopf herum, um zu sehen, wohin ich schaue, und dann passiert alles auf einmal. Selene verschwimmt und hat den Raum durchquert, bevor ich auch nur blinzeln kann. Das Paar in der Ecke ist plötzlich von … Menschen umgeben. Oder Nicht-Menschen. Wachen. Der menschliche Mann ist blass und sieht benommen aus. Als er an mir vorbeigeführt wird, gestikuliert der Vampir, als wolle er sagen: „Na und?"

Er wirft mir einen neugierigen Blick zu. Sein Lächeln zeigt viel zu viele Zähne und er leckt sich noch einmal über die blutigen Lippen, als würde er darüber nachdenken, mich als Nächstes zu fressen. Er ist eine große, raue, attraktive Gestalt mit einem kurzen Bart und dicken Dreadlocks, die im Nacken zusammengebunden sind und über seinen Rücken hinunterhängen. Seine tiefbraune Haut ist glatt und glänzt. Er ist mehr als nur hinreißend und sieht geradezu teuflisch aus.

„So. Alles wird gut.“

Ich zucke zusammen und reiße meinen Blick von dem durstigen Vampir los. Dann folge ich Selenes Blick zur Seite der Bar, wo sich eine der Wachen einen Starrkampf mit dem Opfer zu liefern scheint.

„Was machen die da?“

„Er wird vergessen, dass er hier war, nach Hause gehen und sein Leben weiterleben.“

„Gedankenkontrolle?“

Sie nickt. „Sehr praktisch.“

„Lou sagt, dass er mir das nie antun würde. Er sagt, es ist zu gefährlich.“

„Damit hat er nicht unrecht. Es ist ein launisches Unterfangen und kann unerwünschte Folgen haben, wenn man im Kopf von jemandem spielt.“ Ihre hellgrauen Augen scheinen sich zu verdunkeln. Sie schluckt und schaut weg.

„Ist dir … ist dir das passiert?“

Selene dreht den Kopf, sieht mir in die Augen und scheint darüber nachzudenken, ob sie mir antworten soll oder nicht.

„Es tut mir leid, ich wollte …“

„Ich wurde von jemandem betrogen, dem ich vertraute. Ich hielt ihn für jemanden, der er nicht war. Er entpuppte sich als das Monster, das ich immer gefürchtet hatte. Gedankenkontrolle ist grausam und willkürlich. In den falschen Händen kann sie verheerenden Schaden anrichten. Manche der Unterwürfigen, die du hier siehst, gehören zu einem Master und man muss ihnen die Erinnerungen nicht löschen. Manche kommen nur einmal hierher und dürfen, wenn sie gehen, nicht wissen, was hier unten passiert ist. Sie hatten einen Moment der Glückseligkeit, haben ihren Zweck erfüllt und können dann ihre Leben weiterleben."

„Zweck?" Ich kenne die Antwort, aber ich muss sie hören. Es ist beängstigend, es ist pervers und es ist verführerisch zugleich.

Selene lächelt und zeigt ihre Reißzähne.

„In Ordnung", sage ich zittrig. „Ich verstehe."

Sie streichelt mein Haar und ich fühle mich wie ein Schoßhund, wie ein Haustier, umsorgt, aber in keiner Weise ebenbürtig in Form und Gestalt.

„Ich hole dir noch ein Getränk. Bleib bei mir sitzen, bis Lou zurückkommt. Ich habe keine anderen Pläne und genieße deine unerfahrene Faszination mit allem. Es ist niedlich."

Mit einem neuen Getränk mache ich es mir auf dem Kissen bequem, kreuze meine Beine unter mir und studiere die uns umgebenden Interaktionen. Die Leidenschaft setzt mir zu. Meine Muschi sehnt sich nach Aufmerksamkeit und brennt mit Verlangen danach, berührt zu werden.

Gerade als ich denke, dass ich nicht noch mehr ertragen kann, wird meine Sicht plötzlich von einem Beinpaar versperrt. Ich schaue von den makellos geputzten, schwarzen Schuhen an der schwarzen Anzughose nach oben. Er hockt sich vor mir hin und sieht mich mit tiefbraunen, glitzernden Augen an. Die Gefahr und das Verlangen darin sind alles, was ich brauche.

Lou

Ich musste ihr entfliehen. Musste hinaus auf die Straße. Ihre Begierde, ihr einladender Duft, ihr aufreizender, verführerischer Blick, der mich anflehte, sie zu nehmen, hätten mich fast überwältigt. Wäre ich nicht geflohen, hätte ich jede Kontrolle verloren. Ich hätte im Club trinken können, aber ich will kein Blut einer anderen Unterwürfigen, wenn ich ihres haben kann. Ich will kein süßes Blut eines Fremden, das vor Pheromonen strotzt und adrenalingefüllt ist. Ich will ihr Blut und ihres allein. Also habe ich mich in den zwielichtigen Vierteln der Stadt herumgetrieben und auf meiner Suche nach den menschlichen Raubtieren, die diese Gegenden durchstreifen, die Prostituierten, Obdachlosen und Bedauernswerten verfolgt.

Ich hatte Glück. Innerhalb einer Stunde trank ich von zwei Bösewichten. Einer von ihnen hatte eine Prostituierte geschlagen und der andere überfiel gerade einen schlafenden, obdachlosen Mann. Ich bin satt und meine Menschenfrau ist ein wenig sicherer.

Maximus nickt mir zu und lässt mich an der Garderobe vorbeigehen. Er reißt die schwere, versteckte schwarze Tür auf, die ins Verlies hinunterführt. Wie immer bin ich überwältigt von der berauschenden Atmosphäre, die über mich hereinstürzt. Musik, Stimmen, Schreie und Lachen. Leidenschaft und die Gerüche von Schweiß, Blut und Kopulation. Ein Schauer durchströmt mich, als ich einen bestimmten Duft wahrnehme, der nicht so klar sein sollte.

Meine Kat.

Ich stürme die zweite Hälfte der Treppe mit einem riesigen Schritt hinunter, komme neben dem Tresen zum Stehen und starre sofort auf den Thron. Zu Selenes Füßen sitzt Kat. Ihre prallen Lippen sind leicht geöffnet, die Augen weit aufgerissen und in die sinnlichen Spiele vertieft, die die ganze Nacht andauern. Ein paar Meter entfernt, direkt vor ihr, wurde eine Frau auf einen Sybian gefesselt. Die Innenseite ihrer Schenkel glänzt von den Säften ihrer Erregung, ihre Augen sind verdreht und das Gesicht zu einem wortlosen Schrei verzerrt. Ihr Vampirdom zieht das Ende einer Peitsche über ihre Brust und versetzt ihr dann einen kaum hörbaren Peitschenschlag von Leder auf Haut.

Kat wirkt wie hypnotisiert, fasziniert, ohne sich etwas anderem bewusst zu sein. Ihre Nasenlöcher beben und ihre Brust hebt sich mit schnellen, flachen Atemzügen. Von nun an wird sie diesen Ausdruck nur dann auf ihrem Gesicht haben dürfen, wenn ich sie beherrsche. Mein Schwanz zuckt in meiner Hose, als ich zwischen meiner Gefangenen und der gequälten Frau hin und her schaue. Ich sollte mit Selene darüber sprechen, Kat hier hinauszubringen, ohne es vorher mit mir zu besprechen. Aber sie in ihrer ursprünglichen, schamlosen Leidenschaft zu sehen, vertreibt die Schatten in mir. Für einen kurzen Moment empfinde ich nichts als reine Freude.

Selene bemerkt mich natürlich, aber Kat sieht mich erst, als ich mich vor sie hocke und ihr die Sicht versperre. „Du scheinst dich zu amüsieren.“

Sie kippt fast um und starrt mich an. Verwirrung, Schrecken und rasendes Verlangen rauschen in schwindelerregender Geschwindigkeit über ihre Züge. Dann verziehen ihre Mundwinkel sich zu einem winzigen, schüchternen Lächeln. „Es ist … anders.“

Ich erhebe mich, sehe mich um und schaue erneut in ihre Augen. „Gut anders?“ Ich brauche nicht zu fragen. Ich kann ihre Erregung riechen. Sie leckt sich die Lippen, mustert mich und ihr Blick fällt auf die Wölbung in meiner Hose. Sie bemüht sich, auf die Beine zu kommen, aber ich lege eine Hand auf ihren Kopf und halte sie fest. „Bleib unten.“

Ich tausche einen Blick mit Selene aus, die mich wissend

anschaut und leicht nickt. Wieder in der Hocke flüstere ich meiner kleinen Menschenfrau ins Ohr: „Ich will dich auf Händen und Knien. So werden wir in mein Zimmer zurückkehren und dann werde ich noch einen Tropfen des heiß brodelnden Blutes kosten, das direkt unter deinem Kiefer pulsiert. Genau hier." Ich streiche mit einem Finger über ihre Halsschlagader und ein Zittern durchläuft sie.

„Ja", haucht sie.

„Ja, was?" Ich stehe auf und sie sieht mich an. Ihr Blick ist so benommen, als hätte ich tatsächlich Gedankenkontrolle ausgeübt.

„Ich … ich weiß es nicht."

„Ja, Master."

Kat reißt die Augen auf und der Duft einer weiteren Welle der Erregung trifft mich wie ein Schlag. Ich brauche alle meine Kraft, um ihr nicht das knappe Kleidchen zu zerreißen und meinen Schwanz direkt hier auf dem Podium in ihrer Muschi zu vergraben.

„Ja, Master", sagt sie. Sie starrt mir völlig gebannt in die Augen.

„Braves Mädchen. Komm."

KAPITEL 10

K^{at}

Mein Kleid ist so kurz, dass mein nackter Hintern zur Schau gestellt wird, während ich auf allen vieren neben Lou her krieche. Kühle Luft strömt über mein Geschlecht und mehr als eine Kreatur – Vampire und Menschen gleichermaßen – halten einen Moment inne, um uns zuzusehen. Scham überkommt mich und sorgt dafür, dass mein Rücken vor Unbehagen kribbelt. Gleichzeitig lässt der Gedanke, Lou zu gehören und mich von ihm kontrollieren und umsorgen zu lassen, mein Innerstes schmelzen und meine Muschi pulsieren.

Die Tür zu unserem Zimmer steht leicht offen. Lou drückt sie ganz auf und lässt mich hinein. Meine Knie schmerzen vom harten Fußboden im Korridor.

„Darf ich aufstehen?"

„Nein." Er schließt und verriegelt die Tür. „Aufs Bett. Auf deinen Rücken."

Mein Herz klopft heftig und ich gehorche ihm. Ich kann meinen Blick nicht von ihm abwenden. Er ist makellos in seiner kultivierten Schönheit. Seine engelsgleichen Züge sind mit dem dämonischen Funkeln in seinen Augen jedoch ein wenig zweifelhaft.

„Spreize deine Beine für mich, Katarina. Ich will dich sehen."

Ich zittere, als ich meine Knie hochziehe und sie langsam auseinanderfallen lasse. Das Herz klopft mir bis zum Hals und er knurrt. Es ist ein Geräusch, das unmöglich von einem Menschen stammen kann, und es erinnert mich einmal mehr daran, dass er kein Mensch ist. Meine Instinkte schreien mich an, die Beine zusammenzukneifen und zu fliehen, aber ich habe keine Wahl. Ich bin seine Gefangene. Er behandelt mich vielleicht wie eine Königin, aber ich bin ein Spielzeug, sein Futter. Ich bin schwach und dumm und zu neugierig für mein eigenes Wohl und, Gott helfe mir, ich will, dass er mich berührt!

Lou klettert aufs Bett und kniet sich zwischen meine Beine. Mit seinen großen Händen streicht er über die Innenseite meiner Oberschenkel. „Du riechst so gut. Aber dein Blut ist noch nicht reif. Es ist süß, aber noch lange nicht da, wo ich es hintreiben werde, wenn du gesund bist."

„Was wirst du tun?"

Er lässt seine Hände weiter zu meiner glühenden Muschi gleiten, wo er mit dem Daumen auf meine Klitoris drückt und sie reibt.

„Das wirst du dann sehen, meine Liebe. Das wirst du dann sehen." Er senkt den Kopf und leckt über meinen Spalt, öffnet mich mit seiner Zunge, taucht sie ein und behält den Druck auf meine geschwollene Knospe bei.

Ich greife in sein Haar und krümme mich ihm entgegen, als ich augenblicklich über den Abgrund stürzte. Nachdem ich schon seit Stunden kurz vor der Erlösung stand, werde ich fast ohnmächtig, als ich seinen Namen schreie. Orgastische Wellen strömen über mich hinweg, wieder und immer wieder, bis ich schließlich zitternd erschlaffe und Tränen über meine Schläfen rollen. „Ich kann nicht …“, keuche ich, „… ich kann nicht mehr!“

Lou schaut zu mir auf. Seine Lippen glitzern von meinen Säften und ein teuflisches Grinsen ziert sein Gesicht. „Die Morgendämmerung naht. Ruhe dich heute aus. Wenn ich erwache, werde ich deine Neugierde stillen.“

Mir kommt ein Gedanke und ich setze mich plötzlich auf. Ich prüfe meine entblößte, unversehrte Haut. „Hast du mich gebissen?“

„Oh, ich habe einen kleinen Schluck genommen.“

„Ich habe es gar nicht bemerkt.“

„Du warst beschäftigt.“

Was du nicht sagst. Wow.

„Ich muss duschen, bevor ich schlafen gehe.“

„Ich habe dreißig Minuten.“

„Ich kann alleine duschen, weißt du.“

„Aber willst du das denn?“

Ein Schauer überkommt meinen Körper. „Nein. Nicht wirklich.“

Ich quietsche, als er mich in seine Arme zieht und ins Badezimmer trägt. „Ich werde mich immer um dich kümmern. Ich mache es mir normal nicht zur Gewohnheit, Menschen zu entführen. Aber ich werde dafür sorgen, dass dein Aufenthalt bei mir bequem, sicher und … interessant gestaltet wird. Das ist mein Versprechen an dich.“

„Zur Gewohnheit …“ Ich kaue auf meiner Unterlippe und habe Angst, nachzufragen. „Hast du das schon mal gemacht?“

Er setzt mich ab und stützt mich, indem er meine Arme mit den Händen festhält. „Was gemacht?“

Meine Wangen werden heißer. „Eine … du weißt schon, menschliche … Frau entführt?“ Die letzten Silben kommen mir kaum über die Lippen. Ich weiß nicht genau, was ich eigentlich frage.

Lou legt einen Finger unter mein Kinn und neigt meinen Kopf nach oben." Fragst du, ob ich schon einmal eine Frau bei mir festgehalten habe? Aus meinen eigenen egoistischen Gründen?" Er sieht mir in die Augen. Ich weiß nicht, wo ich hinsehen soll.

„Vielleicht?", flüstere ich.

Er schließt seine Hand um meine Wange und ich schmiege mich in seine Berührung. Ich sehne mich nach seiner Zärtlichkeit und dem Gefühl der Zugehörigkeit, das fast zum Greifen nah flackert, wenn er in meiner Nähe ist.

„Ich habe vor dir noch nie auch nur einen Gedanken daran verschwendet, Katarina."

Ein Energiestoß durchzuckt mich. ich hebe den Kopf und begegne dem Blick seiner fast schwarzen Augen. „Warum dann ich?"

Er runzelt die Stirn. „Niemand hat mir je so viel Mitgefühl und solche Zärtlichkeit entgegengebracht… was hast du in diesen ersten Momenten gespürt? Als du mein Dahinscheiden betrauert hast, obwohl du mich noch nie zuvor gesehen hattest?"

Ich starre ihn mit offenem Mund an und frage mich, woher er das weiß. Aber es ist wahr.

„Verlust", sage ich. „Ich habe Verlust gespürt."

„Und dann habe ich dich gefunden", sagt er.

Das hat er tatsächlich. Ich war verloren. Er hat mich gefunden. Er hat mich mitgenommen. Und warum fühlt sich das so richtig an?

～

Ich wache vor ihm wieder auf. Das Zimmer ist stockdunkel und ich höre kein Geräusch außer meinem eigenen Atem. Ich kuschele mich neben ihn, lege meinen Kopf an seine Schulter und sehne mich danach, dass er aufwacht, während meine Gedanken rasen. Bilder aus meinem früheren Leben ziehen vor meinem inneren Auge vorbei. Meine Wohnung, meine Arbeit, meine Bekannten und vor allem meine Eltern. Werde ich sie jemals wiedersehen? Wird er gnädig sein und es gewähren?

Nimm einfach einen Tag nach dem anderen. Das muss ich, sonst werde ich noch verrückt.

Ich zucke heftig zusammen, als er mit einem Keuchen aufwacht. Er starrt mich an, ohne mich zunächst zu sehen, verwirrt, und konzentriert sich dann. Ein Lächeln breitet sich auf seinen Lippen aus.

„Ich träume nicht, das kann es nicht sein, aber du hast dich irgendwie in die Tiefen meines Unterbewusstseins geschlichen."

Er streichelt mein Haar und schiebt seine Finger durch die lockigen Strähnen.

„Das ist nur fair", sage ich. „Du bist meine ganze Welt."

Sein Gesicht wird ernst. „Ich mache es mir nicht zur Gewohnheit, jemanden so nah an mich heranzulassen. Ich habe noch nie jemandem erlaubt, neben mir zu schlafen."

„Dann … warum dann jetzt? Warum ich?"

„Du musstest gerettet werden. Ich vertraue hier niemandem."

„Ich dachte, *du* müsstest gerettet werden. Du warst tot."

„Ich *bin* tot. Komm. Lass uns dir etwas zu essen besorgen. Du hast eine lange Nacht vor dir."

„Ach wirklich?" Aufregung pulsiert in mir. Was auch immer das bedeutet, ich bin mir sicher, dass es mit unserer kleinen Nummer von gestern zu tun hat.

„Mm-hmm. Badezimmer. Jetzt.“

Ich stehe auf und rücke den winzigen Hauch eines Spitzennachthemdes zurecht, sodass es meine Brüste bedeckt. „Ja … Master“, sage ich schüchtern.

Sein Blick wird um ein Vielfaches dunkler, als er mich von oben bis unten mustert. Dann bewegt er sich plötzlich blitzschnell, packt meine Oberarme mit festem Griff und starrt auf mich herab. „Diese Worte darfst du nur sagen, wenn du sie auch meinst. Du solltest mich besser nicht verspotten.“

„Ich … ich verspotte dich nicht“, keuche ich atemlos.

Lou nickt. „Gut.“

WIR ESSEN in einem nahe gelegenen 24-Stunden-Café und ich fülle meinen Magen mit Pfannkuchen und Kaffee, Rührei und Speck. Lou ist unheimlich still und starrt mich mit einer rohen Begierde an, wie ich sie noch nie zuvor gesehen habe. Es lässt mein Herz höherschlagen und bei der Art und Weise, wie sein Blick zu meiner Brust wandert und dann an meinem Hals verweilt, habe ich wenig Zweifel, dass er es bemerkt. All die Aspekte, wie ein Vampir in einem Krankenhaus nützlich sein könnte, gehen mir durch den Kopf. Abgesehen von der offensichtlichen Tatsache natürlich, dass er die Patienten aussaugen würde.

Wir gehen ein Stück, aber ich bin erschöpft. Stattdessen hebt er mich in seine Arme und flüstert mir zu, dass ich mich festhalten soll.

Im nächsten Moment fliegen wir.

Oder es fühlt sich wie Fliegen an, denn es ist eher ein riesiger Sprung. Einen Augenblick später befinden wir uns auf dem Dach eines zwölfstöckigen Gebäudes, das einen großen Teil der Innenstadt von Tucson überblickt. Es ist kühl und der Wind fegt über uns hinweg, aber Lou wickelt seinen dunkelgrauen Wollmantel um mich herum und lässt mich sicher in seinen Armen auf seinem Schoß sitzen.

„Es ist wunderschön", flüstere ich. Die Lichter glitzern im Dunkeln. In der Ferne, wo sich die Berge erheben, gibt es nichts als eine riesige Leere.

„Aus der Ferne betrachtet ist die Welt das."

„Und aus der Nähe?"

Er hält mich noch fester und legt sein Kinn auf meinen Kopf. „Aus der Nähe ist sie sogar noch viel schöner."

Ein paar schlicht zusammengewürfelte, in der Nacht daher gesagte Worte lassen meine Brust mit schmerzender, jämmerlicher, wunderschöner Freude explodieren. Ich kenne ihn erst seit drei Tagen. Vor sechs Tagen habe ich ihn das erste Mal gesehen. Und ich weiß bereits, dass ich für immer mit ihm zusammen sein will.

„Erzähle mir von deinem Leben, Kat."

„Da gibt es nicht viel zu erzählen. Ich bin in einem Vorort von Phoenix aufgewachsen, habe studiert und gearbeitet."

„Was machst du gerne? Bist du gereist?"

„Ich hatte nie die Zeit dazu."

„Warum hast du deine Jahre hinter Büchern vergraben verbracht? Wolltest du jemals etwas anderes?"

„Das habe ich getan. Etwas anderes. Meine Eltern sind einfache Leute. Ich habe es geschafft, ein Stipendium und eine Ausbildung zu bekommen. Das war riesig."

„Und jetzt habe ich dir das alles genommen?"

Ich blicke auf meine Hände und mein Herz wird schwer.

„Kat." Er schiebt einen Finger unter mein Kinn und hebt meinen Kopf zu sich an. „Ich werde niemals nehmen, ohne auch zu geben. Vertraust du mir?"

„Ich kenne dich nicht."

Er legt eine Hand über mein Herz und es beginnt zu rasen. „Was fühlst du?"

„Dass ich dich gern kennenlernen möchte."

Lou lächelt. Sein ganzes Gesicht strahlt und der Anblick verschlägt mir den Atem. „Dann lass uns einander kennenlernen."

ALS WIR ZUM CLUB ZURÜCKKEHREN, ist das obere Stockwerk bereits voll. Mir war nicht bewusst, dass es schon so spät geworden war. Menschen mischen sich unter die Vampire. Ich habe angefangen, sie zu erkennen, die Nicht-Menschen. Sie zappeln weniger, bewegen sich mit mehr Anmut und wirken raubtierhaft. Nicht alle sind hinreißend, aber viele von ihnen sind mit strahlender Schönheit gesegnet, und ich kann mich dem Verdacht nicht entziehen, dass derjenige, der sich entscheidet, jemanden in einen Vampir zu verwandeln, oberflächliche Schönheit in Betracht ziehen muss.

Wir gehen am Garderobenmädchen und den beiden riesigen Vampir-Türstehern vorbei durch die verborgene Tür. Sie nicken mir knapp zu. Ich bin nur einer von wahrscheinlich Dutzenden Menschen, die jede Nacht durch diese Tür gehen, wobei wir alle immer von einem oder mehreren Vampiren begleitet werden. Ich bin nichts Besonderes und doch spüre ich die Neugier in ihren Blicken.

Unten haben die Spiele bereits begonnen und die Hitze steigt mit jeder Sekunde. Lou verschränkt seine Finger mit meinen und zieht mich in unser Zimmer. Die Stille, nachdem er die Tür geschlossen hat, ist ohrenbetäubend. Etwas verändert sich. Etwas passiert.

Er geht zum Stuhl hinüber und gestikuliert zum Schrank. „Zieh dir etwas an, das sexy ist. Ich will Haut sehen."

Ich stehe unentschlossen da und schaue zwischen ihm und dem Schrank hin und her.

„Kat. Tu, was ich dir sage." Er lehnt sich zurück, spreizt die Beine und verschränkt seine Hände hinter dem Kopf. Er fixiert mich mit seinem finsteren Blick.

Ich springe los. Ich weiß genau, was ich anziehen werde. Ich erinnere mich an seine Reaktion auf die schwarzen Latex-Hotpants und den Neckholder-BH, als wir einkaufen waren. Wenn er Spiele spielen will, gebe ich ihm Spiele. Ich schnappe mir die beiden Kleidungsstücke und verschwinde mit klopfendem Herz im Badezimmer. Die Hotpants haben einen Reißverschluss an der Rückseite. Ich lasse ihn offenstehen und begebe mich erneut ins Zimmer hinaus. Ich bewege mich auf ihn zu und drehe ihm meinen Rücken zu. „Ich glaube, ich brauche Hilfe", sage ich und beuge mich vor. Ich grinse, als er scharf einatmet. Aber dann bin ich an der Reihe zu keuchen, als seine Hände an meinen Oberschenkeln hinaufrutschen. Er kratzt mit den Fingernägeln über meine Haut und der Schmerz lässt mich stöhnen. Dann schlägt er mir auf den Hintern. Hart. Ich schreie vor Schmerz auf, bewege mich jedoch nicht. Das brennende Gefühl schießt direkt in meine Muschi.

„Du böses Mädchen. Mich zu verspotten kann ein gefährliches Spiel sein." Er schließt den Reißverschluss meiner Hotpants und wirbelt mich herum, sodass ich ihn ansehen muss. Er steht auf, starrt auf mich herab und ich weiche aus Instinkt heraus einen Schritt zurück. „Ah-ah", sagt er. „Dreh dich um und schließe die Augen."

Ich starre ihm noch einen Moment länger in die Augen, gehorche aber schließlich doch. Außerdem bin ich neugierig. Also wende ich ihm den Rücken zu. Ich zucke leicht, als er mir ein weiches, seidiges Tuch über die Augen legt, es strafft zieht und hinter meinem Kopf zusammenbindet. Vorsichtig berühre ich es und lasse meine Finger über den Rand der Augenbinde gleiten.

„Was machst du …“

„Psst. Du bist neugierig. Ich werde dir geben, was du willst." Ich versuche, mich umzudrehen, aber er packt meine Schultern und hält mich fest. „Von jetzt an wirst du genau das tun, was ich dir sage. Aber es gibt immer einen Ausweg. Hörst du mir zu?"

Ich nicke.

„Was sagst du dann?"

Ich lecke mir die Lippen. Das Herz schlägt mir bis zum Hals. „Ja … Master?"

„Braves Mädchen. Ich werde dir nicht wehtun. Hast du das verstanden. Du bist bei mir sicher. Es wird unangenehm sein. Geistig und körperlich. Du sollst jede Emotion ausleben und sie in dein Innerstes sinken lassen. Du wirst herausfinden, was sich gut anfühlt, was sich weniger gut anfühlt, aber immer noch verlockend ist, und was du überhaupt nicht magst. Du wirst es mir immer sagen, wenn etwas deine harte Grenze überschreitet."

„Wie werde ich es wissen?"

„Das müssen wir erforschen. Hast du verstanden?"

Ich nicke. Ich zittere vor Angst und Aufregung und habe keine Ahnung, was ich ihn mit mir machen lasse, aber ich vertraue ihm. Zumindest glaube ich das. Abgesehen davon, dass er mich entführt hat, was zweifellos eine wirklich schlimme Sache ist, hat er nie etwas getan, das mich an seinen Worten zweifeln lässt.

„Wenn sich etwas falsch anfühlt, wirst du *gelb* sagen. Wenn etwas deine harte Grenze überschreitet, wirst du *rot* sagen. Man nennt es ein Safeword. Hast du davon gehört?"

„Das habe ich", flüstere ich. Meine Stimme ist kaum hörbar, aber Lou hört sie trotzdem.

„Braves Mädchen. Wie fühlst du dich?"

„Ich habe Angst."

„Ich werde dir ein Halsband anlegen. Es ist ein schwarzes Lederhalsband mit einem daran befestigten Ring. Für heute soll es jedem zeigen, dass du vergeben bist. Dass du jemandem gehörst."

„Tue ich das?"

„Ja, Kat. Du gehörst mir. Heb dein Haar hoch."

Meine Brust wird heiß. Wir führen keine feste Beziehung, aber zu hören, wie er mir sagt, dass ich ihm gehöre, trifft mich härter als jedes ‚Ich liebe dich', dass ich jemals in meinem Leben gehört habe. Der Gedanke daran, dass er sich um mich kümmert und um mich sorgt, macht, dass mir ganz schwindelig wird. Ich raffe mein Haar in meiner Faust zusammen und hebe die Locken hoch. Als er mir ein steifes, kühles Halsband um den Hals legt und ein Schloss zuschnappt, spüre ich Nervenkitzel. Es klingt so definitiv. Ich frage mich, ob er es mich permanent tragen lassen wird.

Lou drückt einen Kuss auf meine Stirn. „Ich möchte mich für dein Vertrauen bedanken. Jetzt bewege dich." Er legt seine Hände auf meine Schultern und wir machen uns auf den Weg hinaus in den Korridor. Die Gerüche verändern sich, die Luft wird heißer und es riecht nach Rasierwasser und Parfüm, nach Schweiß und nach etwas, das ich nicht einordnen kann.

„Du riechst das Blut", flüstert er. Die unerwartete Bewegung seiner Lippen an meinem Ohrläppchen lässt mich zusammenzucken.

„Woher wusstest du, was ich gedacht habe?"

„Du kannst nichts sehen. Deine anderen Sinne sind geschärft. Ich habe dich in der Luft schnuppern sehen."

„Aber ich weiß, wie Blut riecht. Das hier …"

„Es ist die Süße, die du wahrnimmst, was mich beeindruckt. Ich hätte nicht gedacht, dass sie für einen Menschen wahrnehmbar wäre."

Das Stöhnen nimmt zu. Schläge. Keuchen und Schreie. Basslastige Techno-Musik dröhnt durch die Lautsprecher, aber die Geräusche des Getümmels um uns herum sind irgendwie lauter. Es fühlt sich an, als ob meine Haut von den Schallwellen getroffen wird. Als ob jedes Stückchen nackter Haut gestreichelt, erhitzt und gekratzt wird.

„Vor dir liegt ein Kissen. Lass dich nieder. Knie vor meinen Füßen und nehme den Raum war. Sag mir, was du fühlst."

Ich sinke auf die Knie und setze mich auf meine Fersen, während ich die Atmosphäre auf mich wirken lasse. Ich konzentriere mein Gehör auf die linke Seite, auf den Bereich des Spankings, auf das Kreuz, und zucke bei jedem harten Lederschlag auf weiche Haut zusammen. Ich sitze schweigend dort und lasse mich von der animalischen Anspannung durchdringen. Meine Brustwarzen werden unter dem Latex steif und meine Muschi pulsiert.

„Was spürst du, Kat?"

„Sex."

„Such noch weiter."

Ich lausche und versuche, eine Gefühlswelle von der anderen zu unterscheiden. „Verlangen. Bedürfnis."

„Wessen?"

„Von allen."

„Braves Mädchen. Alle brauchen etwas."

„Was brauchst du?"

Lou antwortet nicht und mein Herz zieht sich zusammen. Entweder weiß er es nicht oder er vertraut mir nicht. Er ist einsam. Ich weiß es. Er sehnt sich genauso sehr wie ich nach einer Verbindung.

„Was für ein Gedankenfick ist das denn hier?", sagt eine

heitere, leicht heisere Stimme zu meiner Rechten, die ich als die von Selene erkenne. Ich zucke zusammen und schaue auf, obwohl ich sie nicht sehen kann.

„Sie war neugierig", sagt Lou.

„Oh, ich weiß." Ich spüre, wie sie sich nähert. „Wie hältst du dich, Kat?", fragt sie. Ihre Stimme ist auf gleicher Höhe mit meinem Gesicht.

„Es geht mir gut", sage ich.

„Du riechst unglaublich", sagt sie. „Das hier hat eine Wirkung auf dich."

„Ja", flüstere ich.

Ich spüre ihren Atem an meinem Ohr. „Er wird sich gut um dich kümmern. Er mag ein Vampir sein, aber er ist ein ehrenwerter Mann."

Ich nicke und schlucke schwer.

„Du kannst gern das Podium benutzen, Lou. Lucius wird in Kürze erscheinen. Ich bin mir sicher, er wird den Anblick zu schätzen wissen." Ihre Stimme kommt nun wieder von oben und ich fühle mich plötzlich unendlich klein.

Lou scheint mein Unbehagen zu spüren. Er legt eine Hand auf meinen Kopf, so als wäre ich sein Haustier. „Steh auf."

Meine Beine zittern, als ich gehorche. Gänsehaut breitet sich blitzschnell über meinem Rücken aus. Er beugt sich vor und flüstert mir ins Ohr: „Du riechst wirklich absolut köstlich."

„Warum?"

„Dein Blut sprüht vor Pheromonen, Endorphinen und Adrenalin. Bist du erregt?"

„Ja", wimmere ich.

„Willst du, dass ich dich fessele? Dich anbinde?"

Ich kann kaum atmen. Die Schockwelle der Leidenschaft, die durch mich strömt, wirft mich fast um.

„Kat?“

„Ja“, sage ich, als die Farben vor meinen Augen aufblitzen. Gelb und rot. Ich bin verrückt. Was mache ich denn? Worauf habe ich mich eingelassen? „Ich gehöre dir, Lou“, sage ich.

Sein Knurren lässt den Raum einen Moment lang verstummen und ich spüre die Aufmerksamkeit, die sich auf uns richtet.

„Ja, du gehörst mir.“

KAPITEL 11

*L*ou

Ich hatte nie vor, ihr eine große Wahl zu lassen. Wäre sie nicht so neugierig und so bereit gewesen, hätte ich ihr die Unterwerfung entlockt, bis sie mich angefleht hätte, sie zu fesseln und ihr den Hintern zu versohlen, und bis ihr letzter Widerstand gebrochen wäre. Aber sie sprudelt förmlich vor Verlangen und aus jeder ihrer Poren strömt der verzweifelte Wunsch, von mir beherrscht zu werden.

Ich führe sie zum Podium. Sie zieht die Aufmerksamkeit aller Vampire auf sich, als sie in der Mitte des Raumes zur Schau gestellt steht. Aber sie ist sich völlig unbewusst, wie ihre unverfälschte Sinnlichkeit den Raum füllt und die Luft sättigt. Sie alle wollen *sie* haben. Nur sie. Sie vergessen für einen Moment ihre eigenen Menschen. Aber sie gehört mir.

„Bleib genau hier stehen", flüstere ich ihr ins Ohr und gehe zügig auf die Wand mit der Ausrüstung zu. Ich sehe mir die ordentlich aufgewickelten Seile an, aber ich kenne mich mit der schönen Kunst des Shibaris nicht gut aus. Stattdessen wähle ich gepolsterte Lederfesseln für ihre Hand- und Fußgelenke. Sie passen gut zu ihrem Halsband. „Knie nieder, Kat", sage ich, als ich an ihre Seite zurückkehre. „Beuge dich vor, Hände auf den Rücken."

Sie fällt auf die Knie und berührt mit der Stirn fast den Boden, als sie mir ihren Hintern entgegenstreckt und ihre Handgelenke präsentiert. Der glänzende Latex spannt sich über ihre perfekt gerundeten Arschbacken und ihre Oberschenkel zittern, während sie sich bemüht, sich nicht vom Fleck zu bewegen. Ich ziehe die Handschellen Zentimeter für Zentimeter über ihren Rücken, um sie wissen zu lassen, was auf sie zukommt. Ihre Muskeln spannen sich an und eine Gänsehaut bricht überall dort aus, wo ich sie berühre. Ich bin grob, als ich ihre Handgelenke packe und die Handschellen einrasten lasse. Sie schreit auf. Ich ziehe sie auf die Füße und zerre sie hinter mir her. Während ich sie zu einem Satz Ringe schiebe, die an der Wand hinter den Bänken befestigt sind, halte ich sie fest. Ich rücke sie zurecht, hebe ihre Arme über den Kopf und achte darauf, dass nichts über ihre zarte Haut scheuert. Dann stoße ich ihre Beine mit dem Fuß auseinander, befestige die Fesseln um ihre Knöchel herum und hake sie in die Kette ein, die an der Wand befestigt ist.

Als ich fertig bin, sehe ich sie mir an. Sie steht mit verbundenen Augen und gespreizten Gliedmaßen gefesselt an der Wand. Ein dünner Schimmer von Schweiß glitzert auf ihrer blassen Haut. Sie zittert, hat Angst und ist gleichzeitig erregt.

„Erinnerst du dich an deine Worte?"

Sie dreht ihren Kopf zum Klang meiner Stimme herum und nickt. Ich grinse und greife nach einer einfachen Reitgerte mit einem flachen Ende, die ich ein paarmal zur Probe durch die Luft schnippen lasse. Bei jedem scharfen Schnalzen zuckt sie zusammen. Ich lasse die Spitze der Gerte an der Innenseite ihres Knöchels entlangwandern und ziehe sie dann an ihrem inneren Oberschenkel zu dem Punkt hoch, unter dem ihre Muschi im Latexhöschen heiß pulsiert. Ihr würziger Duft verändert sich und wird süßer, je mehr sich ihre Sinne steigern. Sie wartet auf den Schlag. Ich habe nicht die Absicht, meine kleine menschliche Gefangene zu enttäuschen. Ich ziele auf die nackte Haut, wo ihre Arschbacke auf den Oberschenkel trifft, schnippe mit dem Handgelenk und platziere mein erstes Zeichen auf ihrer Haut. Mein erstes, aber nicht mein letztes.

Kat schnappt nach Luft und ballt die Fäuste, aber sie erhebt keinen Einspruch. Stattdessen streckt sie ihren Arsch heraus, als wollte sie mehr. Ich tue ihr den Gefallen und schlage sie auf die andere Pobacke. Ich schnippe mit dem Handgelenk hin und her, wodurch ein symmetrisches Muster roter, horizontaler Linien entsteht, während ich ihre Haut markiere. Sie windet sich und wimmert, aber ich habe sie nicht geknebelt, und höre kein Safeword.

„Lou!", fleht sie.

Ich ersetze die Peitsche durch meine Hand und gebe ihr einen harten Klaps auf die latexbedeckte Arschbacke. „Was bin ich?", knurre ich in ihr Ohr.

„M-Master!"

Ich streiche mit dem Finger am Rand ihrer Hotpants entlang, schiebe sie ein wenig zur Seite, finde Wärme und ihren nassen Eingang. Ihre Beine zittern, als sie sich auf die Zehenspitzen streckt.

„Ich kann nicht mehr", keucht sie.

Ich sinke zwischen ihren Beinen auf die Knie und schiebe meine Zunge dorthin, wo bis eben meine Finger waren. Ich lecke die süßen Tropfen ihrer Erregung. Kat wimmert, als ich ihre Arschbacken packe und auseinanderspreize. Ich möchte ihr das dünne Quäntchen Latex abreißen und meinen Schwanz in ihrer köstlich zitternden Muschi vergraben, aber ich werde es nicht hier tun. Wenn ich sie das erste Mal nehme

– wenn ich sie mit Leib, Blut und Seele zu der Meinen mache – wird dies ein Akt nur zwischen uns beiden und ganz ohne Zuschauer sein.

Ich beiße in die weiche Innenseite ihrer Oberschenkel, ohne Reißzähne und ohne die Haut zu verletzen, und stöhne vor Verlangen, stehe dann auf und bedecke ihren Körper mit meinem, als ich meinen Mund an ihr Ohr führe.

„Doch, das kannst du." Ich greife erneut nach der Reitgerte und ziehe den Reißverschluss an der Rückseite ihrer Hotpants hinunter, um ihren Hintern zu entblößen.

„Was machst du …"

„Sprich nur weiter, falls du ein Safeword sagen willst."

Ein Schaudern überkommt sie. Ein Schaudern, das sich auf mich überträgt, als der Duft ihres endorphinreichen Blutes neue Höhen erreicht. Sie reagiert auf mich, wie noch nie jemand zuvor. Sie ist so im Einklang mit meiner Stimme, meiner Berührung, meinem Verlangen. Ich hebe die Gerte und verpasse ihr einen Hieb. Ich schlage viel härter zu als zuvor und ringe ihr ein kehliges Stöhnen ab. Ich versohle ihr den Hintern und zeichne ihn mit roten Striemen, bis sich ihr Zustand schließlich wandelt. Sie fällt in den Rhythmus und ihr Duft erblüht vollständig, versüßt von ihrer vollendeten Unterwerfung.

Ich lasse die Gerte fallen, ziehe die Augenbinde ab, löse die Fesseln und ziehe sie in meine Arme. Sie blinzelt heftig, obwohl das Licht im Raum gedämpft ist. Ihre Augen sind offen, aber sie kann noch nicht scharf sehen. Sie konzentriert sich auf mich, kneift die Augen zusammen, und schließlich breitet sich ein kleines Lächeln auf ihren Lippen aus. Sie lehnt ihren Kopf an meine Brust. Ich schiebe meine Arme unter ihren Rücken und ihre Knie und trage sie zu einem freien Platz auf der Couch hinüber. Dann hülle ich sie in mein Jackett und ziehe sie an mich. Um uns herum geht alles wie gewöhnlich weiter. Die Stelle, die wir an der Wand besetzt hatten, wird bald von einem anderen Paar eingenommen.

Aus der Ferne spüre ich Augen, die auf uns gerichtet sind. Ich schaue auf und begegne dem Blick des Menschen, von dem ich in meiner ersten Nacht hier getrunken habe, dem engelsgleichen, blonden Jungen Sean. Sein Gesicht ist voller Verlangen, Eifersucht und Verzweiflung. Er starrt auf das Bündel auf meinem Schoß, ballt die Fäuste und wendet sich dann ab.

In unserem Kokon gibt es nur uns. Kats Brust hebt und senkt sich mit ihren schnellen Atemzügen. Mein Schwanz ist steinhart und es würde mich nur wenig Mühe kosten, sie aus ihrer Hotpants zu schälen, meinen Reißverschluss zu öffnen und in sie zu dringen. Aber ich möchte ihr diesen Moment – ihre erste Erfahrung im Reich der Unterwürfigkeit – gönnen. Die Nacht ist noch jung und wenn sie wieder zu sich kommt, wenn sie bereit ist, dann werden wir spielen.

Lucius schlendert hinter uns die Treppe hinunter und wirft mir einen neugierigen Blick zu. Seine Augen huschen zwischen mir und Kat hin und her. Dann hebt er eine Augenbraue, geht zu Selene hinüber und gibt ihr einen Kuss, der sich schon bald zu etwas wandelt, dass die meisten Leute unter vier Augen fortsetzen wollen würden. Ihre Verbundenheit und Liebe füreinander geht tiefer als alles, was ich je zuvor gesehen habe. Nur wenige haben so viel Glück. Die meisten von uns lieben und verlieren, versuchen erneut zu lieben, werden verletzt und geben schließlich auf. Ich habe schon vor langer Zeit, vor vielen Jahrhunderten, aufgegeben. Aber wenn ich diese warme, vertrauensvolle Menschenfrau in meinen Armen spüre, sehne ich mich danach, es noch einmal zu wagen. Ich werde wieder verlieren, das sind die Naturgesetze, aber ich will sie so lange festhalten, wie das Leben uns gibt.

Kat rührt sich und ich drücke meine Lippen auf ihre Stirn, um ihr einen Kuss zu geben. „Wie geht es dir?"

„Ich fühle mich, als würde ich in Flammen stehen."

„Dein Arsch?"

„Oh nein, alles. Ich vibriere."

„Du bist berauscht."

„Ich bin so schläfrig, ich bin müde und fühle mich gleichzeitig so gut, als könnte mir nichts etwas anhaben oder mich berühren."

„Ich werde dich berühren", sage ich und schiebe eine Handfläche über ihren Oberschenkel, zu ihrem Arsch und an ihrer Hüfte vorbei, bis ich die Hand um ihre Brust schließen kann. „Ich werde dich berühren, wo auch immer …" Ich kneife in ihre Brustwarze, sodass sie sich krümmt und nach Luft schnappt, „… und wann auch immer ich es will. Aber niemand sonst wird je eine Hand auf dich legen. Du gehörst mir. Jetzt und für immer. Hast du das gehört?"

„Für immer", haucht sie und ihre Wangen röten sich. „Oh mein Gott, Lou."

Unter der Zudecke meiner Anzugjacke, die ich über sie drapiert habe, zeichne ich kleine Muster über jedes Stück nackte, warme Haut, das ich erreichen kann.

„Kein Gott", sage ich und grinse. „Nur ein sehr alter Vampir, der sich plötzlich gar nicht mehr alt fühlt."

Sie schaut mit riesigen und vertrauensseligen Augen zu mir auf, bevor sie die Stirn runzelt. „Warum war deine Verwandlung so schmerzlich?"

Plötzlich bin ich regungslos. Ihre Worte treffen mich tiefer, als sie es wahrscheinlich beabsichtigt hat, und es reißt mich sofort aus der Wärme und Intimität heraus. Dies ist meine einzige große Schwäche. Die eine Sache, über die ich nie spreche. Etwas ist während meiner Erschaffung in mir zerbrochen. Da ich selbst mehr Schöpfungen miterlebt habe, als ich zählen kann, weiß ich, dass mein Schöpfer selbst unerfahren und brutal gewesen sein muss. Es ist sehr wahrscheinlich, dass er nicht wusste, was er tat. Ich grub mich aus meinem Grab heraus, Panik hatte meinen Verstand fest im Griff und ich dachte, ich müsste atmen. Ich wusste nicht, was ich war. Ich kannte meinen Namen nicht und hatte keine Ahnung, warum meine Kehle brannte. Die Morgendämmerung kam und hätte mich fast verbrannt. Ich floh zurück ins Grab und verharrte dort, verängstigt, schmutzig und allein. Ich hatte keinen Herzschlag und hörte Dinge wie die Würmer, die sich unter der Erde bewegten. Ich dachte, ich wäre verrückt geworden.

Niemand lehrte mich und ich musste mir den Weg in dieses Unleben ganz allein bahnen. Ich habe nie mit jemandem darüber gesprochen und niemals einem anderen Wesen mein Schicksal gewünscht.

Vampire sind grausame, selbstsüchtige Bestien und als ich Kat entführt habe, habe ich bewiesen, dass ich keine Ausnahme bin.

Erneut.

～

Kat

Sein Blick wandert in die Ferne und mein Herz schmerzt für ihn. Plötzlich wirkt dieses mächtige Wesen so verloren. Ich möchte ihn umarmen, ihn streicheln und ihm sagen, dass alles gut wird. Aber wie kann ich das? Für ihn bin ich nichts als ein Kind. Warum sollte irgendetwas, das ich sage, für dieses uralte Wesen der Schatten von Bedeutung sein?

Die Stille zwischen uns dehnt sich aus. Mein ganzes Wesen greift nach ihm und das Bedürfnis ihn zu trösten und ihn zu umsorgen, ist tief in mir verwurzelt. Mein Inneres summt noch immer von der Erfahrung, an die Wand gefesselt und ausgepeitscht zu werden, aber ich finde zu mir zurück und habe mich noch nie in meinem Leben jemandem näher gefühlt.

„Ich bin da, wenn du mich brauchst."

Er schaut auf mich herab. Einen Augenblick lang werden seine Augen weich, dann wird sein Blick hart wie Stein. „Das Einzige, was ich brauche, bist du zu meinen Füßen."

Mein Herz wird schwer. Wir hatten einen Moment, aber das war alles, was es war. Er will, dass ich seine unterwürfige Sklavin bin und ich habe eingewilligt, weil meine Neugierde die Oberhand gewonnen hatte. Ich bin ihm ausgeliefert, unterliege seinem Befehl und muss allem gehorchen, was er von mir verlangt. Wenn er mir Schmerzen zufügen will, um mich in Todesangst wimmern zu lassen, dann wird er das tun. Wenn er meinem Körper unbeschreibliche Lust entlocken will, die mich in höchste Höhen aufsteigen lässt, dann wird er das tun. Ich kann nie wissen, in welcher Stimmung er gerade ist.

Als er seinen Griff um mich lockert, falle ich auf die Knie und setze mich erneut auf meine Fersen. „Ich gehöre dir", sage ich und senke den Kopf.

Er streckt die Hand aus, hebt mein Kinn leicht und neigt meinen Kopf. „Weil du es möchtest?"

Ich zögere. Ja und nein. Ich möchte mit Lou zusammen sein, das lässt sich nicht leugnen, aber ich kann mein echtes Leben nicht einfach so aufgeben. Ich kann nicht akzeptieren, dass es mir für immer weggenommen wird.

Seine Augen blitzen, als könnte er meine Gedanken hören. „Eines Tages wirst du bleiben wollen. Eines Tages wirst du wissen, dass du nicht zurückgehen kannst. Eines Tages wird sich die Erniedrigung, die du verspürst, in echtes

Bedürfnis wandeln. In ein Bedürfnis nach einem Master, nach mir."

„Ich bin hier und ich will bleiben. Ich brauche dich schon jetzt mehr als die Luft zum Atmen."

Er streichelt meinen Kopf und lässt seine langen Finger durch meine Locken gleiten. Ein Schauder läuft mir über den Rücken. „Ich weiß, dass du das tust. Aber du zögerst noch. Dein Körper widersetzt sich mir noch immer. Ein Teil von dir findet das alles immer noch unnatürlich."

Ich atme zitternd aus. Ich denke an meine Arbeit und an mein Zuhause. Seine Hand gleitet zu meinem Hals und packt ihn. Nicht grob, sondern fest und gebieterisch. „Ja", flüstere ich. „Das stimmt."

„Gib dich mir hin, Kat. Alles an dir. Ich will, dass du mir gehörst. Ich brauche es."

Brauchen.

Ich schaue auf und begegne seinem Blick, der sich von kalt zu heiß gewandelt hat. Wilde Lust strahlt von ihm aus. „Und wirst du jemals mir gehören?"

Er sieht mir in die Augen und schüttelt den Kopf. „Du bist eine Sterbliche. Ich werde dir für ein paar kurze Jahre alles geben und dich dann gehen lassen. Ich kann es mir nicht erlauben, mich zu sehr an dich zu binden. Ich habe jeden verloren, der mir jemals etwas bedeutet hat. Wieder und immer wieder. Die Lebensspanne eines Menschen ist zu kurz. Es ist den Schmerz nicht wert."

„Ich muss nicht sterblich sein", flüstere ich. Ich halte den Atem an. Ich weiß nicht, was ich da sage. Es kam einfach aus mir heraus. Möchte ich ein Vampir werden? Das ist … verrückt.

Lou schüttelt den Kopf. Bedauern liegt in seinem Blick. „Ich habe noch nie einen Menschen verwandelt und werde es auch niemals tun. Denjenigen, die mir etwas bedeutet haben, habe ich dieses Leben nie gewünscht. Und denen, die mir nichts bedeutet haben, wollte ich nicht bis in alle Ewigkeit wieder und wieder begegnen müssen.“

„Was ist so schlimm daran, Vampir zu sein?“

Sein Griff um meinen Hals wird schmerzhaft und sein Gesicht verwandelt sich zu einer erschreckenden Zurschaustellung seines übernatürlichen Wesens. Er lässt seine Reißzähne aufblitzen. „Jetzt gehst du zu weit. Geh zurück ins Zimmer.“

„Aber …“

„*Sofort!*“, knurrt er.

Ich würge die Traurigkeit hinunter, als ich mich erhebe. Ich habe ihn verloren.

KAPITEL 12

K at Jeden Tag schlafe ich in seinem Arm, wenn sich die Nacht in diesem seltsamen Dasein zum Tag verwandelt. Jede Nacht entlockt er meinem Körper Freuden und Gefühle, die ich mir niemals hätte vorstellen können. Mein Herz klopft und meine Muschi brennt, wenn er mich bereit macht. Dasselbe Ritual jede Nacht: ein Bad, bei dem er mich mit einem Schwamm wäscht, dann gehen wir hinaus und frühstücken. Unsere Spaziergänge werden länger, da ich wieder zu Kräften komme, und ich habe tausend Fragen, die er mir gern beantwortet. Er hat alle Teile der Welt besucht. Er hat Regime aufsteigen und fallen gesehen. Er war an Kriegen beteiligt, von denen ich noch nicht einmal wusste. Er ist eine brillante Quelle von Informationen. Ich habe mich nie besonders für Geschichte interessiert, aber vielleicht lag es an den begrenzten Inhalten des Lehrplans? Außerdem war ich schon von klein an ein Wissenschaftsfan. Lou weckt in mir den Wunsch, die sieben Weltwunder zu sehen, in den Himalajas zu wandern, die heiligen Shinto-Schreine Japans zu besuchen und in einem Pariser Café zu sitzen. Ich möchte mir ein Konzert in der Royal Albert Hall in London anhören, einen Gospelchor in Südafrika und die Sitars am Lagerfeuer an einem Strand beim indischen Ozean.

Ich habe mich hoffnungslos in diesen Mann verliebt, in diesen Vampir, meinen Lou ohne Nachnamen. Er weiß vielleicht nicht, wer er früher war, aber der Mann, der er *jetzt* ist, ist atemberaubend schön, sowohl von außen als auch von innen.

Wir sind zum Frühstücken ausgegangen und sitzen nun im Verlies auf der Couch. Nur wenige Paare sind bereits hier und befinden sich noch in der Aufwärmphase ihrer Spiele. Ich trinke eine Tasse schwarzen Kaffee. Lou trinkt Blut von einem Fass, das in der Bar installiert worden ist. Ich habe mich immer noch nicht an den schockierend unanständigen Anblick von menschlichem Blut in einem Glas gewöhnt. So als wäre es Bier. Es ist eine erschreckende Erinnerung daran, was er wirklich ist, aber ich sehe darüber hinweg. Es definiert ihn nicht. Er ist so viel mehr.

Ich habe es nicht gewagt, Vampirismus und Verwandlung noch einmal zu erwähnen. Aber unsere gemeinsamen Nächte bescheren uns ein Gefühl der Nähe, das selbst er nicht leugnen kann, und schließlich kann ich meinen Mund nicht länger halten.

„Ich möchte bei dir bleiben."

„Du bleibst bei mir. Du gehst nirgendwohin."

„Ich meine ... für immer."

„Ich werde dich für den Rest deines natürlichen Lebens an meiner Seite behalten. In einer Welt mit so viel Unrecht ist es das Richtige. Ich behalte dich aus egoistischen Gründen und nehme dir bereits so viele Dinge, dass ich dir deinen Tod nicht auch noch vorenthalten will."

„Aber ich will mit dir zusammen sein!"

„Du bist doch mit mir zusammen, meine Liebe. Wir haben noch viele schöne Jahre vor uns.“

„Ich habe vielleicht noch fünfzig Jahre, höchstens sechzig. Und in den letzten davon werde ich alt und krank sein und vielleicht dement. Ich werde nicht mehr ich selbst sein.“

„Du wirst immer noch du sein. Mach dir darum keine Sorgen. Ich werde hier sein, um mich um dich zu kümmern.“

„Ja“, spotte ich bitterlich und stelle die Kaffeetasse auf den Tisch. „Und siehst dabei wie ein Dreißigjähriger aus, während ich eine verschrobene alte Dame bin.“

„Katarina Donovan. Glaubst du, mich interessieren schlaffe Haut und Falten? Ich habe mich in dich verliebt, bevor ich dich überhaupt gesehen habe, nachdem ich nur deine Stimme gehört und dich gerochen hatte.“

„Aber …“

„Und ich sehe vielleicht wie dreißig aus, aber ich bin sehr alt, meine Liebe. Ich bin wirklich alt und ich fühle es. Durch dich fühle ich mich wieder jung. Verwechsle kein durch Vampirismus jugendliches Gesicht mit einem Gesicht tatsächlicher Jugend. Vampire gehören zu den konservativsten Kreaturen, die mir jemals begegnet sind. Sie sind vor Angst vor Veränderung erstarrt. Sie sind engstirnige, verbohrte, territoriale Kreaturen, die immer nur streiten und gegeneinander intrigieren.“

„Du versuchst immer, es so schlimm klingen zu lassen, aber ich kann nichts wirklich Schlimmes daran sehen.“

„Kat. Ich habe getötet. Und zwar oft. Ich habe Menschen verletzt, Kindern ihre Mutter entrissen und meinen Durst gestillt, ohne Rücksicht darauf zu nehmen, welchen Schmerz ich damit verursache. Ist das die Art von Leben, die du leben willst?“

„Aber so bist du jetzt nicht mehr. Du hast dich verändert. Du kannst es mir beibringen.“

„Wir sind von Natur aus Monster. Wir sind Dämonen. Es liegt in unserem tiefsten Inneren. Es gibt in uns keinerlei Menschlichkeit mehr. Ist es das, wovon du träumst?"

„Ich sehe es nicht. Ich glaube dir nicht."

Seine Nasenlöcher beben und sein Blick verdunkelt sich. „Du gehst zu weit, Kat", knurrt er. „Du wirst mir niemals ebenbürtig sein. Ich werde immer dein Master sein, dein Dom. Du wirst immer meine Sklavin sein. Meine *menschliche* Sklavin. Du wirst tun, was ich sage. Ich kann nicht zulassen, dass du einen Platz an meiner Seite einnimmst."

Mein Herz wird schwer. „Eines Tages werde ich alt sein. Dann wirst du keine Verwendung mehr für mich haben."

„Das ist der natürliche Lauf des Lebens."

„Nicht für dich."

„Ich bin nicht natürlich."

„Würdest du anders über mich denken, wenn ich auch ein Vampir wäre?"

„Es ist überflüssig, das zu diskutieren."

„Du wirst mich niemals verwandeln?"

„Korrekt."

„Aber warum nicht?"

„Katarina. Dieses Leben ist einsam. Es ist gewalttätig, erfüllt von Tod, Schmerz, Verrat und Verlust. Ich habe noch nie einen Menschen verwandelt und werde es auch nie tun."

„Du willst doch nur, dass ich ein Mensch bleibe, damit ich dein verdammtes ‚Süßblut' bleiben kann", speie ich.

Sein Blick verdunkelt sich unermesslich und ich sinke zurück, als mir das Herz bis zum Hals klopft. Das hätte ich nicht sagen sollen. Er hat recht. In unserer Beziehung ist nichts gleichberechtigt. Ich bin seine Gefangene, seine Sklavin. Das ist alles.

Lou steht auf. „Auf alle viere. Hände und Knie. Wackle mit deinem süßen, runden Hinterteil. Heute Abend wird es brennen. Dann werde ich mich an dir laben, mein *Süßblut*. Es ist an der Zeit."

Ich zittere und gehorche ihm. Sein Blick brennt auf mir, als ich zum hinteren Teil des Clubs in unser Zimmer krieche. Meine Muschi wird heiß und ich weiß, dass er es riechen kann. Er weiß, wie süchtig ich tatsächlich nach ihm bin. Die Endorphine, die meinen Körper durchfluten, wenn er mich fesselt und benutzt, sind ein Rausch, wie ich ihn noch nie zuvor erlebt habe.

Er hat noch nie von mir getrunken, abgesehen von ein paar winzigen Tröpfchen, die nicht zählen. Bei dem Gedanken wird mir übel vor Angst. Tut es weh? Werde ich sterben?

Die Tür schlägt mit einer Endgültigkeit hinter uns zu, die mich vom Boden aufspringen lässt.

„Dreh dich um und leg deine Hände aufs Bett."

Ich trete einen Schritt zurück. „Lou, ich …"

„Sofort!"

„Ich wollte nicht …" Zitternde Angst durchströmt mich und schnürt mir die Kehle zu. Aber ich spüre nicht nur Angst. Seine Dominanz lässt mich vor Leben vibrieren und schießt Hitzewellen in meine Muschi.

Er tritt näher. Zu nahe. Er sieht von oben auf mich herab. „Forderst du mich heraus?" Seine Augen blitzen im Halbdunkel auf.

Ich schlucke schwer. „Nein." Das Wort kommt als Wimmern heraus. Ich drehe mich um, stolpere zum Bett und beuge mich vor. Im nächsten Augenblick zerreißt er mein Kleid und entblößt meinen Rücken. Mein Höschen ereilt dasselbe Schicksal und er lässt es zerfetzt um meine Knöchel hängen. Ich möchte ihn anflehen, vorsichtig zu sein. Ich frage mich, ob die Safewords noch zählen. Ich will aus vollem Halse *rot* brüllen und gleichzeitig will ich ihn haben, ganz und gar. Er hat gesagt, dass er heute Abend von mir trinken wird. Er hat auch gesagt, dass der Moment, in dem er von mir trinkt, der Moment sein wird, in dem er endlich aufhört, mich zu necken, und mich zu der Seinen macht.

Ich zucke zusammen, als er über meinen Hintern streichelt, aber es ist eine warme und herzliche Liebkosung.

„Mmm, du reagierst so wunderbar, Kat. Es gibt nichts, was mich heute Abend aufhalten wird. Niemand wird uns stören. Ich werde dich nehmen, dich markieren, von dir trinken.“

„Wird es wehtun?“, flüstere ich. Meine Stimme bebt.

„Zu Beginn … aber es wird nicht so sein wie das, woran du dich von jener Nacht erinnerst.“

„Ich vertraue dir.“

„Braves Mädchen.“

Der Schlag kommt ohne Vorwarnung und katapultiert mich nach vorn. Ich stöhne und packe das Laken. Lou greift um meine Hüfte und schlägt mich wieder und wieder. Die Haut an meinem Hintern wird warm, dann heiß, und schließlich fühle ich nur noch das. Meine Sinne werden taub und schärfen sich zugleich. Er ist es, seine Hand, der Rhythmus seiner Schläge, die auf mein Fleisch treffen. Ich fliege und mein ganzer Körper steht unter Strom. Als er aufhört, höre ich nichts als meine eigenen harschen Atemzüge und zittere. Er spreizt meine Arschbacken auseinander und findet meine Schamlippen mit seiner Zunge. Seine Zähne kratzen über meine Klitoris. Das scharfe Stechen, das sich schlagartig in einen Schmelztiegel verzweifelten Verlangens wandelt, lässt mich aufschreien.

„Bitte“, schreie ich.

„Bitte was, Kat?“

„Bitte, Master. Ich kann nicht mehr. Ich brauche dich. Alles von dir.“

Lou packt meine Hüfte und drückt mich aufs Bett. Ich grabe mein Gesicht in die Matratze und bete. Ich bete um Erlösung, darum, dass er mich füllt und darum, dass sein Biss nicht wehtun wird. Die Matratze sinkt nach unten, als er plötzlich auf mir ist und meinen Körper mit seinem bedeckt. Seine harte Länge drückt gegen den Ansatz meiner Oberschenkel und rutscht hinunter, um sich gegen meinen Eingang zu drängen. Aber er dringt nicht ein. Ich winde mich unter ihm und versuche, ihn in mich zu ziehen.

„Lou!", keuche ich und heule fast.

Er reibt seine Nase über meinen Hals, schiebt meine Haare zur Seite und küsst an meinem Kiefer entlang. Mein Herz beschleunigt sich unvorstellbar schnell und ein berauschendes Kribbeln breitet sich in meinem Körper aus. Es ist so weit. Es passiert jetzt.

„Du bist nicht die Einzige mit Bedürfnissen", murmelt er. Seine Lippen gleiten über meine Haut und schließlich stößt er seinen Schwanz in einer einzigen schnellen Bewegung in mich hinein.

Der plötzliche, rasiermesserscharfe Stich in meinem Hals sendet Pfeile des Schmerzes durch meine Kopfhaut und meine Wirbelsäule hinunter. Ich biete keinerlei Widerstand, keine Gegenwehr, und habe keine Chance mich zu verteidigen, als das tiefe Saugen beginnt. Das schreckliche und unglaubliche Gefühl, dass er von mir trinkt. Jeder Muskel in meinem Körper spannt sich an, als er sich in mir bewegt. Sein Schwanz dehnt meine inneren Wände und ich klammere mich ins Laken. Er stößt härter und härter und mein Inneres wird ganz weich.

Es ist auf eine Weise erotisch, wie ich es noch nie zuvor erlebt habe. Er liegt schwer auf mir, hält mein Haar zur Seite und meinen Kopf still, während er immer weiter schluckt. Wellen einer beängstigenden inneren Ruhe überspülen mich, so als wäre dies genauso, wie es schon immer hätte sein sollen. Wenn alles damit endet, ist dies völlig in Ordnung für mich. Der Rhythmus seiner Stöße entspricht dem seines Saugens meines Blutes. Spannung baut sich in mir auf. Mein Stöhnen durchbricht die Stille. Es wird lauter und mir von jedem seiner Stöße und den rhythmischen Zügen an meiner Kehle entlockt. Er beißt erneut zu und als neuer Schmerz an meinem Hals explodiert, bewegt er sich noch härter und schneller in mir. Ich stürze über den Abgrund. Krämpfe und Zuckungen reißen durch meine Muschi und meinen ganzen Körper. Ich glaube, ich schreie, aber das hochfrequente Geräusch in meinen Ohren übertönt alles andere.

Als ich wieder zu mir komme, liege ich in seinen Armen. Er hält mich, wie ich noch nie zuvor gehalten wurde, als hinge sein Leben davon ab. Ich berühre meinen Hals. Ich habe Phantomschmerzen, aber es gibt keine Wunde. Lou lässt seine Reißzähne aufblitzen und dann verschwinden sie genauso schnell wieder.

„Habe ich gut geschmeckt?" Meine Worte sind ein wirres, undeutliches Gemurmel.

Er hebt eine Augenbraue. „Das stand außer Frage. Geht es dir gut?"

Ich sehe mich um und kuschele mich dann noch enger an ihn. „Es geht mir sehr gut."

„Habe ich dir wehgetan?"

„Ich …"

„Ich will eine ehrliche Antwort."

„Ja. Es hat wehgetan."

„Sehr?"

„Ist das wichtig?"

„Ich habe mich nicht gut benommen. Beim nächsten Mal bin ich sanfter."

Das ist alles, was es braucht. Diese Worte. Das Versprechen. Das nächste Mal. Meine weiblichen Körperteile haben ganz eindeutig ein Eigenleben und ich bin trotz meiner Erschöpfung bereit für die nächste Runde. Lou reißt die Augen weit auf und ein Grinsen breitet sich auf seinem Gesicht aus. Er riecht meine aufsteigende Erregung sofort.

„Weißt du eigentlich alles?", murmele ich.

Er streichelt mit der Hand über meinen Rücken, zu meinem Hintern hinunter und zieht mich an sich. Sein Schwanz wird dicker und drückt gegen meinen Bauch. Er hebt meinen Oberschenkel, zieht ihn über seine Hüfte und positioniert sich dann neu, um erneut in mich zu gleiten. Ich schreie auf und verliere jede Fähigkeit zu denken, als er mich von Neuem füllt und sein dicker Schwanz mein zartes Fleisch in Besitz nimmt. Er legt mich auf den Rücken, um härter und schneller in mich zu stoßen. Er treibt mich in erneute Höhen, als er mich in brutaler Vampirgeschwindigkeit vögelt. Als ich meine Erlösung schließlich herausschreie, versenkt er seine Zähne ein zweites Mal in meinem Hals. Dieses Mal tut es fast gar nicht mehr weh. Ich klammere mich an ihn, als hinge mein Leben davon ab. Ich tanze mit dem Tod und ziehe diesen Dämon ganz nah an mich heran. Ich brauche ihn mehr als die Luft zum Atmen und mehr als das Leben selbst. Mein gesamtes Wesen weint vor Freude.

„Ich liebe dich", weine ich in seinem Arm.

KAPITEL 13

Kat

In der nächsten Nacht verschwindet er nach unserer Frühstücksrunde ohne unseren üblichen Spaziergang am Fluss. Er sagt mir nicht, wohin er geht. Selene ist nicht da und der Club ist immer noch ziemlich leer. Ein riesiger Wächter, ein Vampir mit dem altmodischen Namen Maximus, passt auf mich auf. Ich weiß nicht, ob er für meine Sicherheit sorgen oder mich an einer Flucht hindern soll.

Ich bin immer noch berauscht von unserem Liebesspiel und vibriere innerlich.

„Möchtest du etwas, Schätzchen?", fragt eine heisere Stimme hinter mir. Sie klingt, als würde sie von Whisky und Zigaretten leben. Eine Vampir-Barkeeperin. Sie ist eine kleine, kurvenreiche Frau in einem engen, schwarzen Kleid mit einem Lederhalsband, die am Tresen lehnt und ihren Kopf neigt, um mich hinüberzuwinken. Sie hat überall Piercings und Ketten, Tätowierungen und dicken, schwarzen Eyeliner.

Ich setze mich auf einen Barhocker und schlage ein Bein über das andere. Ich bin nicht für das Verlies gekleidet. Ich trage eine weite, beigefarbene Hose und ein schwarzes Polo-hemd. Ich weiß nicht, wie lange Lou wegbleiben wird oder was er geplant hat, aber niemand hat mir verboten, hier draußen abzuhängen.

„Ich bin Kat", sage ich.

„Oh, ich weiß, wer du bist. Du bist hier eine ziemliche Berühmtheit."

Ich runzele die Stirn. „Warum?"

„Ach komm schon. Du *wohnst* hier. Dein süßer Duft durchströmt den ganzen Laden. Es ist ehrlich gesagt verdammt ablenkend."

Meine Hand fliegt zu meiner Kehle hinauf, als ob ich mich davor schützen könnte, wenn jemand einen Schluck nehmen will. Oder mehr. „Es … das tut mir leid."

Sie winkt ab. „Ich habe meinen Mann. Alles gut. Aber du solltest auf dich aufpassen. Du fängst an, Leuten aufzufallen. Und Vampiren aufzufallen ist nie eine gute Sache."

Ich schlucke schwer. Sie schenkt mir ein breites Grinsen und ihre Reißzähne blitzen auf. „Lass mich dir etwas zu trinken machen." Sie bewegt sich blitzschnell und einige Augenblicke später steht ein Glas Whisky vor meiner Nase.

„Ich glaube, den kannst du immer wieder nachfüllen", sage ich, nehme einen zu großen Schluck und huste, als die Flüssigkeit in meiner Brust brennt. Ich zeige auf ihr Hals-band. „Bist du … unterwürfig?"

Sie streicht über das Leder und schenkt mir ein schiefes Lächeln. „Ich dominiere von unten."

Ich runzele die Stirn. „Das verstehe ich nicht."

Das Mädchen lacht laut. „Ich bekomme, was ich will, belassen wir es einfach dabei."

„Bist du … glücklich, ein Vampir zu sein?" Meine Wangen glühen. Vielleicht ist das etwas, das man nicht fragen sollte? Ich habe keine Ahnung, was in der übernatürlichen Welt als Etikette zählt. „Ich meine … Entschuldigung."

Sie schnappt sich ein Glas und füllt es zur Hälfte mit Blut aus dem Zapfhahn, bevor sie den Hebel loslässt. „Du weißt gar nichts, nicht wahr?" Sie stößt mit mir an und trinkt einen großen Schluck, während sie mir noch immer in die Augen sieht.

Ich leere den Rest meines Whiskys und bekomme sofort einen neuen. „Ich weiß gar nichts. Er hält mich hier fest. Ich weiß nicht, was ich tue und worauf ich mich eingelassen habe."

„Weißt du, was ich denke? Bleib heute Abend einfach hier sitzen. Ich werde dich im Auge behalten. Ich arbeite die ganze Nacht. Schau dich um, höre zu und beobachte. Verkrieche dich nicht in deinem Zimmer. Zieh dir etwas Stilvolleres, aber … nun, etwas Passenderes an, und hänge mit den Vampiren rum. Sie sind ein lustiger Haufen. Nun ja, einige von ihnen."

„Lou würde nicht …"

„Scheiß auf Lou. Er kann dich nicht die ganze Zeit dort drin behalten. Du bekommst noch Depressionen. Entspann dich heute Abend mit uns. Es wird dir eine neue Perspektive geben. Du bist neugierig, das kann ich verstehen. Und Mister Lou ist ein mürrischer, alter Mann, der vergessen hat, was ein Mädchen braucht, um Spaß zu haben."

„Er ist nicht mürrisch."

Sie sieht mich mit trockenem Sarkasmus an und ich muss kichern. „Gut. Vielleicht braucht er ein wenig Aufheiterung." Ich trinke den Rest meines Whiskys und spüre den Alkohol bereits, als ich vom Stuhl springe. Ich vertrage nicht viel. „Ich bin gleich wieder da!"

„Hey, ich bin Alaya."

Ich lächle sie an und spüre die Aufregung in mir sprühen.

Ja, ich würde gern eine Nacht hier verbringen. Schnell ziehe ich mir ein lockeres schwarzes Kleid an, durch dessen kunstvoll gemusterte Spitze mein gesamter Rücken zu sehen ist, und das nur knapp über meinem Hinterteil endet. Dazu wähle ich ein paar Overknee-Wildlederstiefel. Ich bin im Handumdrehen zurück an der Bar.

Alaya pfeift, als sie mich sieht und sogar Maximus wirft mir einen anerkennenden Blick zu. Das Verlies ist immer noch dünn besiedelt und ich setze mich wieder auf meinen Hocker. Ich bekomme noch ein Glas Whisky und drehe es vor mir, während ich darüber nachdenke, wie ich dem Vampirmädchen möglichst viele Informationen entlocken kann.

Stunden vergehen. Zunächst langsam, aber ab etwa elf Uhr wird es voller. Die mysteriöse schwarze Tür am oberen Ende der Treppe öffnet und schließt sich immer wieder. Ein Pärchen nach dem anderen schlendert die Treppe hinunter. Diejenigen, die zum ersten Mal an diesem Ort sind, erkenne ich am Schock auf ihrem Gesicht, wenn sie den Raum betreten. Es scheint, dass die meisten Menschen neu hier sind, während die Vampire Stammgäste sind. Ich habe die meisten von ihnen schon einmal gesehen. Also nehme ich an, dass die meisten nicht an einen einzigen Menschen gebunden sind, sondern es vorziehen, jede Nacht neue Beute zu jagen. Ich winde mich auf meinem Platz. Die Eindrücke und Geräusche um mich herum lassen mir von Minute zu Minute heißer werden.

„Hey."

Ich drehe mich auf dem Hocker um und sehe in die Richtung der Stimme. Vor mir steht ein junger Mann mit lockigem, blondem Haar und großen, blauen Augen. Er ist glattrasiert und hat ein junges, unschuldiges Gesicht. Ich habe ihn hier schon öfter gesehen und immer mit dem gleichen

Vampir. Sie sind schon eine Weile hier unten und hatten einen weiteren menschlichen Mann im Schlepptau. Ich sehe mich nach den anderen um und entdecke sie auf der Couch. Der Vampir schiebt seine Hand vorn in die Hose des Mannes. Meine Wangen werden heiß und ich drehe mich schnell wieder um.

„Hi", antworte ich.

„Ich bin Sean. Ich habe dich schon öfter hier gesehen."

„Kat", sage ich und schüttele ihm die Hand. „Und dito."

„Also …?" Sean schaut sich um und dann wieder zu mir. „Wo ist dein Vampir?"

„Er ist … er wird bald kommen." Ich habe keine Ahnung, wann Lou zurückkommen wird, aber ich fühle mich schutzlos ohne ihn hier, und das gebe ich nur ungern zu.

„Du wurdest nicht bezirzt?", fragt er.

Ich schüttle den Kopf. „Du auch nicht."

„Nein. Ich bin hier, weil ich es möchte. Bass ist mein Master."

Ich werfe dem Pärchen auf der Couch einen Blick zu. Bass drängt sein Gesicht an den Hals des anderen Menschen. „Nicht nur deiner?"

Er blinzelt kurz und sieht für einen Moment unbehaglich aus. „Er mag Abwechslung."

„Und was bedeutet das für dich?"

Er gestikuliert abweisend. „Oh, irgendwann bin ich dran."

„Und was springt für dich dabei heraus? Seid ihr beide … ein Pärchen?"

Sean lacht. „Nein. Es ist eine einvernehmliche Übereinkunft. Ich bin sein Süßblut. Er besorgt es mir."

„Ist das dein Fetisch?"

Er nickt und zeigt mit seiner Bierflasche auf mich. „Und du? Warum bist du hier?"

Ich bin mir nicht sicher, wie viel ich ihm zählen soll, aber

Lou hat mir nie verboten, etwas zu sagen. „Ich wurde …
entführt, nehme ich an."

„Wirklich? Du bist nicht aus freien Stücken hier?"

Es gelingt mir, gleichzeitig den Kopf zu schütteln und zu
nicken. Das passt gut zu meinen Gefühlen. Ich bin mir nicht
mehr sicher, ob ich weglaufen würde, wenn sich diese Tür für
mich öffnete.

„Aber ich habe gesehen, wie du ihn ansiehst. Du verehrst
ihn. Willst du sagen, dass er dich als seine Gefangene hält?"

Ich kaue auf meiner Unterlippe und begegne Alayas
Blick, als sie mein fast leeres Glas durch ein neues ersetzt.
„Ich mag ihn."

„Also … in Ordnung. Cool. Wird er dich auch zum
Vampir machen?"

Ich blicke nach unten und spiele mit dem Saum meines
Kleides.

„Er will dich einfach nur behalten?", sagt Sean. „Als
Mensch? Das ist verdammt grausam."

„Aber du wirst auch behalten, nicht wahr?" Meine
Stimme wird heiser, als ich gegen das plötzliche Gefühl der
Enge in meiner Brust ankämpfe.

„Mein Master wird mich verwandeln, wenn ich fünfundzwanzig bin." Er richtet sich auf und grinst. „Er sagt, es ist
gut, für alle Ewigkeit fünfundzwanzig auszusehen."

„Lou möchte mich nicht zum Vampir machen", flüstere
ich und wende den Blick ab. Sean sieht so stolz aus. So
glücklich, einer der Auserwählten zu sein und es gibt mir
einen Stich ins Herz, dass Lou mich nicht für würdig hält, an
seiner Seite zu bleiben.

„Das ist echt beschissen, wenn du mich fragst."

„Nein, es ist schon in Ordnung, ich meine, er hat seine
Gründe." Ich möchte Lou verteidigen, aber es schmerzt in
meiner Brust. Es ist nicht so, dass ich mich entschieden habe,

meine Menschlichkeit einfach so wegzuwerfen, aber ich würde mir wünschen, dass Lou es wollen würde.

„Was möchtest du denn?", fragt er leise und neigt den Kopf.

Sein Blick huscht zu etwas hinter mir und dann wieder zu mir zurück. Ich schaue über meine Schulter und stelle fest, dass sein Vampir den Blick auf uns gerichtet hat, während das Blut in einer dünnen roten Linie von der Innenseite des Handgelenks des Menschen tropft und er es zu seinem Mund hebt. Er zeigt mir seine Reißzähne und zwinkert mir zu, bevor er es ableckt. Ich drehe mich zu Sean um und spüre einen unbehaglichen Schauer über meinen Rücken laufen. Der Vampir kommt mir seltsam bekannt vor und ich werde das Gefühl nicht los, dass ich ihn irgendwann schon einmal woanders gesehen habe. An einem anderen Ort.

„Ich will … die Wahl haben? Ich weiß es nicht. Er lässt dich einfach kommen und gehen? Bass?"

Sean zuckt mit den Schultern. „Er vertraut mir. Er ist ein guter Mann. Er spielt nur gern den bösen Jungen. Willst du rüberkommen. Dich zu uns setzen?"

Ich sehe mich um und schaue dann zu Alaya hinüber. Sie zuckt mit den Schultern. Etwas verändert sich in mir. Lou wäre nicht damit einverstanden, aber Lou ist nicht hier. Lou hält mich gefangen, vertraut mir nicht und will mich nicht zum Vampir verwandeln. Plötzlich bin ich viel zu neugierig auf das Arrangement, das Bass und Sean miteinander getroffen haben.

„Sicher." Ich sage es leichtfertig und kämpfe gegen die leichte Furcht und das Gefühl an, etwas zu tun, das ich nicht tun sollte.

Sean legt seinen Arm um meine Schulter und führt mich zur Sitzecke. Bass gibt dem anderen Mann einen Klaps auf den Hintern und gestikuliert ihm zu gehen, wobei er Blickkontakt zu einem anderen Vampir weiter hinten im Raum herstellt, der sofort blitzschnell durch den Raum verschwimmt und den benommenen Mann mitnimmt. Die Augen des jungen Mannes sind nicht fokussiert und verschleiert und mir wird bewusst, dass er unter einem Zauber stehen muss. Ein Schauder läuft durch mich hindurch, als ich Bass ansehe. Er ist ein stämmiger Mann, groß und kräftig, und sieht aus wie ein Boxer mit seiner breiten Nase, der weiten Brust und seinen rauen Zügen. Er trägt eine Glatze und die schwarzen Stoppeln an seinem Kinn sind mit Präzision rasiert.

„Aber hallo", sagt er mit einer unglaublich tiefen Stimme. „Ich glaube, wir kennen uns noch nicht."

„Das ist Kat", sagt Sean.

„Ich bin Bass." Der Vampir greift nach meiner Hand und drückt sie unglaublich fest. Es lässt mich zusammenzucken, etwas, das nicht unbemerkt bleibt. Außerdem zeigt er viel zu viele Zähne. „Bitte setz dich doch."

Ich sehe noch einmal zu Alaya hinüber, aber sie ist beschäftigt.

„Ich beiße nicht", fügt er lachend hinzu. „Sehr …"

Mein Herz schlägt mir bis zum Hals, als ich mich zwischen ihn und Sean setze.

„Also, Kat. Du hast uns alle neugierig gemacht. Es gibt einen neuen Spieler, der sich mit dem König angefreundet hat, und er hat ein Spielzeug, das bei ihm wohnt. Hier. Das gab es noch nie."

„Es ist … vorübergehend", krächze ich. „Lou ist neu in der Stadt."

„Und du?"

„Ich weiß nicht, was ich sagen soll", flüstere ich.

Bass greift nach meinem Kinn, dreht meinen Kopf nach links und rechts und mustert mich. „Du siehst so traurig aus, Kleines." Seine Stimme ist von Mitgefühl erfüllt und plötzlich drängt alle meine unterdrückte Sorge an die Oberfläche. Die Tatsache, dass ich in Gefangenschaft bin, dass ich inzwischen wahrscheinlich meinen Job verloren habe und dass ich glaube, nie wieder zu irgendeiner Art von Normalität zurückkehren zu können. Ich schlucke das Gefühl des Erstickens hinunter und kämpfe darum, nicht zu weinen. Ich habe darum gekämpft, nicht einmal daran zu denken, aber ich bin mir schmerzlich bewusst, dass ich Lou gesagt habe, dass ich ihn liebe. Und danach hat sich alles geändert. Wir haben unseren normalen Spaziergang nicht gemacht und er hat mich hier zurückgelassen. Er hat mir nicht gesagt, wohin er ging und wann er zurückkommen wird.

Bass streichelt mit dem Daumen über meine Wange und wischt eine Träne weg, von der ich nicht wusste, dass ich sie vergossen habe. „Ach Schätzchen. Alles wird gut."

„Er will sie nicht zum Vampir machen", sagt Sean hinter mir.

Bass sieht mir in die Augen. „Ist das so?"

Ich kann ihn nicht ansehen. Ich kenne ihn nicht und will nicht, dass jeder sieht, wie unglücklich ich bin. Er seufzt und streichelt mein Haar. Die Geste ist so zärtlich, dass sie mich zum Wimmern bringt.

„Kleine Kat", seufzt er. „Du hast diesen Ort ziemlich aufgewühlt. Jeder einzelne Vampir in diesem Laden gelüstet nach deinem Blut. Deine Reaktion auf deinen Master ist bemerkenswert und dein süßer Duft macht uns alle durstiger denn je. Wir waren in letzter Zeit grob mit unseren Subs ..." Er blickt über meine Schulter und sieht Sean an. Seine Augen blitzen lustvoll auf.

„Das tut mir leid."

„Weißt du, warum das so ist?"

Verwirrt schüttle ich den Kopf. Ich habe keine Ahnung, wovon er spricht.

„Es liegt daran, dass ihr kompatibel seid. Du und Lou. Er spürt es auch. Die Schwingungen zwischen euch. Es sorgt für einen köstlichen, perfekten Sturm. Aber es ist auch gefährlich.“

„Warum?“

„Oh Kat, süßes, kleines, menschliches Mädchen. Eines Tages wird er die Kontrolle verlieren. Du wirst sterben. Alles wird vorbei sein. Er wird sich niemals vergeben können.“

„Das kannst du nicht wissen.“

„Liebes, ich bin Tausende Jahre alt. Ich habe allen meinen Liebhabern das Geschenk der Unsterblichkeit gemacht. Das musste ich. Liebe verzerrt dich. Du musst damit umgehen oder du gehst zugrunde.“

„Und wo sind sie jetzt?“

„Nichts hält wirklich ewig. Ich neige dazu, mich zu langweilen.“

„Tötest du sie, wenn du genug von ihnen hast?“

Bass stößt ein bellendes Lachen aus, das durch den Raum dröhnt. „Nein, nein. Wir haben uns einvernehmlich getrennt.“

„Was ist dann der Sinn? Wenn sowieso alles endet.“

„Als Mensch bist du nicht von Dauer, meine Liebe. Du wirst als Geliebte eines Vampirs nicht lange durchhalten. Ein paar Wochen höchstens.“

„Warum?“

„Vom Blut eines einzigen Menschen zu leben erzeugt eine Spirale des Verlangens. Es steigert die Lust und den Durst. Irgendwann wird ein wenig nicht mehr genug sein. Eines Tages wird er zu viel nehmen.“

Das Blut in meinen Adern gefriert zu Eis. Ich starre ihn fassungslos an. „So ist Lou nicht.“

„Natürlich ist er so. Er ist vor allem und zu allererst ein

Vampir. Du musst atmen. Er muss trinken. Halte den Atem an, bis deine Lunge brennt, und atme dann ein. Versuche mal, zu sehen, ob du kontrollieren kannst, wie tief dieser Atemzug wird. Für einen Vampir ist es mit Blut genauso. Wenn er immer nur ein wenig von dir trinkt, hält er quasi den Atem an, bis er eines Tages …" Er hält seine Faust hoch und spreizt dann seine Finger, um eine Explosion nachzuahmen.

„Er kann auch von anderen trinken", sage ich schwach. Mir ist übel.

Bass wirft seine Arme zur Seite. „Sicher", sagt er leichthin. „Sieht er so aus, als ob er das möchte?"

Mein Herz wird schwer. Nein, er sieht nicht so aus.

„Aber wenn es mich rettet?"

„Ja … nun, ich will nicht in der Nähe sein, wenn du das mit ihm besprichst. Gib mir eine Vorwarnung, ja?"

„Du musst ihn überzeugen, dich zu verwandeln", sagt Sean hinter meinem Rücken.

Plötzlich habe ich das Gefühl, zu ersticken, und springe auf. „Ich … ich muss gehen."

Mein Herz schlägt wie verrückt und mir ist schwindlig. Ich zucke stark zusammen, als Bass nach meiner Hand greift und mit einem rasiermesserscharfen Fingernagel in mein Handgelenk sticht. Er hebt mein Handgelenk an seine Lippen und leckt den Blutstropfen ab. Ein tiefes Knurren dröhnt durch seine Brust. Ich versuche, mich aus seinem Griff zu befreien, aber er ist hart wie Stahl.

„Dein Lou macht einen Fehler, dich nicht zu verwandeln. Ich kann dir helfen, süße Kat." Er zieht mich an sich und begegnet meinem Blick. Seine Pupillen scheinen sich zu weiten oder vielleicht habe ich auch nur Halluzinationen. Die Zeit scheint stillzustehen. „Ich habe kein Blut von dir gestohlen. Du hast es mir aus freiem Willen gegeben und schämst dich zu sehr, um es Lou zu erzählen. Du wirst dir eine

Ausrede darüber ausdenken müssen, dass du dich geschnitten hast. Du willst, dass dies unser kleines Geheimnis bleibt, und als dein Freund komme ich dir gern entgegen. Geh jetzt schlafen. Wir reden morgen weiter." Er beugt sich vor und lehnt sich mit dem Mund nah an mein Ohr. „Du schmeckst köstlich."

Ich stehe vor der Tür zu unserem kleinen Zimmer. Ich blinzele und sehe mich um, während ich versuche, mich zu erinnern, wie ich hier hingelangt bin. Ich reibe mein Handgelenk über mein Kleid und habe das Gefühl, als hätte ich Lou betrogen. Warum habe ich Bass mein Blut kosten lassen? Ich kann mich nicht erinnern. Ich erinnere mich an jede Menge Whisky. Ein Schauder läuft über meinen Rücken. Ich stürme hinein, reiße mir die Klamotten vom Leib und sprinte ins Badezimmer, um zu duschen. Ich fühle mich unrein. Ich begehre Lou, aber Bass' Worte hallen in meinem Kopf wider.

Eines Tages wird er zu viel nehmen. Alles wird vorbei sein.

Ich halte die Luft an, bis meine Brust brennt, und dann noch ein wenig länger. Als ich erneut nach Luft schnappe, kommen mir die Tränen. Ich weine, weil mir mein Leben genommen wurde. Ich weine, weil ich mich nach einem Monster sehne. Ich weine, weil ich ihn liebe und weil das nicht genug ist.

KAPITEL 14

Lou

Es brauchte ein wenig Überzeugungskraft, um einen Immobilienmakler zu finden, der bereit war, zu etwas ungewöhnlichen Zeiten zu arbeiten. Zu sehr ungewöhnlichen Zeiten. Ich habe die ganze Nacht damit verbracht, mir Häuser und Wohnungen anzusehen. Ich brauche einen gesicherten Raum. Wenn ich schlafe, schlafe ich wie ein Toter, und in dieser Zeit bin ich am verletzlichsten. Die Immobilie, für die ich mich schließlich entscheide, hat einen Schutzraum, der hinter einem Bücherregal versteckt ist. Dieser hat alle notwendigen Sicherheitsvorkehrungen. Die Wände, die Decke und der Boden sind verstärkt und es ist unmöglich, von außen einzudringen. Er ist außerdem mit einem Alarm, Kameraausrüstung und einem Kommunikationsgerät versehen. Er befindet sich in einem Penthouse in der obersten Etage eines Gebäudes. Der Wohnbereich ist spektakulär. Drei Wände bestehen komplett aus sturmsicheren, deckenhohen Fenstern. Man hat Aussicht auf die Berge und im Vordergrund glitzert ganz Tucson zu meinen Füßen.

Ich glaube, es wird Kat gefallen. Ich werde alle Annehmlichkeiten installieren, die sie brauchen könnte. Musik. Filme. Ich möchte nicht, dass es ihr an irgendetwas fehlt. Ich möchte, dass sie bleiben *möchte*. Aus ihrem eigenen freien Willen.

Ich bin immer noch ganz durcheinander von gestern Abend und berauscht von ihrem Blut. Ihre Essenz siedet in meinen Adern. Aber was mich in höchste Höhe treibt, sind ihre Worte.

Ich liebe dich.

In dem Moment wusste ich, dass ich uns aus diesem Loch herausholen muss. Ich werde gern als Besucher dorthin zurückgehen, aber ich bin schon viel zu lange geblieben. Sie hat es nicht verdient, im Keller eines schäbigen, alten Clubs festgehalten zu werden, in dem es nach Sperma stinkt und die Luft stets vom Blut anderer durchdrungen ist.

Ich verdiene ihre Hingabe nicht und mit jeder Nacht, die vergeht, wird mir immer bewusster, welches Unrecht ich ihr antue. Ich werde sie niemals gehen lassen können. Ich mag vielleicht stark sein, sogar verglichen mit anderen Unsterblichen, aber meine Stärke ist auch meine Schwäche. Denn um in diesem ewigen Leben bei Verstand zu bleiben, muss ich alle auf Distanz halten. Kat hat sich hinter meine Schutzmauer geschlichen und sie jetzt gehen zu lassen, würde mich schwer verletzen. Es wäre eine Wunde, die erst nach langer Zeit wieder heilen würde. Nach sehr langer Zeit.

Meine Brust wird eng, als ich mich dem Club nähere. Es gibt keine Schlange mehr. Um fünf Uhr morgens sind nur noch wenige Leute auf der Straße unterwegs und die Stadt ist am langsamsten, bevor der neue Tag beginnt. Ich spüre die Lethargie, die sich in meinen Gliedern ausbreitet. Die Morgendämmerung ist noch etwa eine Stunde entfernt, aber die Bestie in mir warnt mich schon frühzeitig vor der Gefahr. Maximus wirft mir einen unlesbaren Blick zu, als er mich begrüßt. Ein junges Pärchen steuert kichernd auf den wartenden Wagen direkt am Bürgersteig zu und berichtet sich von ihren Abenteuern. Ich kann mir ein kleines Lächeln nicht verkneifen. Sie werden sich nicht daran erinnern, dass sie Vampirfutter waren. Lediglich daran, wie ihnen der Hintern versohlt, die Brustwarzen gezwickt, sie gefesselt und hart gefickt wurden – oder auch nicht.

Als ich mit einem zum ersten Mal seit langer Zeit leichten Herzen die Treppe hinunterschlendere, steigt mir ein Duft in die Nase. Ein Geruch, der zu frisch ist, und der überhaupt nicht da sein sollte.

Kat blutet!

Ich springe die letzten Schritte und bleibe mitten im Raum stehen. Bis auf die Barkeeperin, die in übermenschlicher Geschwindigkeit Tische abräumt, ist der Laden leer.

„Dein kleines Spielzeug ist dort, wo du sie zurückgelassen hast", sagt sie.

Ich will gerade zu unserem Zimmer schreiten, als ich mich umdrehe und die kleine Grufti-Vampirfrau genauer betrachte. „War sie die ganze Zeit dort drin?" Mein Herz klopft heftig. Ich mache mir Sorgen. Ich mag Sorgen nicht. Sie sind mir unangenehm.

„Nein, sie saß eine Weile bei mir. Sie wird noch Vitamin D Mangel kriegen, weißt du. Menschen brauchen etwas Sonne auf der Haut. Du wirst sie dort drin noch verrückt machen."

Diesen Gedanken schiebe ich auch beiseite. Er ist mir ebenfalls unangenehm. „Ich rieche ihr Blut, Alaya", knurre ich.

Ihr Blick huscht kurz nach links. Ganz schnell und unmerklich, aber es verrät mir, dass eine Lüge folgt. „Sie hat sich geschnitten. Es war nur eine Schramme. Noch nicht einmal ein Pflaster wert."

Lüge.

In der nächsten Sekunde umschließt meine Hand ihre Kehle. Ich knurre und lasse meine Reißzähne aufblitzen. Ich beuge sie rückwärts über den Tresen. *„Was. Ist. Passiert?"*

„Es geht ihr gut. Sie ist in deinem Zimmer. Aber ihr werdet umziehen müssen", keucht sie und zeigt ihre beeindruckenden Reißzähne. Dann biegt sie meine Hand weg und zwingt mich, sie loszulassen. Sie ist stark. Ich dachte, sie wäre ein junger Vampir, aber sie hat eindeutig ein paar Jahre auf dem Buckel. „Wenn Lucius hört, dass du die Angestellten angreifst, kannst du froh sein, wenn er dich auch nur heute Nacht bleiben lässt." Ihre Augen blitzen noch dunkler auf, tödlich.

Ich helfe ihr auf und hebe meine Hände in einer Geste des Friedens hoch. „Ich habe eine Immobilie gefunden. Ich brauche morgen Nacht, um alles vorzubereiten, und dann bin ich hier weg. Ihr werdet mich kaum noch sehen. Gib mir einen Tag. Bitte."

Alaya spottet und rückt sich das Kleid zurecht. „Ich mag deine kleine Menschenfrau. Ich gebe dir einen Tag. Und hey …" Sie greift nach dem Ärmel meines Mantels. „Verschwindet bloß nicht völlig von der Bildfläche." Sie zieht eine Augenbraue hoch und lässt mich dann los. „Ihr beide habt uns eine verdammt gute Show geliefert. Es ist gut fürs Geschäft. Der Bluthahn ist mehr als einmal leergelaufen. Sie macht alle verrückt vor Durst."

Ich schlucke das Brüllen hinunter, das meiner Kehle entspringen will. Der Gedanke, dass jemand anderes um sie herumschnüffelt, erfüllt mich mit Finsternis. Ich reiße unsere Tür auf und dort ist sie. Sie sitzt gelassen in einem seidenen, altrosafarbenen Schlafanzug und mit verschränkten Beinen im Sessel und tippt auf ihrem Laptop herum. Ihre Augen weiten sich, als sie mich sieht, und ihrer Hände zittern, als sie den Deckel schließt und das Gerät auf den Beistelltisch stellt.

„Stimmt etwas nicht?", fragt sie leise. Sie riecht blumig, so wie das Duschgel, aber darunter verströmt sie Angst. Etwas stimmt definitiv nicht. Ich hocke mich im nächsten Moment vor sie hin und gleite mit meinen Händen an den Außenseiten ihrer Oberschenkel nach oben. Kat erstarrt. Irgendwie schafft sie es, sich mir gleichzeitig entgegenzustrecken und vor mir zurückzuzucken.

„Was hast du getan?" Ich zwinge meine Stimme, ruhigzubleiben, aber ich möchte die Worte brüllen. Jeder Instinkt in mir schreit, aber wenn ich sie ansehe, scheint alles so normal. Sie ist nicht verwundet. Sie riecht auch nicht süß, als hätte sie sich dort draußen irgendwelchen Aktivitäten hingegeben. Hätte sie dies getan, wären Köpfe gerollt. Wahrscheinlich nicht ihrer. Aber sie wäre weit über ihre wildesten Vorstellungen hinaus bestraft worden.

„Gelesen?" Sie zeigt auf ihren Laptop. „Ich saß eine Weile draußen an der Bar. Ich habe mich einsam gefühlt. Du warst die ganze Nacht weg. Du hast mich zurückgelassen. Hier. Warum? Du hast nichts gesagt. Du bist einfach gegangen, Lou. Ich habe mir Sorgen gemacht."

Ihre Worte verursachen einen Stich in meiner Brust. Es war falsch von mir, es ihr nicht zu sagen. Ich wollte sie überraschen, sehe jedoch jetzt, dass dies nach hinten losgegangen ist. Ich will aber trotzdem noch, dass es eine Überraschung wird. Nur noch eine Nacht und dann wird sie es erfahren.

„Wo hast du geblutet?"

Sie entreißt mir ihre Hand und verschränkt die Arme vor der Brust. „Ich habe nicht …"

Mein Griff um ihre Oberschenkel wird fester. „Das ist eine Lüge. Ich werde dort hinausgehen und mir einen Rohrstock holen, Kat. Die tun weh. Ich werde mir einen Rohrstock holen und dann wirst du für jede Lüge einen Schlag zu spüren bekommen. Ich werde mitzählen."

Sie schreckt zurück, aber ich folge ihr. Meine Hände packen ihre Arschbacken und ich ziehe sie in einer rauen Bewegung an mich. „Eins", flüstere ich.

Sie sieht mich entsetzt an. Dann schluckt sie. Ihr Herz trommelt wild in ihrer Brust. Fast tut sie mir leid. Fast. Meine einzige Emotion, die alles andere überschattet, ist meine Besessenheit. *Wer hat sie berührt?*

„Ich habe mich an einer Glasscherbe geschnitten. An der Bar", flüstert sie.

Es sind fast die gleichen Worte, die Alaya gesagt hat. Es könnte wahr sein. Ich beschließe, weiter zu bohren, denn meine Instinkte schreien mich an, dass etwas nicht stimmt. „Zwei", sage ich.

„Was?", kreischt sie. „Nein! Es ist wahr."

„Drei."

Ihre Augen werden glasig und schließlich rinnen Tränen über ihre Wangen. „Lou …" Ihre Stimme bricht bei diesem einzigen Wort.

„Hat jemand von dir getrunken, Katarina? Hat sich dir jemand aufgedrängt?" Ich muss die Worte über meine Lippen zwingen. Ich bin so wütend, dass sich mein Herz mit jeder Welle der Wut überschlägt. „Wer?", brülle ich. Ich ziehe sie an mich, Nase an Nase. „Wer?!"

„Niemand", weint sie. „Lou, du machst mir Angst."

„Vier", knurre ich.

Ich mache ihr Angst. Ihr Duft wird unheimlich süß. Mein Schwanz wird augenblicklich hart und meine Kehle schreit nach ihrem Blut. Vier Schläge mit einem Rohrstock auf ihren Hintern werden sie sogar noch mehr versüßen und dann werde ich sie nehmen. Ich hatte es nicht geplant. Ich wollte ihr eine Pause gönnen. Aber es gibt keine einzige Faser in meiner dunklen Seele, die dem Reiz ihres Blutes jetzt wider-stehen kann.

Ich habe eine letzte Frage. Eine, die mich innerlich schmerzt. *Ich liebe dich,* hat sie gesagt. Hat sie es nicht ernst gemeint?

„Hast du einem anderen Vampir freiwillig erlaubt, dich zu schmecken?"

Kats Gesicht wird blass und ihre Pupillen weiten sich. Ihr Duft wird intensiver und ihr Blut ist von Adrenalin durch-tränkt. Ich habe meine Antwort.

„Fünf", knirsche ich. „Zieh dich aus. Geh und leg deine Hände aufs Bett, beuge dich vor und warte auf mich."

„Lou …"

„Tu es!"

Ich stürme aus dem Raum und reiße einen ziemlich dicken, aber nicht allzu langen Rohrstock aus der Halterung. Ich habe nicht vor, sie zu verletzen, aber ich will sie bestra-fen. Es wird wehtun und sie wird es sich danach zweimal überlegen, mich zu hintergehen. Als ich zurück ins Zimmer komme und die Tür hinter mir abschließe, fummelt sie immer noch an ihrer Kleidung herum. Ich war nur ein paar Sekunden weg. Sie hat nur ihre menschliche Geschwindigkeit. Ich zerreiße den Stoff und die zerfetzten Stücke von ihr ab und bin taub für ihr Flehen.

„Lou, bitte, ich …" Ihr Blick huscht zwischen mir und dem Rohrstock in meiner Hand hin und her.

„Beug dich vor", brülle ich.

Ihr ganzer Körper zittert, als sie gehorcht. Sie wird ihr Safeword benutzen. Ich weiß es. Ein Schlag und sie wird ihr Safeword sagen. Aber das hier ist kein Spiel. Ich meine es ernst. Das ist eine Lektion und sie wird erst vorbei sein, wenn ich es sage.

Ich richte den Rohrstock entlang der Rückseite ihrer

weichen, weißen Oberschenkel aus und streichele zärtlich über die Haut. Dann hebe ich ihn und lasse ihn auf sie niederdreschen, wodurch sofort ein roter Striemen entsteht.

„Eins."

Kat tänzelt weg und zuckt nach vorn, aber ich schlage eine Hand auf ihren unteren Rücken und drücke sie nach unten. Sie schreit und ich schlage den Rohrstock erneut auf ihre Haut.

„Zwei."

„Lou! *Nein!*"

Der geschmeidige untere Teil ihres Hinterns erfährt den nächsten Schlag, wodurch eine dritte horizontale Linie entsteht.

„Drei."

„Stopp! Bitte!"

Ich ziehe den Rohrstock über ihren Rücken und genieße den Anblick der Gänsehaut, die sich überall dort bildet, wo ich sie berühre. Mit der anderen Hand greife ich nach ihrer geschwollenen, triefend nassen Muschi und schiebe zwei Finger hinein, während ich mit dem Daumen über ihre Klitoris reibe. Ihr stockender Atem wird zu rhythmischem Stöhnen und sie streckt mir ihren Arsch entgegen. Sie murmelt Flüche und Gebete zu einer Gottheit, für deren Existenz ich noch keinen Beweis gefunden habe. Ich befreie meinen harten Schwanz und sehne mich danach, ihn in sie zu stoßen. Aber wir sind noch nicht fertig. Die inneren Wände ihrer Muschi verengen sich und ich ziehe meine Finger heraus. Gleichzeitig verpasse ich ihr einen harten Schlag direkt über den prallsten Teil ihres Arsches. Ich berühre ihre Muschi nicht, komme ihr aber gefährlich nah. Kate vergräbt ihren Kopf in den Kissen und schreit, als Erschütterungen ihren Körper zerreißen.

„Vier", sage ich ruhig, auch wenn mein Inneres alles andere als gelassen ist.

„*Rot!*", schreit sie. „Rot! Ich darf es dir nicht sagen! Ich kann nicht! Es ist nicht da! Bitte!"

Ich stoppe meine Hand mitten in der Luft und werfe den Rohrstock weg, um Kat auf den Rücken zu drehen. Ich klettere aufs Bett und fixiere sie unter mir. Verzweifelt starre ich in ihre Augen und suche nach der Wahrheit. „Hat jemand deine Erinnerung gelöscht?", knurre ich.

„Ich weiß es nicht. Ich glaube nicht. Wie soll ich es wissen?"

Ihr süßer Duft wird immer stärker. Es ist zum Verrücktwerden. Es ist so falsch. Es ist nicht der richtige Zeitpunkt. Irgendetwas hat ihr Angst gemacht, nicht nur ich. Aber unsere letzten gemeinsamen Minuten haben ihre Angst in die Höhe getrieben und das liegt nur an mir. Ich kann ihr nicht widerstehen. Ich verliere den Kampf mit mir selbst, als wäre ich ein neuerschaffener Vampir. Mit der Nase an ihrem Hals schnüffle ich an ihrer heftig pochenden Arterie entlang. Mit dem Knie drücke ich ihre Oberschenkel auseinander und stoße in dem Moment in sie hinein, als ich meine Zähne in ihrem Hals versenke. Sie gehört mir. Alles von ihr. Jedes Molekül. Ich ficke sie mit Hingabe, während ich ihr Blut sauge. Es spritzt heiß und süß, schlägt mir gegen den Rachen und füllt mein ganzes Wesen mit ihrer Essenz. Es lässt mich lebendig werden. Ich existiere mit einem ständigen, unbarmherzigen Durst und bekomme nur dann eine Atempause von der grausamen Bestrafung der Natur durch den Vampirismus, wenn ich trinke.

„*Lou!*" Kat krümmt sich und zuckt. Ihre Muschi umklammert meinen stoßenden Schwanz. Sie gräbt ihre Fingernägel in meinen Rücken, reißt mir die Haut auf, bis sie blutet. Ihr Orgasmus, ihr Geschmack in meinem Mund, ihr

Wimmern und ihre Unterwerfung. All das kommt in einem weiß glühenden Feuer zusammen und ich zucke in ihr, als ich explodiere. Ich brülle, während ich meinen Samen vergieße, packe ihr Haar und zwinge sie, mich anzusehen. Das Monster, die Reißzähne, ihr Blut auf meinen Lippen. Dann fange ich ihre Lippen ein und bewege mich in ihr. Ich stoße hart zu, bis sie noch einmal kommt, dieses Mal schwächer, erschöpft und zitternd.

Ich erhebe mich leicht und blicke auf meine menschliche Frau hinab. Ihre Wangen sind gerötet, aber zu blass und ihr Blick ist schläfrig. Ich beiße in mein Handgelenk, vermische mein Blut mit ihrem und schließe so die Wunden an ihrem Hals.

„Es tut mir leid", flüstert sie heiser.

„Psst." Ich streichle ihr Haar. „Es braucht dir nicht leidzutun. Wir werden morgen darüber reden."

Ich bin derjenige, dem es leidtun sollte. Ich habe zu viel von ihrem Blut getrunken. Ich habe ihren Körper genommen, ohne sie zu fragen. Ich bin schwach. Ich gefährde sie in jedem Moment, den ich mit ihr verbringe. Weil ich wütend und ängstlich war und ich habe es an ihr ausgelassen. Ich empfinde keine Befriedigung. Mein Inneres brodelt vor Unbehagen. Die Morgendämmerung ist nur noch Minuten entfernt und der Schlaf wird mich bald überkommen. Ich möchte es wiedergutmachen und das Richtige tun. Irgendwie.

„Ist die Dämmerung da?" Ihre kühle, kleine Hand berührt meine Wange ganz ähnlich wie damals, als ich auf dieser Bahre lag. In der Nacht, als sie dem Monster begegnet ist, das in den Schatten lauerte. In der Nacht, als sie dem Tod in meiner Gestalt begegnete. „Du siehst müde aus, Baby …" Sie zieht mich an sich und ich kuschele mich ein, ziehe das Laken über uns und halte sie fest, während mein Bewusstsein gegen den Fluch ankämpft.

Ich mache mir keine Illusionen. Das hier wird nicht gut enden. Ich werde ihre Erinnerungen nicht löschen und riskieren, ihren Geist zu ruinieren. Ich werde sie nicht in einen Vampir verwandeln. Eines Tages werde ich nicht in der Lage sein, rechtzeitig aufzuhören, und werde trinken, bis sie nicht mehr da ist.

Es gibt drei mögliche Ausgänge für Katarina Donovans Zeit mit mir und sie alle enden mit ihrem Tod. Auf die eine oder andere Weise.

Es ist alles meine Schuld und doch kann ich mich nicht dazu bringen, zu bedauern, sie entführt zu haben. Ich werde alles in meiner Macht Stehende tun, um für ihre Sicherheit zu sorgen. Das verspreche ich. Aber wie kann ich sie vor der wahren Gefahr schützen?

Vor mir?

KAPITEL 15

Kat

Noch lange nachdem der neue Tag sein Bewusstsein gefordert hat, liege ich wach in Lous Armen. Sobald die Sonne am Horizont auftaucht, ist er absolut regungslos. Es gibt keine Atmung, keinen Herzschlag und ich verspüre jedes Mal einen kleinen Stich der Sorge im Herzen.

Als ich zur Toilette gehe, muss ich mich an der Wand abstützen. Mir ist schwindelig. Ich berühre meinen unversehrten Hals und frage mich, wie hoch die Anzahl meiner Blutkörperchen wohl ist. Ich glaube, sie liegt nicht mehr im akzeptablen Bereich. Was ist, wenn dieser andere Vampir, Bass, recht hat? Wird Lou mich versehentlich töten, obwohl er es nicht beabsichtigt? Vielleicht ist eine Mensch-Vampir-Beziehung tatsächlich dem Untergang geweiht?

Zum ersten Mal seit der ersten Nacht probiere ich, die Tür zu öffnen, aber sie ist so verschlossen wie eh und je. Ich bin unruhig. Ich sehne mich nach frischer Luft und vermisse meine Arbeit. Ein Bild taucht immer wieder in meinem Kopf auf. Ein Tropfen meines Blutes auf Bass' Lippen. Ich habe es ihn nehmen lassen und es fühlt sich wie Verrat an, wie

Ehebruch. Ich mustere den komatösen Vampir im Bett. Diese einzigartige Kreatur, die mir nach all unseren Gesprächen und Spaziergängen die Augen für die Welt außerhalb meines kleinen Tellerrandes geöffnet und mich neugierig darauf gemacht hat, was es dort draußen zu entdecken gibt. Die menschliche Lebensspanne fühlt sich plötzlich so kurz an. Noch kürzer, wenn er seinen Durst nicht im Zaum halten kann.

Ich will mit ihm zusammen sein. Ich möchte in Sicherheit leben. Ich will, dass wir gleichberechtigt sind. Kann er das nicht sehen?

Als er sich regt, habe ich kaum geschlafen. Ich bin in einem Delirium von Erschöpfung, aber mein Geist läuft auf Hochtouren.

Er dreht sich auf die Seite und neigt den Kopf. Seine warmen, braunen Augen suchen meine und funkeln dann, wobei sich seine Lippen zu einem Lächeln verziehen.

„Kat." Er streichelt meine Wange.

Ich schmiege mich in seine Berührung. „Hallo du."

„Du hast keine Ahnung, was es mir bedeutet, neben dir aufzuwachen."

Ich frage mich, ob er mich jemals fragen wird, was es mir bedeutet. Ich will diese Bitterkeit nicht spüren, die an mir nagt, aber er hat mich aus meinem Leben gerissen. Vielleicht habe ich es selbst ein wenig zugelassen, zu verzaubert und neugierig, um dagegen anzukämpfen. Ich war wie in einer Trance, aber die letzte Nacht hat mich brutal wachgerüttelt. Seans und Bass' Worte haben meine Gedanken vergiftet. Ich will mit diesem Mann zusammen sein, das will ich wirklich, aber ich will mehr. Ich kann nicht nur sein Spielzeug sein.

„Du siehst traurig aus." Er stützt seinen Kopf auf einer Hand ab und greift nach meiner Hand, um seine Finger darin zu verschränken. „Was ist los?"

„Was sind deine Pläne für uns, Lou?“

Sein Gesicht strahlt mit einem wunderschönen Lächeln, das mein Herz zum Schmelzen bringt. „Lass es mich dir zeigen!“

„Heute Nacht?“ Seine plötzliche Begeisterung ist ansteckend und heitert meine Stimmung auf.

„Komm schon. Dusche dich. Iss etwas. Dann werde ich es dir zeigen!“

Zwei Stunden später befinden wir uns vor einem Wohnkomplex in der Innenstadt. Ich starre an dem hohen Gebäude aus Glas und Stahl hinauf und mustere den neuangelegten, kleinen Park und die neugepflasterten Straßen daneben.

„Wo sind wir hier?“

Lou lässt einen klimpernden Schlüsselbund vor meiner Nase baumeln. „Lass es uns herausfinden.“

Der Eingangsbereich ist kühl, sauber und strahlt mit weißem Marmor und hellem Holz. Der Aufzug bringt uns innerhalb weniger Sekunden in die oberste Etage. Ich bin nicht blöd. Natürlich habe ich einen Verdacht, warum wir hier sind, aber ich überlasse ihm die Führung. Lou so aufgeregt zu sehen ist nach all der Ernsthaftigkeit eine befreiende Erfahrung. Im obersten Stockwerk gibt es nur ein einziges Apartment und Lou tritt ein, als gehöre es ihm.

Mit offenem Mund starre ich in die großen, offenen Räume, die hell gewesen wären, hätte die Sonne geschienen. Es gibt einen Kamin, eine Wendeltreppe in den zweiten Stock, eine riesige Terrasse, die sich ebenfalls auf zwei Etagen erstreckt und ich zähle sieben Zimmer.

„Ist das …?“

„Du hast doch nicht gedacht, dass wir für immer im Club wohnen würden, oder?“

„Hast du das Apartment gekauft? Gehört es dir?“

„Und dir.“ Er breitet die Arme aus. „Gefällt es dir?“

„Ob es mir gefällt? Es ist wunderschön." Ich blinzele in die Dunkelheit hinaus. Die Lichter der Stadt funkeln unter uns, aber die Wüste und Berge in der Ferne sind pechschwarz. „Ich wünschte, ich könnte die Aussicht sehen. Sie muss spektakulär sein."

„Das ist sie. Du wirst sie bei Tag sehen können, Liebes."

„Du siehst sie? Jetzt?"

„Natürlich. Klar wie bei Tag. Oder wie ich mich an den Tag erinnere."

„Vampirische Sehkraft. Geschwindigkeit. Stärke. Gibt es irgendetwas, das du nicht kannst?"

Lou neigt den Kopf und dreht sich um, um erneut aus den Fenstern zu schauen. „Die Sonne aufgehen sehen", sagt er finster. „Möchtest du hier mit mir leben? Ich meine … gefällt es dir? Fühlt es sich in Ordnung an?"

„Es gefällt mir sehr, Lou. Es ist definitiv eine Verbesserung. Ich bin ein wenig überwältigt, aber es ist wunderschön."

„Komm. Ich habe heute Nacht noch viel zu tun, aber morgen ziehen wir hier ein." Er zieht mich zur Terrasse und schiebt die ganze Wand auf. Die Nachtluft ist frisch und ich erschaudere.

Morgen? Meine Brust zieht sich zusammen. Ich dachte, ich hätte mehr Zeit. Ich habe mich noch nicht entschieden, ob ich noch einmal mit Bass darüber sprechen möchte, ein Vampir zu werden. Ich weiß nicht, was ich will, aber die Gelegenheit gleitet mir zu schnell aus den Händen.

„Ich kann dir kein Kind schenken. Das ist das Einzige, was ich dir nehme, und es ist nicht fair." Lou hüllt mich in seinen Mantel, zieht mich in seine Arme und küsst meinen Kopf.

Ein Kind? Von der plötzlichen Wendung des Gesprächs

wird mir ganz schwindelig. Ich bin von einer Nahrungsquelle zum Muttermaterial aufgestiegen.

Ich gebe mir Mühe, nachzudenken, und nicht in seinem Duft zu ertrinken. Ich möchte nichts sehnlicher tun, als meine Hände auf ihn zu legen, seine Winkel und Kanten zu spüren und dabei zuzusehen, wie sich die Gänsehaut erhebt, wenn ich mit meinen Fingernägeln über seine Haut kratze. „Kinder", sage ich. „Ich bin fast dreißig. Ich hatte mich noch nicht einmal entschieden. Das Medizinstudium, dann das Praktikum, nicht den zu finden, mit dem ich mein Leben verbringen wollte … Es hat sich einfach nie ergeben. Ich unterstütze ein Waisenhaus in Venezuela. Das sind meine Kinder."

„Tatsächlich? Du erstaunst mich immer wieder. Es gibt so viele Dinge, die ich nicht über dich weiß."

„Natürlich gibt es die."

„Hast du sie besucht? Deine Kinder?"

„Noch nicht. Ich hatte noch keine Zeit zu reisen."

„Möchtest du es tun?"

Mein Herz macht einen Sprung. „Mehr als alles andere!"

„Lass mich es dir ermöglichen. Ich habe dich deines Lebens, deines Berufes, deiner Freunde und Familie beraubt, aber lass mich etwas davon wiedergutmachen. Bitte lass mich dir die Welt zeigen und alle meine liebsten Orte. Möchtest du Kindern in Not helfen? Deine Fähigkeiten in Unfall-Notfallhilfe in Kriegsgebieten einsetzen oder Brunnen graben und Bäume pflanzen … Es gibt so viele Menschen in Not, Kat. Mit mir wirst du nie an Distanz, finanzielle Mittel oder Bürokratie gebunden sein. Du hast das Wissen, ich habe die Mittel und gemeinsam haben wir die Leidenschaft."

Meine Brust schmerzt. Ich wünsche mir diese Dinge so sehr, aber das Gefühl, dass wir es nie dorthin schaffen werden, erstickt mich. „Es gibt so viele Dinge, die ich nicht über dich weiß! Ich wusste nicht, dass du so ein Philanthrop bist.“

„Mir wurde ein Geschenk gemacht und ich wurde gleichzeitig verflucht. Meine Existenz ist nicht natürlich. Ich habe Jahrzehnte damit verbracht, zu versuchen, die Quelle des Vampirismus zu finden. Aber sie ist genauso ein Rätsel wie das Leben selbst.“

Ich lege einen Finger auf seine Lippen und bringe ihn zum Schweigen. „Vielleicht sind Vampire auch natürlich? Hast du darüber je nachgedacht?“

Er neigt den Kopf und sieht mir in die Augen. „Weißt du, was ich gefunden habe?“

„Nein.“

„Leute. Liebe. Hass. Leidenschaft, Mitgefühl und Zerstörung. Menschen sind komplex und interessant. Es gibt Kunst und Musik und Literatur.“

„Atomwaffen und Hungersnöte. Gier und Politik.“

„Immer. Grausamkeit ist die andere Seite der Medaille.“

„Manchmal fühlt es sich so an, als würde sie gewinnen.“

„Das liegt nur daran, dass eure Nachrichtenagenturen parteiisch und sensationsgierig sind. Sie sind nicht die einzige Wahrheit. Lass mich dir all die guten Dinge in der Welt zeigen. Das Böse gewinnt nicht.“

„Ich hätte nie gedacht, dass ein Geschöpf der Nacht mir das Licht der Welt zeigen würde.“

Lou lacht und umarmt mich fester. „Morgen werde ich diesen Ort für uns eingerichtet haben. Nur noch eine Nacht im Club und dann verschwinden wir von dort.“

Ich nicke. Meine Gedanken sind von der Wendung der Ereignisse aufgewühlt. Ja, ich möchte mit Lou zusammen sein. Ich sehne mich nach ihm. Ich vermisse ihn in jeder Sekunde, in der wir nicht zusammen sind. Den Club zu verlassen fühlt sich an, als würde ich wieder atmen können.

Aber es ist offensichtlich, dass er mir immer noch nicht vertraut. Ich muss so wie er sein. Ich möchte ihm zeigen, dass ich es ernst meine.

Ich will, dass er mich zum Vampir macht.

„Lou. Bitte verwandle mich."

Er stößt mich weg und hält mich auf Armeslänge. „Ich werde dir *nicht* dein Leben nehmen."

„Du hältst mich nicht für würdig."

„Das ist es nicht! Ich liebe es, dich atmen und dein Herz schlagen zu hören. Ich liebe deine Wärme, deine weiche Haut und deine Verletzlichkeit. Ich schwelge in dem Wissen, dass ich für dich stark sein kann."

„Ich kann wie Selene sein. Wir können das haben, was sie und Lucius teilen."

Lou runzelt die Stirn und scheint zu zögern. „Er hatte nie die Absicht, sie zu verwandeln. Er hat genauso gefühlt wie ich. Aber als er vor der Wahl stand, sie für immer zu verlieren oder sie zum Vampir zu machen, hat er sich dafür entschieden. *Du* bist so wundervoll lebendig und genauso sollte es auch bleiben."

Ich möchte weinen. Ich kämpfe gegen den wachsenden Kloß in meinem Hals an. „Wenn ich dem Tod also nah wäre, würdest du mich dann verwandeln?"

„Dazu wird es nicht kommen", knurrt er.

Ich trete einen Schritt zurück und mein Magen verkrampft sich bei der plötzlichen Wut auf seinem Gesicht. Er packt mein Kinn und neigt meinen Kopf nach hinten, um mich zu zwingen, seinem Blick zu begegnen.

„Muss ich dich wegen Selbstmordgefahr unter Beobachtung stellen?"

Ich entreiße mich seinem Griff. „Natürlich nicht! Du bist so ein Arschloch!"

Seine Lippen werden dünn vor Wut. „Morgen ziehen wir

um. Ich werde es hier bequem für dich machen, aber jetzt bringe ich dich zurück in den Club. Du darfst heute Abend mit niemandem dort interagieren. Habe ich mich klar ausgedrückt?"

„Ja, *Master*", sage ich stumpfsinnig. Ich will ihm unsere Ungleichheit aufdrängen und hoffe, dass es ihn irgendwo in den Tiefen seines dummen Vampirgehirns aufwühlen wird, weil er weiß, dass er mir unrecht tut.

Seine dunklen Augen werden sogar noch dunkler. Vor Lust. Mit Verwirrung. Mit Wut.

Der Nervenkitzel, der mich durchströmt, entspringt nicht der Angst. Es ist rohes, unerschrockenes Verlangen nach diesem Mann, nach seinem Körper und seinem brillanten Geist. Ich möchte ihn anschreien, damit er mir zuhört. Er mag vielleicht denken, dass er verflucht ist, aber ich weiß, dass ich ihm helfen kann und dass es uns gemeinsam gut gehen wird. Jetzt und für immer.

ALS ER MICH im Raum allein lässt, sagen seine Augen, was sein Mund nicht aussprechen will. Er fleht um Verzeihung. Er bittet mich, einen Weg zu finden, der an seiner Sturheit vorbeiführt. Und ich weiß, was ich tun muss. Ich habe nur heute Nacht.

Bei unserem Abschiedskuss kämpfe ich darum, keine Angst zu empfinden, denn ich weiß, dass er sie riechen kann. Und ich möchte nicht, dass er weiß, dass etwas nicht stimmt.

Sobald genug Zeit vergangen ist, probiere ich die Tür zu öffnen. Sie ist verriegelt. Ich trete dagegen. Ich will schreien. Es sind noch ein paar Stunden, bis Alaya mit meinem „Mittagessen" zu mir kommt. Ich hoffe, dass ich sie überzeugen kann, mich rauszulassen. Ich fühle mich, als würde ich innerlich kochen, während ich im Zimmer auf und ab gehe. Als es schließlich an der Tür klopft, bin ich so angespannt, dass ich aufschreie. Ich springe hinüber und bleibe überrascht stehen, als ich Seans engelsgleiche Gesichtszüge sehe.

Er verschränkt die Arme und lehnt sich gegen den Türrahmen. „Ich dachte, du möchtest vielleicht etwas anderes als diese vier Wände sehen."

Ich werfe meine Arme um ihn. „Du hast ja keine Ahnung!"

Er sieht sich im Zimmer um und schüttelt den Kopf. „Hier drinnen hält er dich also fest?"

„Wir ziehen um."

Sean dreht sich um und sieht mich an. „Wirklich? Wann?"

Ich atme tief ein und zittrig wieder aus. „Morgen."

Es ist fast so, als würde ein Schatten über seine sonst so strahlenden Züge huschen. Dann zuckt er mit den Schultern und grinst. „Also ein Abschiedsgetränk?"

Ich zeige auf die Tür. „Geh voran. Ist … Bass hier?"

Sean geht voran durch den Korridor und bleibt so abrupt stehen, dass ich gegen ihn stoße. Er mustert mein Gesicht und kneift die Augen zusammen. „Er wird später herkommen." Ein Flackern der Erregung huscht über seinen Ausdruck, bevor er mit den Fingern durch seine blonden Locken fährt und sich räuspert. „Lass uns etwas trinken gehen."

Der Raum ist halb voll und die Luft knistert vor Spannung. Eine Gruppe menschlicher Frauen steht vor einer Fesselbank und kichert, während eine von ihnen daran festgebunden wird, ohne zu wissen, dass sie von Vampiren – von Raubtieren – umgeben ist. Sie denken, es ist ein Spiel. Sie denken, es ist Sex. Schon bald werden sie erkennen, dass sie die Beute sind. Und dann werden sie mit verschwommenen Erinnerungen nach Hause gehen.

„Alaya, Baby“, sagt Sean. „Bring uns ein paar Gin und Tonics.“

Ich beobachte ihre Interaktion und bin überrascht von seinem frechen Tonfall. So wie es aussieht, geht es Alaya ähnlich. Sie dreht sich zu mir um. „Was kann ich dir bringen, Schätzchen?“

„Ähm …“ Wenn ich später mit Bass sprechen will, obwohl er mir Todesangst einflößt, brauche ich ein wenig flüssigen Mut. „Whisky. Einen doppelten bitte.“

„Na sicher doch, Liebes.“

Sean öffnet den Mund, um etwas zu sagen, schließt ihn aber schnell wieder, als Alaya sich zu ihm umdreht und die Reißzähne aufblitzen lässt. „Du bekommst einen Drink, wenn dein Dom es erlaubt.“

Sean starrt sie mit offenem Mund an, sieht sich um und dann zurück zu Alaya. Er streckt die Arme aus. „Der Typ ist noch nicht mal hier!“

„Nicht mein Problem.“ Sie schaut zu Lucius hinüber, der auf seinem Thron sitzt und an einem Glas roter Flüssigkeit nippt. Wein oder Blut, ich kann es nicht mit Sicherheit sagen. Sean folgt ihrem Blick und wird blass, als er sich wieder umdreht. „Sieh mal“, sagt sie, „ein menschlicher Sub, der ohne seinen Dom hier abhängt, nützt niemandem viel. Und jetzt verschwinde, bevor ich deinen Hals an den Zapfhahn anschließe.“

Sean stolpert zurück und murmelt etwas, das ich nicht hören kann. „Scheiße. Komm schon.“ Er zieht mich in die Sitzecke, in der wir gestern schon gesessen haben, und setzt sich mit einem lauten Stöhnen hin.

Ich hebe das Glas an meine Lippen und schlucke, als Tränen in meinen Augen aufsteigen. „Also“, sage ich, als ich mich neben ihn setze, „wann kommt dein Dom?“

„Bald“, sagt Sean mürrisch und sichtlich sauer. „Er kann

es kaum erwarten, dich zu sehen. Wie ist es mit deinem Lou gelaufen? Konntest du ihm den Geruch deines Blutes zu seiner Zufriedenheit erklären?" Seine hellblauen Augen blitzen mit etwas Bösem auf. Es ist nur ein kurzer Moment und dann ist es wieder verschwunden.

Ich schlucke schwer und meine Muschi zieht sich zusammen, als ich an meine Bestrafung vom Vorabend denke. „Er … ähm … wir haben es geklärt. Er denkt, ich hätte mich an einer Scherbe geschnitten."

„Braves Mädchen", sagt ein tiefer Bariton hinter mir.

Ich erstarre und mein Puls schießt in die Höhe. Die Innenseite meines Handgelenks kribbelt, als ich mich daran erinnere, wie er mir einen Tropfen Blut gestohlen hat.

Bass ist hier.

Er lässt sich schwer neben mich fallen. Sein mächtiger Körper gibt mir das Gefühl, unendlich klein zu sein. „Also, Kleines, wie laufen die Dinge in deiner kleinen Ecke der Welt? Vermisst du mich?"

„Sie zieht aus", sagt Sean hinter mir.

Ich runzele die Stirn und werfe einen irritierten Blick über meine Schulter. Er fängt an, mich ein wenig zu nerven. Er war unhöflich zu Alaya und unterbricht immer wieder Gespräche. Er ist der Grund dafür, dass ich gestern Abend überhaupt erst auf dieser Couch gelandet und bei Lou in Ungnade gefallen bin, auch wenn es gerade noch einmal gut ausgegangen ist. Die Erinnerung an mein Spanking und daran, wie er mich danach genommen hat, lässt mein Herz noch immer rasen.

Bass streckt einen Arm über die Rückenlehne der Couch, hinter meinem Rücken und nah genug, sodass ich seine Körperwärme spüren kann. Ich frage mich, ob er kürzlich getrunken hat.

„Nimmt dich uns der große böse Vampir weg? Und dabei

habe ich dich doch gerade erst kennengelernt." Er schmollt und macht eine Show daraus.

Mein Mund wird trocken. Ich greife nach meinem Glas und trinke den Rest des Whiskys. „Ja, im Bezug darauf … Was muss man tun, um jemanden zu verwandeln?"

Bass sieht Sean an und dann wieder mich. Er hebt die Augenbrauen. „Blut. Tot. Mehr Blut."

„Hast du … viele Menschen verwandelt?"

Ein Grinsen breitet sich auf seinem Gesicht aus und seine dunklen Züge hellen sich auf. „Mehr als ich zählen kann."

„Warum? Ich meine … waren sie alle deine Liebhaber?"

Er seufzt. „Ich hatte meine Gründe. Meine eigenen."

„Natürlich", sage ich schnell. „Verzeih mir die Neugierde. Es ist nur so, dass …"

„Du bist interessiert."

Ein Blitz durchzuckt mich. Das bin ich. Ich hatte noch keine Zeit, mich zu entscheiden und darüber nachzudenken. Aber die Zeit fliegt und ich weiß nicht, was Lou mit mir vorhat. Die Chancen stehen jedoch gut, dass ich diese Gelegenheit nicht noch einmal bekommen werde.

„Vielleicht", flüstere ich.

Bass streichelt mir langsam und sinnlich über die Wange und dann den Hals hinunter. Ich erschaudere. Er nimmt sich Freiheiten heraus, aber ich will meine einzige Chance nicht vertun.

„Sean hat sich für dich eingesetzt, Kleines. Ziemlich überzeugend."

„Hat er das?"

„Ich habe euch gesehen", sagt Sean hinter mir. „Wie er dich verspottet. Es ist einfach nicht fair. Du liebst ihn so sehr und er sieht es nicht. Er ist verblendet von deinem Blut. Wenn du so wärst wie er, würde er die Person in dir sehen und nicht nur dein süßes Blut."

Bass sieht mir in die Augen und ich scheine mich nicht abwenden zu können. „So ist es nicht", sage ich schwach. „Wir haben noch mehr."

„Natürlich", sagt Bass mit seiner Hand auf meiner Schulter. „Und deshalb ist es so dumm von ihm, dich nicht zu verwandeln. Er liebt dich auch. Sein Vampirismus vernebelt sein Urteilsvermögen."

„Er sagt, dass er mich niemals verwandeln wird", flüstere ich.

„Und was willst du?", flüstert er und beugt sich vor.

„Ich will mit ihm zusammen sein?"

„Für immer?"

Und dann sage ich es. Das Wort, das alles verändern kann. „Ja."

KAPITEL 16

Bass steht auf, reicht mir die Hand und zieht mich auf die Füße. „Komm.“

Mein Mund wird trocken. Ich sehe mich um. Alaya steht mit dem Rücken zu uns. Lucius hat seinen Thron verlassen und ich sehe ihn nicht. Maximus steht an der Treppe Wache und mustert die Menge mit seinen Adleraugen. Er sieht mich an und grüßt mich mit einem knappen Nicken.

„Was? Jetzt?“

„Wann kommt dein Master zurück?“, fragt Bass.

„Ich …“ Mit bleiernem Magen blicke ich zur Treppe hinüber. „Ich weiß es nicht.“

„Willst du warten? Willst du, dass er dich aufhält?“

Meine Gedanken überschlagen sich. Ich denke an die Auswirkungen, die Möglichkeiten und an alles, was ich aufgebe. Hinter Bass steht Sean mit gierigen, hungrigen Augen. Ich frage mich, welche Rolle er in alledem spielt.

„Muss ich mich nicht irgendwie vorbereiten? Ich weiß nicht. Pinkeln gehen? Wie spät ist es? Vielleicht …“

Bass legt einen Finger auf meine Lippen. „Du bist nervös.

Das ist verständlich. Du bist schon einmal gebissen worden, ja?" Sein Blick fällt auf meine Kehle.

Ich nicke. Ja, ich habe Angst. Mein Herz schlägt so stark, dass ich kaum noch atmen kann.

„Mmmm", knurrt er. „Dein Duft. So süß. Er hat es mir angetan." Er tritt näher, sodass wir fast Nase an Nase stehen. Es ist, als würde der Raum um uns herum verschwinden. Es gibt nur noch Bass und mich und seine zuckersüße, auf unheimliche Weise vertraute Stimme. „Du wirst nur einen kleinen Stich spüren. Dann wirst du schlafen. Wenn du aufwachst, wird die Welt anders sein. Du wirst niemals krank werden. Du wirst schnell und stark sein. Du wirst Farben sehen, die dein menschliches Auge niemals wahrnehmen konnte und Geräusche hören, die du noch nie gehört hast."

„Ich werde die Sonne nie wiedersehen", flüstere ich benommen.

„Ein kleines Opfer. Willst du deinen Mann?"

„Ja." Tränen steigen in meinen Augen auf. „Ja, ich will ihn."

„Geht", sagt Sean. „Beeilt euch. Das Zimmer ist noch frei."

Zimmer? Ich schaue auf. Irgendwie haben wir uns unbemerkt durch den Raum bewegt und stehen nun vor einer der stets geschlossenen Türen. Ich war noch nie in einem dieser Räume, aber ich habe keinen Zweifel daran, was sich dort drinnen abspielt. Mehr von alledem. Schmutziger, bösartiger, rauer. Mein Magen zieht sich zusammen. Sean öffnet die Tür. Dahinter befindet sich ein kleiner, ganz in Schwarz gehaltener Raum, der dem ähnelt, in dem ich wohne. Dieser hier hat jedoch kein Bett, sondern eine Bank, ein Kreuz, Peitschen und Rohrstöcke, sowie Haken und Ringe an der Decke und an den Wänden. Ich bleibe stehen.

„Lou würde nicht … ich bin nicht …"

„Psst. Dafür sind wir nicht hier. Wir brauchen nur etwas Privatsphäre, Liebes."

Sean steht an der Tür und sein Blick huscht zwischen mir und Bass hin und her. Wortlos flehe ich ihn an, mich nicht mit ihm alleinzulassen. Ich habe Angst. Ich glaube nicht, dass ich bereit bin. Dann verschwindet er jedoch, schließt die Tür und Bass verriegelt sie von innen. Wir sind allein.

Ich trete einen Schritt zurück und schlucke. „Ich bin mir nicht mehr sicher."

Bass tritt näher. „Natürlich bist du das. Alles wird sich ändern. Es wird besser werden, Katarina Donovan. Vertrau mir. Lass mich dein Blut trinken. Du riechst so süß, dass es mein Herz fast zum Leben erweckt."

Ich drücke eine Hand gegen seine Brust und versuche, seine Annäherungsversuche zu stoppen. Er greift nach meinem Handgelenk und umschließt es mit seiner großen Handfläche leicht.

„Was wird passieren? Was soll ich tun?"

Bass lächelt. Freundlich. Beruhigend. „Ich trinke von dir. Du trinkst von mir. Ich nehme dein menschliches Leben und du erwachst als eine neue Kat."

Meine Lippen zittern. „Wird es wehtun?"

Bass schiebt meine Haare zur Seite und neigt sanft meinen Kopf. „Ja", sagt er. „Ich könnte sanft sein, aber ich mag es grob. Es wird wehtun."

„Nein!", schreie ich. Er drückt eine Hand über meinen Mund und hält mich fest. Ich schlage mit den Händen gegen seine Brust und versuche, ihn wegzustoßen.

„Mmm, so ist es gut, *Süßblut*. Siehst du, die altmodische Art gefällt mir viel besser. *So viel* süßer."

Jetzt weiß ich, warum er mir bekannt vorkam. Er ist der Vampir aus der Gasse! Warum habe ich das nicht vorher gesehen? Hat er meine Gedanken kontrolliert?

Ich schreie unter seiner Handfläche, zappele und stoße, aber es ist, als würde ich gegen einen Felsen kämpfen. Er sieht mir in die Augen und lässt seine Reißzähne aufblitzen. Er versenkt sie in meinem Hals, drückt mir noch immer seine Hand auf den Mund. Mit der anderen umklammert er meinen Nacken. Der Schmerz ist ganz anders, als wenn Lou mich beißt, und ganz genauso intensiv wie beim ersten Mal, als ich zerrissen wurde. Es brennt, als hätte er Lava auf meine Haut gegossen, die sich durch mein Fleisch frisst. Die Qual schießt Pfeile des Schmerzes in meine Kopfhaut und meinen Rücken hinunter. Dann saugt er mit tiefen, durstigen Zügen. Er nimmt mein Blut und stiehlt es von mir.

Mein Herz klopft wie das eines verängstigten Kaninchens und schießt ihm das Blut mit noch mehr Druck in den Mund. Das Geräusch, das er beim Schlucken macht, ist widerlich. Ich werde mit jeder Sekunde schwächer. Meine Beine geben nach. Ich habe keine Kraft mehr. Er folgt mir auf den Boden, legt mich auf den Rücken, die Zähne stecken noch immer in meinem Hals. Meine Arme sind schwer. Ich klammere mich an sein Hemd und versuche, ihn von mir zu schieben. Er knurrt und klingt dabei mehr wie ein Tier als ein Mann. Das Geräusch hallt durch meine Brust wider. Der Schmerz verfliegt und mein Kopf wird taub, so als wäre ich in Watte gehüllt. Jedes Geräusch ist scharf und gleichzeitig gedämpft. Schwarze Punkte tanzen vor meinen Augen, als mein Puls schwächer und dann noch einmal schneller wird, und verzweifelt versucht, die abnehmende Blutmenge durch meinen Körper zu pumpen. Tränen fließen über meine Wangen. Ich keuche und kämpfe um jeden Atemzug, während mein Körper schlaffer wird. Als mein Herzschlag abnimmt, lässt er meinen Mund los und setzt sich auf.

Sein Blick brennt sich in meinen und seine Augen blitzen rot auf. Eine Blutlache bildet sich unter meinem Hals. Warm.

Das Leben fließt aus mir heraus. Meine Arme und Beine kribbeln und meine Versuche, mich zu bewegen sind träge.

Bass leckt sich über die blutigen Lippen. „Das war es so wert. Ich werde die letzten paar Schlucke nehmen, aber dann muss ich gehen. Es ist schon lange her, seit ich eine solche Mahlzeit genossen habe. Dein Zögern, dein Eifer, deine Angst, dein dämmendes Erkennen, dass dies dein Ende ist."

„Warum?", hauche ich. Ich bin zu schwach, um einen Laut von mir zu geben.

Er zieht einen Finger über meinen Hals und leckt ihn dann mit einem obszönen Stöhnen ab, während er die Augen verdreht. „Der Jüngling Sean hat einen Deal gemacht, verstehst du. Uns Zeit allein miteinander zu verschaffen. Er hat sich nach deinem Master verzehrt, seit er ihn zum ersten Mal gesehen hat. Ich, meine Liebe, habe andere Absichten … du wirst eine Botschaft des Königs von Louisiana sein, verstehst du."

Was?

„Nein. *Bitte!*"

„Oh was denn, Tränen?" Er streicht mit dem Daumen über meine Wange und zieht ihn dann über meine Lippen. Es schmeckt nach Eisen, nach mir. „Es tut mir leid, dass ich es so schnell beenden muss. Hätte ich die Gelegenheit bekommen, hätte ich dich mitgenommen. Dich genossen und dich tagelang am Leben gehalten, während ich mich daran ergötzt hätte, wie sehr es deinen Lou quält. Aber du warst so vorsichtig. Also ist das alles, was ich kriege. Lebewohl, Kat."

Nein, nein, nein, nein, nein!

„Bitte, Bass!"

Er grinst und fährt seine Reißzähne erneut aus. Er drückt seinen Mund auf meinen Hals und beißt zu. Hart. Ich krümme mich vor Schmerzen, aber mehr schaffe ich nicht. Meine Gliedmaßen liegen wie tot da. Ich habe einen schrecklichen,

schrecklichen Fehler gemacht und bezahle den höchsten Preis. Mein Bewusstsein balanciert auf der Kante eines schwarzen Wirbels, der strudelt und immer größer wird. Ich denke an Mom und Dad und möchte aufschreien, wie ungerecht das Universum ist. Ich trauere darum, dass ich keine Gelegenheit bekommen werde, Lou zu sagen, wie leid es mir tut.

Meine Augen sind offen, aber ich sehe nichts. Das Ziehen an meinem Hals, das Saugen, ist nichts als ein Kitzeln. Ich bin so müde. Die Dunkelheit empfängt mich, winkt mir zu und ist unwiderstehlich.

LOU

Lucius Frangelico und seine junge Hybridgefährtin Selene waren unglaubliche Gastgeber und ich hoffe, dass dies der Beginn einer Freundschaft ist, die für Jahre andauern kann. Aber ich kann es trotzdem kaum erwarten, Kat aus Club Toxic herauszuholen. Denn das ist es, was er ist – toxisch. Ganz egal wie verlockend der BDSM-Club auch sein mag, es ist nicht das, was ich mir für meine Frau wünsche. Wenn ich sie das nächste Mal fessle und ihr den süßen Hintern versohle, wird es in der Privatsphäre unseres eigenen Heimes geschehen.

Selene hat mir geholfen, eine Innenarchitektin zu finden, die das Penthouse mit dem Nötigsten ausstatten wird. Danach habe ich vor, das Abenteuer mit Kat zu teilen und unser Apartment gemeinsam zu gestalten. Ich hatte Pläne für die Nacht, Geschäfte zu besuchen, die aufgrund der Verbindungen des Königs nur für mich geöffnet sind, aber ein seltsames Gefühl der Dringlichkeit zerrt an mir. Schließlich sage ich der Innenarchitektin, sie solle sich austoben, aber spätestens eine Stunde vor Sonnenaufgang fertig sein.

Ich werde an diesem Morgen mit Kat in meinen Armen in einem Penthouse schlafen, das die Sterne berührt und eine Aussicht hat, die ganz Arizona zu umfassen scheint. Wir werden reden. Ich weiß, dass wir reden müssen. Ich bin ein egoistischer, alter Vampir und die letzten Wochen waren Wahnsinn. Aber ich bin nicht durch und durch böse, zumindest möchte ich mich selbst nicht so sehen. Ich lasse sie nicht aus den Augen, niemals, aber sie hat eine Mutter und einen Vater, die bereits ein Kind verloren haben. Ich möchte nicht, dass sie und infolgedessen auch Kat leiden müssen, also werden wir einen Weg finden. Ich muss ihre Leine etwas länger lassen.

Die Designerin dreht mir den Rücken zu und mit einem letzten Blick durch den Raum renne ich los. Ich bin auf dem Balkon, springe ab, stürze durch die Nacht und ziele auf das nächste Gebäude. Ich jage von Dach zu Dach und empfinde meine Sehnsucht nach Kat so körperlich, als hätte mir jemand in die Brust getreten.

Es gelingt mir, Augustus überrascht aufspringen zu lassen, als ich direkt vor ihm auf dem Boden lande.

„Wenn ich einen Herzinfarkt kriegen könnte, Mann!" Mit einem knappen Nicken reißt er die Tür auf und ich werde sofort von der hämmernden Musik und den Gerüchen von Schweiß, Parfüm und Alkohol überwältigt.

Maximus lässt seine weißen Zähne aufblitzen und grinst breit, als er nach der verborgenen Tür zum Verlies greift. „Ich habe gehört, dass du uns verlässt."

„Ist das der Grund für deine Heiterkeit?"

Er lacht und schlägt mir auf den Rücken. „Nein, nein. Du bist einer der Guten. Es war mir eine Freude, dich zu kennen." Dann reißt er die Tür auf.

Warme Luft strömt durch das Treppenhaus hinauf. Warme Luft, laute Schreie und ... *der dickliche, berauschende Geruch von Kats Blut.*

Ich knurre, jage mit Maximus auf den Fersen die Treppe hinunter und bleibe in der Mitte des Raumes stehen. Alaya hat den blonden, menschlichen Mann, Sean, bei den Haaren gepackt. Er schreit und umklammert ihre Hand. Ihre Gesichtszüge sind mit ihrem Knurren und den langen Zähnen eine Zurschaustellung der Wut. Lucius thront mit mörderischem Blick auf dem Gesicht über ihnen. Selene stürmt aus dem Korridor und streckt die Arme aus. Sie schüttelt den Kopf. Sie begegnet meinem Blick, der ihre voller Sorge.

„Sie hat den Club nicht verlassen", sagt sie. „Sie ist hier unten."

Im nächsten Augenblick schlägt sie mit der Faust gegen die Tür zu einem der privaten Räume. Lucius, Maximus und ich stürzen uns auf die anderen drei verschlossenen Türen. Außer die vor Maximus fliegen alle anderen auf. Menschen und Vampire in verschiedenen Stadien der Entkleidung strömen aus den Zimmern. Keiner von ihnen interessiert mich auch nur im Geringsten. Ich stürze mich auf die geschlossene Tür und probiere die Klinke. Sie ist verschlossen. Ein Schock der Angst schießt durch meine Brust. Mein eigenes Zimmer ist, wenn es von innen verriegelt ist, von außen undurchdringlich. Was es für einen komatösen Vampir sicher macht. Als ich zurückweiche und trete, bete ich, dass nicht alle Schlösser genauso sind.

„Es ist niemandem erlaubt, die Türen abzuschließen", knurrt Lucius.

„Ist Kat da drin?", brüllt Alaya. Sie schüttelt den Menschen, der daraufhin schreit, als sich sein Gesicht vor Schmerz verzerrt.

Ich trete erneut. Ich brauche seine Antwort nicht. Sie sind

vielleicht nicht so auf sie fixiert, wie ich es bin, aber der Geruch von Kats Blut ist überall.

Maximus rast verschwindend schnell wie eine Naturgewalt an mir vorbei und schlägt mit der Schulter gegen die Tür. Der Rahmen bricht. Ein letzter Tritt von mir lässt die Tür aufliegen und reißt sie halb aus den Angeln.

Auf dem Boden liegt Kat. Sie ist weiß wie ein Laken und völlig regungslos. Ihre Augen sind offen, aber sie ist nicht da. Ihre Wangen sind von Tränen feucht. Neben ihr steht Bass. Er streckt die Arme aus und grinst, bevor er uns angreift und versucht, an uns vorbeizustürmen. Aber Maximus erwischt ihn. Ich knie vor meiner leblosen Kat nieder und drücke zwei Finger auf ihr Handgelenk. Ich versuche, einen Puls zu finden, der nicht da ist. Aus dem Augenwinkel sehe ich, wie die Männer in einem kurzen Kampf straucheln, der, sobald er begonnen hat, auch schon vorbei ist. Bass brüllt seinen Unmut heraus, als Lucius und Maximus ihn fesseln. Selene kniet sich neben mich und legt ihr Ohr an Kats Brust.

„Er hat sie ausgesaugt." Ich bin wie gelähmt von sich steigernder Trauer, die alle Sinne betäubt.

„Ihr Herz schlägt noch", keucht Selene und schaut zu mir auf.

Ich starre und lausche. Ich kann nichts hören. „Nein."

„*Doch!* Es ist noch nicht zu spät! Gib ihr dein Blut!"

„Sie *stirbt*, Selene", brülle ich. „Sieh sie dir an! Der Gehirnschaden! Es ist zu spät. Keine Menge meines Blutes …"

Da ist er – ein langsamer, klopfender Schlag, zitternd, als ob sie sich nur an ihr Leben klammert, um sich zu verabschieden.

„Du kannst sie verwandeln", flüstert Selene.

„Nein! Dazu kann ich sie nicht verdammen! Das werde ich nicht tun."

„Lucius hat es für mich getan."

Ich greife nach Kats kalten Händen. Ihre dunklen Augen sind irgendwie noch dunkler und starren leer an die Decke.

„Liebes?", flüstere ich. Meine Stimme schwankt. „Was soll ich tun?"

„Sie will es, Lou."

„Das kannst du nicht wissen!"

„Ich weiß es und du weißt es auch", sagt sie leise.

Das Warten auf den nächsten Herzschlag dauert ewig und als er kommt, ist es nicht mehr als ein Zittern, das kaum noch Blut durch ihre Gefäße pumpt.

Meine Gedanken überschlagen sich. Für immer bei ihr sein. Sie jetzt verlieren. Ihr Leben zu kurz. Sie in die ewige Dunkelheit verdammen. Die Lust auf Blut. Stets am Rande der Welt. Ein Dämon. Lange Spaziergänge, Gespräche über Leben und Liebe, über Kunst, Politik, Menschlichkeit. Liebe. Ihr Mitgefühl. Ihre Menschlichkeit.

„Lou! Wenn du es jetzt nicht tust, wird es zu spät sein. Sie ist fast tot!"

Liebe.

„Ich habe ihr alles genommen."

Der Schlag über meine Wange brennt. Selenes Hybridkraft ist selbst für meine vampirische Unzerstörbarkeit zu viel. „Hör verdammt noch mal auf zu jammern! Ja, das hast du und jetzt gibst du es ihr mit Zinsen zurück."

Ein Schlag ihres gequälten Herzens. Es stockt. Eine Träne rinnt aus Kats Auge.

Ich reiße die Arterie an meinem Handgelenk auf und drücke sie auf ihre Lippen, öffne ihren Mund und lasse mein Blut auf ihre Zunge fließen. Ich möchte schreien. „Sie schluckt nicht! Schluck es, Kat!"

„Wenn sich auch nur ein Hauch von Blut in ihr bewegt

und es eine einzige Zelle gibt, die noch aktiv ist, wird sie das Blut aufnehmen. Es wird nur länger dauern. Mach weiter."

Meine Haut heilt zu schnell, weil sie nicht aktiv an der Wunde saugt. Ich reiße mir das andere Handgelenk auf und drücke es ihr stattdessen auf den Mund. Ich wippe vor und zurück und die Qual zerreißt meine Brust. „Wie ist das passiert? *Warum?*"

„Hör einfach nicht auf."

Ich wechsle erneut die Arme. Selene schweigt und wir warten.

Und warten.

„Ihr Herz schlägt nicht mehr."

„Ich weiß", sagt sie und packt meinen Arm, um ihn dicht an Kats Mund zu drücken. „Wage es ja nicht, aufzuhören, Lou." Sie springt auf die Füße. „Ich hole dir etwas Blut. Du wirst es brauchen. Und ich werde herausfinden, was zum Teufel passiert ist."

Ich wechsle erneut die Arme und klammere Kats schlaffen Körper an meine Brust. Ein animalisches, qualvolles Heulen kämpft darum, meiner Kehle zu entspringen. Erinnerungen an unsere erste Begegnung, daran, wie *sie* nach *meinem* Herzschlag suchte, zerreißen mich. Wie sich der Spieß doch umgedreht hat.

Selene kommt zurück und kniet sich an meine Seite. Sie hält mir einen Krug mit Blut an die Lippen. Ich trinke gierig alles aus. Ich brauche die Magie, die Kraft. „Sie hat kein einziges Mal geschluckt. Ich weiß nicht, wo mein Blut hingeht."

„Es spielt keine Rolle. Solange ihre Schleimhäute mit deinem Blut in Kontakt kommen und es absorbieren." Selene stellt den nun leeren Krug zur Seite. „Hey … sie haben Bass und den Menschen einem kleinen Verhör unterzogen."

Den Schreien nach zu urteilen, die ich größtenteils ausgeblendet habe, scheint es nicht so *klein* gewesen zu sein.

„Kat wollte verwandelt werden. Es scheint, als wäre sie getäuscht worden. Der Mensch wollte dich für sich haben und dachte, er könnte die Konkurrenz ausschalten. Er hat einen Deal mit Bass gemacht. Kat dachte, er würde sie verwandeln, aber so wie es sich anhört, hatte er dies nie vor."

Ich starre die leblose Gestalt der kleinen Ärztin, meiner Geliebten, meiner Gefährtin an. So sehr wollte sie es? Warum hat sie mich hintergangen? Lag es an mir? Hat sie mir nicht vertraut? Warum wollte sie ihr Leben nicht mit mir verbringen? Ihr *menschliches* Leben?

„Bass gibt es zu?", knurre ich.

„Er sagt gar nichts. Er weiß, dass er diesen Ort so oder so nicht lebendig verlassen wird. Wir halten ihn für dich fest."

„Gut", knurre ich. „Und den Mensch?"

„Den auch."

„Ich weiß es zu schätzen."

Selene steht auf und legt mir die Hand auf die Schulter. „Ich glaube nicht, dass du noch mehr tun kannst."

„Ich lasse sie nicht allein, bis sie aufwacht."

„Es wird bis morgen dauern. Das weißt du selbst."

„Ich weiß gar nichts!", brülle ich. „Wir sind zu spät gekommen. Sieh sie dir an. Da ist nichts."

„Nein. Sieh *du* genauer hin. Sie ist nicht tot, Lou. Ihr Herz hat aufgehört zu schlagen, aber ihre Augen sind nicht ausgetrocknet. Rieche an ihr. Fühle sie. Das ist nicht der Tod, es ist ein Übergang."

Ich schließe die Augen und konzentriere mich, *suche* nach ihr und verflechte die Ranken meines Bewusstseins mit ihrer kaum vorhandenen Präsenz. Ich spüre die Dunkelheit und die Leere, berühre jedoch auch den schwach flackernden, untoten Zustand, in dem sie ruht. Ich habe schon seit Jahrtausenden nicht mehr geweint, aber eine Flutwelle der Erleichterung überrollt mich. Meine Wangen werden nass, als ich meine Stirn an Kats lehne.

„Lass sie uns in dein Bett legen. Wir machen es ihr bequem. Alaya kann ein paar Minuten bei ihr Wache halten. Wir müssen uns um Dinge kümmern und Bestrafungen austeilen. Und dann bereinigen wir dieses Chaos."

Ich klammere Kat an meine Brust. Sie ist wie eine blut-verschmierte, kleine Stoffpuppe, so weich, so klein und so unschätzbar wertvoll. Mit ihr in meinen Armen rausche ich verschwimmend schnell durch den Korridor. Ich lege Kat auf unser gemeinsames Bett, streiche ihr das Kleid glatt und die Haare aus dem Gesicht.

„Es tut mir so leid. Ich hatte keine Ahnung. Alles ging so schnell." Alayas heisere Stimme hinter mir ist emotions-geladen.

„Es ist nicht deine Schuld."

„Ich bleibe bei ihr, bis du zurückkommst."

Ich nicke und beiße die Zähne zusammen. Zeit, den Mördern ins Gesicht zu sehen.

KAPITEL 17

Lou

Maximus und Lucius halten Bass fest und verdrehen ihm die Arme hinter dem Rücken. Er sieht mich und knurrt, grinst dann und lässt seine Reißzähne aufblitzen.

„Sie hat köstlich geschmeckt. Wahre Angst versüßt das Blut noch so viel mehr. Etwas, das du jetzt nie erfahren wirst. Ich habe alles genommen."

Ich kämpfe gegen den Zorn an und zwinge mich zu der Ruhe, die wahrer Wut entspringt. Ich habe viel zu lange gelebt, um zuzulassen, dass Emotionen meinen Zielen in die Quere kommen. Ich gehe auf den Menschen zu, der von Selene in einem eisernen Griff festgehalten wird, packe sein Haar und zerre ihn durch den Raum, bis wir vor den drei männlichen Vampiren stehen.

„Du wolltest, dass ich dich beherrsche?" Ich reiße seinen Kopf zurück und drehe ihn zu den anderen um. „Was war es, wonach du dich gesehnt hast? Dass ich dich auspeitsche? Dich ficke? Von dir trinke?"

Hitze strahlt von dem Menschen aus; seine Erregung

vermischt sich mit Angst. Sein Duft versüßt sich. Ich dränge meine Lippen an sein Ohr. „Ich würde dich nicht mal mit einer Zange anfassen." Mit einer schnellen Handbewegung steche ich ihm mit einem Fingernagel in den Hals und reiße die Arterie auf. Er keucht und windet sich und umklammert seine Kehle. Warmes Blut strömt über seine Brust. Vor mir werden Reißzähne sichtbar und die anderen vier Vampire im Raum knurren. Tödlicher Durst schimmert in ihren Blicken. Unsere wahre Natur. Wir sind Monster.

Ich nähere mich und strecke Bass den Menschen entgegen, nur knapp außerhalb seiner Leck-Distanz. „Ist es das, was du wolltest? Die Süße des Todes? Sieh ihn dir an." Ich zerre am Kopf des Menschen. Er schreit auf und etwas knackt in seinem Hals. „Sieh dir all das Blut an, das sinnlos vergossen wird. So süß. Seine letzten Tropfen, Bass." Ich lasse den Mann auf den Boden fallen. Seine Knie geben nach. Er versucht, aufzustehen, aber seine Beine scheinen ihm nicht länger zu gehorchen. Wir stehen schweigend da und beobachten die letzten Funken des Lebens.

„Ich hätte ihn an den Zapfhahn legen können", sagt Lucius.

„Ich habe es eher genossen, dass er mit dem Wissen starb, nutzlos gewesen zu sein", sagt Selene. Ein grausamer Ausdruck liegt auf ihrem sonst so zarten Gesicht. Der tödliche Hybrid in ihr zeigt sich jetzt deutlich.

Ich schaue von der blassen Leiche auf dem Boden auf und begegne Bass' trotzigem Blick.

Ich will gerade seinen Kopf packen, als er schmunzelt. „Der König von Louisiana lässt grüßen."

Ich erstarre. „*Was?*"

„Hast du gedacht, du würdest davonkommen? Er lässt nie einen Job unvollendet. Du kannst mich töten, aber du wirst für den Rest deines Lebens über deine Schulter schauen müssen. Das gleiche gilt für *sie*", speit er und nickt mit dem Kopf in die Richtung des Raumes, in dem Kat ruht. „Sollte sie es schaffen."

Ich brülle und bin bereits kurz davor, mich auf ihn zu stürzen, als Selene zwischen uns tritt.

„Worum geht es hier?" Lucius' Stimme ist finster und nimmt einen gefährlichen Ton an. „Was hast du mit Louisiana zu tun?"

„Nichts!", knurre ich. „Damian Solero wollte keinen mächtigeren Vampir in seiner Stadt haben, also beschloss er, mich auszuschalten."

„Mächtig", spottet Bass. „Du konntest noch nicht mal deine eigene Frau beschützen!"

„Halts Maul", sagt Selene und rammt einen Ellbogen in sein Gesicht. Dem Klang nach zu urteilen, brechen ein paar Knochen. Bass grunzt und Blut beginnt, aus seiner zertrümmerten Nase zu strömen.

Lucius packt ihn beim Hals und zwingt Bass, ihn anzusehen. „Werden noch mehr kommen?"

Bass spottet.

Dann nickt Lucius mit geneigtem Kopf. „Ich könnte mit dir verhandeln."

Selene zuckt und ihre hellen Augen werden dunkler.

„… aber in meinem Club jemanden anzugreifen, ist auch ein Angriff auf mich."

Selene lächelt. Ihre Reißzähne blitzen auf und unterstreichen ihre tödliche Hybridnatur.

„Sonst noch was?" Lucius dreht sich zu mir um.

Ich habe nichts weiter zu sagen. Ich weiß, wo Solero zu finden ist, aber sein unbedeutendes Bestreben, mich auszuschalten, wird warten müssen. Ich muss zurück zu Kat.

Lucius weicht zurück, macht mir Platz und ich greife gleichzeitig Bass' Kopf. Ich reiße ihn von seinen Schultern.

Sein Körper versteift sich, die Haut wird grau und er zerfällt augenblicklich zu einer Wolke Asche.

„Ich muss mich um eine Dame kümmern. Die Sauerei tut mir leid", sage ich und klopfe mir den Staub von den Ärmeln. „Ich werde sie mitnehmen. Ich danke Ihnen für Ihre Gastfreundschaft, aber Sie verstehen sicherlich, dass ich nicht will, dass sie hier aufwacht."

„Noch eine Stunde bis zum Morgengrauen. Du hast Zeit. Denk daran, dass sie durstig sein wird, wenn sie aufwacht. Hier." Lucius bewegt sich und erscheint plötzlich hinter der Theke. Er sucht nach etwas und wirft mir dann einen Beutel Blut zu. „Du und ich werden später reden. Du wirst mir die ganze Geschichte erzählen und nichts auslassen."

Ich fange das Blut, nicke zum Dank und drehe mich auf dem Absatz um. Alaya sitzt auf der Bettkante und hält Kats schlaffe Hand. Sie tritt zurück, als ich Kat in meine Arme hebe.

„Lass dich mal wieder sehen", sagt sie.

Ich stürme durch den äußeren Bereich, die Treppe hinauf und hinaus durch den immer noch belebten Eingang, wo niemand etwas von den Todesfällen im Verlies ahnt. In wenigen Augenblicken werden alle außer uns wieder zur Tagesordnung übergehen. Ich jage durch die Nacht, springe von Dach zu Dach und fliege fast. Kat ist kalt und regungslos an meiner Brust, aber ich spüre ihr Wesen. Ein tief greifendes Wissen, dass sie versucht, durchzuhalten. Ihr menschlicher Körper stirbt, aber sie wird leben. Ich weiß nicht, ob ihr Geist derselbe sein wird oder ob ihr Gehirn Schaden genommen hat. Mein eigener Übergang war schrecklich gewesen und ich habe nie gewollt, dass jemand anderes das Gleiche durchmachen muss.

Mit einem letzten Sprung lande ich in einem perfekten Bogen auf unserer Terrasse. Ich schiebe die Glastür auf, ziehe sie hinter uns zu und lege Kat auf die neue Couch, die selbst ich bisher noch nicht gesehen habe. Die Inneneinrichterin scheint ihr Versprechen gehalten zu haben. Ich brauche ein paar Minuten, um eine Matratze in den Schutzraum zu schleifen und sie mit Bettwäsche zu beziehen. Ich schüttle ein paar Kissen auf, werfe die Bettdecke darüber und drehe mich langsam im Kreis, um den spärlich ausgestatteten Raum zu betrachten. Perfekt.

Als ich zu Kat zurückkomme, strahlen die Ränder der Berggipfel im Osten vor dem sonst grauen Himmel sanft rosa und orange. Ich hocke mich neben sie. Eine Gänsehaut breitet sich auf meinem Rücken aus, als ich eine Strähne ihres dunkelbraunen Haares hinter ihr Ohr schiebe. Meine Brust verkrampft sich bei ihrem Anblick. Sie ist blutverschmiert. Ich hatte noch keine Zeit, sie zu waschen und neu anzuziehen. Ich schaue erneut den Himmel an. Zwanzig Minuten bis zum Sonnenaufgang. Die Lethargie hat meine Glieder bereits ergriffen und lässt mich schwer fühlen. Ich kann es nicht riskieren.

„Komm, Liebes", murmele ich und hebe sie hoch. Ich rieche an ihrem Haar und drücke meine Nase an ihre Stirn. Sie ist ein wenig kühl, aber es ist immer noch ein Hauch von Wärme übrig. Ich werde ihre Menschlichkeit vermissen. Und habe Angst davor, wie ihr Vampir sein wird. Ihr Tod war traumatisch und sie erlebte ihre letzten Momente in Angst und Schrecken. Ich weiß nicht, wie sich das auf sie auswirken wird, aber ich werde hier sein. Ich habe es selbst durchlebt und durchgestanden. Ich werde ihr alles beibringen.

Wir haben für immer Zeit.

Kat

Etwas zerrt an mir, dort wo meine Brust sein sollte. Ich bin nichts als Bewusstsein. Ich habe keinen Körper. Zuerst denke ich, es ist der Wirbel, der mich in sich zieht, aber dann bewege ich mich daran vorbei und fliege.

Schmerz trifft mich wie eine Dampfwalze und ich schreie auf. Der Widerhall aus meiner eigenen Kehle schallt zu mir zurück und zerreißt mir die Trommelfelle.

Ich schlage mir die Hände über die Ohren und balle sie dann schockiert zu Fäusten. Ich habe Hände? Es gibt Hände? Alles ist immer noch schwarz, aber neben mir ist ein Rascheln zu hören, das meinen ganzen Kopf in Beschlag nimmt. Eine Hand auf meiner Wange. Ich schnappe nach Luft und bewege mich. Plötzlich bin ich auf meinen Füßen und schlage gegen etwas Flaches und Hartes. Eine Wand.

Zähne. Reißzähne. Schmerz.

Bass, der meine Kehle zerreißt. Sterben. Ich bin gestorben! Wo bin ich?

„Kat."

Lou? Wie kann Lou denn hier sein? Ich hatte meinen Bruder erwartet, auf ihn gehofft, vielleicht auch auf meine Großeltern, die alle verstorben sind.

Lou ist auch tot. Er ist ein Vampir. Vielleicht kann er hier sein?

„Öffne deine Augen, Kat."

Mir wird bewusst, dass ich, wenn ich Hände habe, möglicherweise auch Augen haben könnte. Also versuche ich vorsichtig, sie zu öffnen. Es ist dunkel. Ich weiß, dass es dunkel ist, weil das Licht komisch ist. Es ist seltsam, wie ein dunkles Licht, das ich noch nie zuvor gesehen habe.

Vor mir steht der schönste Anblick, den ich je gesehen habe. Mein süßer Vampir, mein wahnsinnig sturer, kluger, neugieriger Vampir. Ich greife nach ihm und lege meine Hand auf seine Brust.

„Wie kannst du überhaupt hier sein?"

Ich habe Stimmbänder! Ein Bonus!

„Du bist wach! Endlich. Ich war mir nicht sicher. Du hast den ganzen Tag durchgeschlafen. Dann bist du fast die ganze Nacht nicht aufgewacht. Wir haben nur noch drei Stunden bis zum Morgengrauen."

Ich schüttele den Kopf und schaue mich in dem kleinen Zimmer um, bevor ich meinen Körper abtaste. „Was meinst du mit wach?"

Ich halte inne. Meine Gedanken sind plötzlich leer. Alles ist absolut still. Völlig und vollständig still. Ich atme nicht und es gibt in diesem Raum keine schlagenden Herzen. Ich drücke meine Hand auf meine Brust und ein Blitz der Angst schießt durch mich hindurch. Dann verengt sich meine Kehle und ich umklammere sie.

„Was stimmt mit mir nicht?"

„Kat." Er nimmt meine Hände in seine und drückt sie. „Du wurdest verwandelt."

„Was meinst du damit? Verwandelt?"

Er atmet ein und atmet aus. Er atmet. Ich atme nicht. Ich atme ein, um es zu probieren, aber es tut nichts für mich. Es füllt meine Lungen, ist aber so, als bräuchte ich es nicht. Die Erkenntnis dämmert mir nicht Stück für Stück. Das Wissen überkommt mich nicht mit Gnade. Es trifft mich erbarmungslos mit voller Kraft und ich sinke mit einem Wimmern auf die Knie.

„Ich wurde verwandelt?" Ich berühre meine Zähne. Sie sind stumpf und fühlen sich normal an. „Ich dachte, er hätte mich getötet? Ich bin mir sicher, dass er mich getötet hat. Er sagte ... ich wäre eine Botschaft. Er war ... Lou! Er war der Vampir aus der Gasse!"

Lous Blick verdunkelt sich und er beißt den Kiefer zusammen. „Das ist mir jetzt klar. Wir haben dich gefunden.

Ich … habe den Schöpfungsvorgang abgeschlossen. Es tut mir so leid, dass du da hineingeraten bist.“

„Du? Ich dachte, du wolltest nicht …“ Ich umklammere meine Kehle und versuche, den Schmerz hinunterzuschlucken. „Was stimmt mit mir nicht?“

Lou greift nach etwas neben der Matratze. Ich weiß, dass er schnell ist und für das menschliche Auge nur ein verschwommener Fleck wäre, aber ich sehe jede seiner Bewegungen. Er streckt mir einen Krankenhaus-Blutbeutel entgegen. „Du hast Durst. Das ist normal. So muss es sein. Du musst etwas trinken.“

Ich greife danach und drehe den weichen Plastikbeutel in meinen Händen. „Blut?“

Mit einem Zucken zeigt er auf den Beutel. „Ich werde mit dir hinausgehen, aber das war alles, was wir so kurzfristig arrangieren konnten.“

Ich starre mit Schrecken auf den Beutel und greife entsetzt zu meinen Lippen hinauf. Mein Zahnfleisch tut weh und plötzlich füllt etwas den Raum zwischen meiner Unterlippe und der Zahnreihe aus. Ich öffne den Mund und ziehe einen Finger darüber. Ich kann die beiden länglichen Eckzähne spüren. „Oh mein Gott“, flüstere ich. Ich starre Lou an, dann auf den Beutel und hebe ihn an meine Nase. Ich rieche daran. Er stinkt nach Plastik und ein wenig nach etwas anderem. Nach etwas verlockend Essbarem, etwas, wovon meine Kehle noch mehr schmerzt und anfängt zu brennen. Es passiert wie von selbst. Ich versenke meine Reißzähne in dem Beutel und sauge. Es ist kalt, es ist ekelhaft und himmlisch zugleich. Es schmeckt nach nichts, das ich zuordnen könnte. Es ist wie alle unglaublich wundervollen Dingen gleichzeitig, die ich jemals in meinem Leben gekostet habe. Alles zusammengemischt in eine einzige, lebensspendende Substanz. Ich knurre. Ich *knurre!* Dann ist der Beutel leer, aber ich bin noch nicht satt.

Meine Augen füllen sich mit Tränen, als ich den Beutel auf den Boden werfe und mit den Füßen aufstampfen will. „Ich brauche mehr!"

Lou lacht. „Wir machen einen kurzen Abstecher nach draußen. Aber du wirst tun, was ich dir sage."

Ich greife mir an den Kopf. „Ich glaube, ich werde verrückt. Da sind Geräusche! Ich höre ein Rauschen. Vögel. Wenn du dich bewegst, schmerzt das Rascheln deiner Kleidung in meinen Ohren."

„Ich lag wochenlang in einem Grab. Jede Nacht habe ich den Geräuschen des Waldes gelauscht. Ich hörte, wie sich die Würmer im Boden bewegten, das schleichende Rascheln von Mäusen, die über Farne rannten. Du wirst lernen, alles zu unterscheiden. Du wirst lernen, es nach Belieben ein- und auszublenden. Komm."

„Wo sind wir überhaupt?"

„Wir sind in unserem Schutzraum, in unserer Wohnung. Wir brauchen sichere Orte zum Schlafen. Immer. Weißt du noch, wie ich tagsüber geradezu bewusstlos bin? Zu dieser Zeit sind wir am verwundbarsten. Wenn uns jemand pfählen oder enthaupten wollte, und in die Sonne ziehen oder in Brand stecken wollte …"

Lou tippt eine Zahlenkombination in eine Konsole ein und ein Teil der Wand gleitet zur Seite.

„So unsterblich sind wir wohl doch nicht", sage ich.

Er neigt den Kopf, geht durch die Öffnung hinaus und fordert mich auf, ihm zu folgen. „Wir sind verdammt gut darin, eine sehr lange Zeit zu leben. Es sei denn, jemand, der stärker ist als wir, hegt einen Groll."

„So wie es jemand gegen dich tut?"

Er knurrt. „Darum werde ich mich noch kümmern."

Ich folge ihm ins Wohnzimmer und bleibe völlig überwältigt stehen. Ich sehe alles. Ich sehe die ganze Strecke bis zum Horizont. Ich weiß, dass es Nacht ist. Es gibt keine Sonne, keine Schatten, aber ich sehe alles. Ich greife nach seiner Hand und halte sie fest. „Lou! Es ist wunderschön. Oh mein Gott!"

Er hebt meine Hand zu seinen Lippen und drückt einen Kuss auf meinen Handrücken. Die Berührung seiner Lippen auf meiner Haut sendet eine Hitzewelle durch mich hindurch.

„Es gibt so vieles, was ich dir zeigen möchte!"

Ich keuche, als mich ein plötzlicher Rausch überkommt, ein dringendes Bedürfnis, ihn zu spüren. Dann liege ich in seinen Armen, werfe mich auf ihn, drücke ihn auf eine Couch und zerreiße sein Hemd. Lou stöhnt und zerreißt mein Kleid. Ich schüttle es ab und schiebe meine Hände unter sein Hemd, über seinen straffen Bauch und durch seine Brustbehaarung. Jede einzelne Strähne kitzelt meine Handflächen. Er ist nicht kalt. Er ist heiß. Wir haben die gleiche Temperatur. „Raus aus dem Ding", knurre ich. „Und aus der hier auch!" Ich lehne mich ein wenig zurück, öffne seinen Gürtel, reiße den Reißverschluss auf und zerre an seiner Hose. Er ist steinhart und meine Muschi schmerzt genauso wie meine Kehle. Lou steigt aus seiner Hose, während ich immer noch auf ihm bin, und beißt durch meinen BH, um meine Brüste zu befreien. Ich ziehe seinen Schwanz heraus, lang und dick, gerippt, genau wie für mich gemacht. Ich atme und mein Herz schlägt in meiner Brust. Ich halte einen Moment inne, während seine Schwanzspitze an meinem Eingang ruht, und drücke mir eine Hand auf die Brust. Ich starre ihn an.

„Es schlägt manchmal, Baby. Wenn du starke Emotionen verspürst. Angst. Lust. Hass."

Ich lausche. In diesem Raum schlagen zwei Herzen. Ein Grinsen breitet sich auf meinen Lippen aus. „Hast du Angst?"

Lou packt meine Hüfte und reißt mich auf sich hinunter. Er füllt mich ganz. Es schmerzt auf so gute Weise und kribbelt in meinem ganzen Körper. Mein Geist schwebt durch den Weltraum und wieder zurück.

„Nein", knurrt er.

Keuchend hebe und senke ich mich auf ihn herab. Noch einmal. Und noch mal. Ich beschleunige das Tempo. „Oh mein Gott", stöhne ich. Ich bin stark. Meine Schenkel zittern nicht. Ich beuge mich vor und lecke seine Brustwarze, dann die andere, fange seinen Mund ein, umkreise seine Reißzähne mit der Zunge, steche mich daran und schmecke mein eigenes Blut. „Gott!" Ich lasse die Hüfte kreisen und bewege mich schneller und härter.

„Fuck!" Lou packt mein Haar und zieht meinen Kopf zurück. Er knabbert an meinem Hals, ohne die Haut zu verletzen.

Ich sehne mich danach, dass er von mir trinkt. Dann wird mir bewusst, dass ich in dieser Abteilung für ihn nicht mehr von Nutzen bin. Für einen kurzen Moment verspüre ich Reue, aber dann drehe ich mich und reiße ihn mit mir. Ich ziehe ihn auf mich.

Er stößt zu, hart, unmenschlich hart. Er ist jetzt nicht mehr vorsichtig. Er braucht es nicht mehr zu sein.

„Wird mir …", ich keuche, „… dein Spanking …", ich wimmere, als die Hitze in mir aufsteigt und es sich so anfühlt, als hätte jemand Säure in meine Venen geschüttet. Alles brennt und es ist köstlich, „… noch immer gefallen?"

Im nächsten Augenblick rollt sich Lou von mir ab, zieht mich hoch und drückt mich über sein Knie. Er schlägt fester zu als je zuvor und sendet eine Schockwelle des Schmerzes durch mich hindurch. Sie wandelt sich sofort in Lust und ich winde mich auf seinem Schoß.

„Ich weiß es nicht. Gefällt es dir?" Er schlägt mich wieder

und wieder.

So war es nie, als ich noch ein Mensch war. Es brennt, aber es schmerzt hinterher nicht. Mein Inneres glüht und lässt meine Muschi zucken. Er zieht mich hoch und auf meine Füße und zwingt mich, mich rückwärts auf seinen Schoß zu setzen. Dann drückt er mich nach vorn. Ich stütze mich auf dem Tisch ab und strecke meinen Hintern direkt vor seinem Gesicht nach oben.

Ein langes, gemächliches Lecken über meinen Schlitz lässt mich erschaudern. Er schiebt einen Finger in meine Muschi und einen weiteren in meinen Arsch, während er mit unnachgiebiger Zunge meine Klitoris umkreist. Ich glaube, mein Geist verlässt meinen Körper, als ich um seine Finger zucke und meinen Orgasmus herausbrülle. Er scheint nie zu enden und jede seiner Bewegungen löst neue erdbebenhafte, tiefe Zuckungen aus. Ich heule und wimmere. Er zieht seine Hand weg und drängt sich hinter mich. Dann stößt er mit seinem Schwanz tief in mich hinein. Ich stürze auf den Tisch und er folgt mir. Er fickt mich wie nie zuvor, roh, brutal, verzweifelt.

Als er kommt und meinen Namen brüllt, spüre ich jeden heißen Spritzer seines Samens, jedes Pulsieren und jede Welle seiner Erlösung, die mich trifft und einen weiteren Orgasmus ausgelöst.

Schließlich verharren wir. Der Tisch ist zerbrochen und wir liegen auf dem Boden zwischen den Splittern. Ich lache und weine zugleich.

„Ich bin so emotional. So etwas habe ich noch nie gefühlt!"

„Dann hat dir das Spanking also immer noch gefallen?"

Ich stöhne. „Erwähne es bloß nicht. Sonst will ich gleich noch mal von vorn anfangen."

Lou bewegt sich in mir, langsam, neckisch. „Wir haben

alle Zeit der Welt. Ich werde dich in jedem Land auf der ganzen Welt vögeln, auf Berggipfeln, in der Wüste, in den Tiefen des Ozeans, aber jetzt, meine Liebe, haben wir nur noch zwei Stunden, bevor die Sonne aufgeht. Wir werden trinken und schlafen und wenn wir wieder aufwachen, werde ich dir beibringen, wie du dein neues Leben meistern kannst."

„*Le petite mort*", sage ich.

„Der kleine Tod?"

Ich wiege meinen Hintern an seiner Hüfte und lasse ihn aufstöhnen. „Ich glaube, ich bin gerade etwa eine Million Mal gestorben."

Lou lacht und entzieht sich mir, bevor er mir seine Hand entgegenstreckt.

„Komm."

KAPITEL 18

*L*ou

Nach einer schnellen Dusche und einer weiteren, sehr schnellen Nummer sind wir frisch und auf der Jagd. Ich habe schreckliche Angst davor, wie Kat als Vampir sein könnte. Ihre Zukunft steht noch in den Sternen. Ich habe keine Ahnung, wie blutrünstig sie sein wird, ob sie verschwinden wird oder ob ich in der Lage sein werde, sie in Schach zu halten. Ich möchte ihr helfen, keine Menschen zu töten. Es liegt in unserer Natur, so lange zu trinken, bis das Herz aufhört zu schlagen. Und es braucht Kraft und Erfahrung, um rechtzeitig aufzuhören und nur ein wenig zu nehmen. Sie kann noch niemanden bezirzen, zumindest nicht, ohne den Geist zu schädigen. Und damit sie keine Spur von Menschen hinterlässt, die sich an eine wildgewordene Frau erinnern, die ihnen in den Hals gebissen hat, muss ich an ihrer Seite bleiben.

Barfuß und nur mit einem weißen Hemd bekleidet, das ihr bis knapp über die Knie reicht, eilt sie auf die Terrasse. Mein Schwanz zuckt. Ich weiß zufällig, dass sie auch keine Unterwäsche trägt. Sie ist wie ein wildes Tier, neugeboren, aufgewühlt, berauscht. Noch eine Stunde und fünfundzwanzig Minuten bis zum Sonnenaufgang. Der Fluch der Sonne kennt keine Gnade. Sie noch einmal zu vögeln kommt nicht infrage und ich kämpfte gegen den Drang an, sie unter mir festzunageln und den störenden Stoff abzureißen.

„Ich will springen! Kann ich springen?"

Sofort bin ich an ihrer Seite. „*Nein!* Du brichst dir jeden Knochen in deinem Körper."

„Warum? *Du* springst."

„Ich kann das, weil ich alt bin. Komm." Ich nehme sie in die Arme und schwelge in der Tatsache, dass sie sich immer noch wie sie selbst anfühlt. Dann geht es los, wir fallen. Kat quietscht. Ihre Freude ist ansteckend und bringt mich zum Lachen.

Sobald wir auf dem Boden aufschlagen, schnüffelt sie in der Luft und rennt los. Ich halte mit Leichtigkeit mit ihrem Tempo mit.

„Kann mein Blut heilen?"

„Ich glaube nicht. Noch nicht."

„Ich bin stark, nicht wahr?"

„Sehr stark."

„Wenn ich also nachts allein unterwegs bin …"

„Kein Mensch kann dir je wieder etwas antun."

„Oh mein Gott, das ist fantastisch. Weißt du eigentlich, wie es für eine Frau hier draußen ist? Ich kann eine Rächerin sein! Ich kann alle beschützen!"

Ich lächle. „Vielleicht nicht jeden überall, aber ich bin froh, dass du deinen Willen, Gutes zu tun, nicht verloren hast."

„Warum sollte ich – Oh. *Oh!* Riechst du das?" Sie bleibt stehen und schnüffelt, biegt nach rechts ab und rennt über eine befahrene Straße, ohne auf die Wagen zu achten. Zum Glück können sie sie wahrscheinlich noch nicht einmal sehen.

Sie bleibt vor einer sehr müde wirkenden Frau stehen, die so aussieht, als wäre sie gerade erst aufgewacht. Wahrscheinlich ist sie auf dem Weg zu einer Frühschicht. Die Frau bleibt stehen und starrt. Ihr Mund klappt auf.

„Schreien Sie nicht", sage ich und schaue ihr tief in die Augen. „Kommen Sie."

Kat starrt sie an. Ihr Blick ist durstig. Wir bewegen uns in den Schatten und hinter einen Müllcontainer, wo Kat nach dem Kopf der Frau greift und ihren heißen Hals seitlich entblößt. Ich höre das leise Herabgleiten ihrer Reißzähne und schon versenkt sie sie im weichen Fleisch der menschlichen Frau. Sie saugt, schluckt und stöhnt. Ich achte auf das Tempo ihres Pulses, schnell vor Angst, aber stark. Sie kann ohne Folgen einen halben Liter verlieren. Ein Liter würde sie schwächen. Zwei Liter und sie wäre krankenhausreif. Kat verliert sich in der Herrlichkeit frischen Blutes. Ihre *erste* Mahlzeit. Ich werde ihr zeigen müssen, wie man es versüßt. Wenn die Zeit reif ist. Sie wird nie wieder mein Süßblut sein, aber beim Gedanken mit ihr zusammen zu spielen, sie und ich, und ein Mensch zum Trinken, regt sich etwas in mir. Der Gedanke erregt mich unendlich. Ich schaue an ihrem Körper auf und ab und bin mir schmerzlich bewusst, dass ich einfach ihren Rock hochschieben und sie nehmen könnte, während sie noch immer heißes Blut trinkt, frisch aus der Ader.

Apropos. Das ist genug.

„Kat. Stopp."

Natürlich hört sie nicht. Sie schwelgt in Glückseligkeit und ist verloren im Geschmack. Ich bin stärker. „Kat. Du willst sie nicht töten." Keine Reaktion. Ich reiße sie von der Frau weg. Im nächsten Moment halte ich einen knurrenden Vampir an meiner Brust fest und beiße mir ins Handgelenk, um die menschliche Frau mit ein paar Tropfen meines Blutes zu heilen, indem ich meinen Arm ein paarmal über ihre Haut reibe.

„Gehen Sie jetzt. Vergessen Sie uns."

Ihre weit aufgerissenen, angsterfüllten Augen werden leer, dann dreht sie sich um und verschwindet um die Ecke. Sie weiß nichts mehr.

„Warum?", knurrt Kat.

Ich blicke in Richtung Himmel, der sich zu einem helleren Grau wandelt. „Ich werde dir niemals erlauben, beim Trinken zu töten. Hast du das verstanden?"

Sie stöhnt. „Aber ich wollte es!" Dann reißt sie die Augen weit auf und schlägt sich die Hand vor den Mund. „Warum wollte ich es? Ich will niemanden töten." Sie taumelt. „Ich bin so müde. Alles ist so verwirrend, Lou."

Ich hebe sie in meine Arme und springe, renne und fliege fast durch die Stadt. In letzter Zeit fange ich an, mich zu fragen, ob ich eines Tages tatsächlich fliegen werde. Es scheint fast so. Kat starrt staunend in den Himmel.

„Alles ist so wunderschön."

Ich verziehe das Gesicht. „Ja. Ganz ähnlich wie ein Dschungelfrosch. Wunderschön und tödlich." Das Morgengrauen ist zu nah. Jeder Knochen in meinem Körper schmerzt, weil ich schlafen muss. Ich will nicht, dass Kat bereits am ersten Tag ihrer neuen Existenz verbrennt. Der letzte Sprung ist der schwerste meines Lebens. Mein Körper brennt vor Erschöpfung. „Geh dort hinein", knurre ich. Ich schiebe sie vor mir her, knalle die Sicherheitstür hinter uns zu und falle auf die Matratze. Kat folgt mir.

„Wie fühlt sich das Schlafen an?"

„Das wirst du schon sehen", lalle ich.

„Ich bin so scharf." Sie schlingt ihre Arme um meinen Hals und drückt ihren weichen Körper eng an meinen. Nicht länger heiß und menschlich, aber immer noch genau wie Kat.

„Alles kribbelt. Wenn ich aufwache, werde ich dich wieder nehmen."

Die Müdigkeit nähert sich schnell, aber mir gelingt ein Lächeln, als ich sie an mich ziehe. „Ich werde dich beim Wort nehmen."

~

ALS ICH ZU MIR KOMME, steht die Sicherheitstür offen und der Raum ist leer. Ich springe auf die Füße und eile ins Wohnzimmer hinaus. Sie sitzt auf dem Geländer der Terrasse und baumelt mit den Füßen über dem Abgrund.

„Warum wolltest du mich nicht verwandeln?", fragt sie und starrt noch immer auf die Stadt unter uns. Ihre Stimme ist verändert, getrübt.

Ich trete an ihre Seite und Sorge schnürt mir die Kehle zu. Wenn sie fällt, wird sie zwar heilen, aber sie wird dieselben Schmerzen empfinden wie jeder Mensch. Es wäre ein furchtbares Desaster.

„Du weißt, warum."

„Ich verstehe nicht, warum du das so schrecklich findest. Sieh dich doch einmal um …" Sie zeigt auf die Berge und die entfernte Wüste. „Es ist wunderschön."

„Du wirst für den Rest deines Lebens mit Blutlust leben. Du wirst die Sonne nie wiedersehen. Du wirst alle, die dir jemals etwas bedeutet haben, verwelken und sterben sehen."

„Und ich werde nicht mehr dein Süßblut sein."

„Darum ging es nicht."

Sie reißt den Kopf herum, um mich anzusehen. „Ach wirklich? Denn ich kann nichts Schlimmes daran sehen. Ich bin stark. Ich fühle mich gesünder als je zuvor. Mit der Zeit werde ich ein paar mysteriöse, magische Eigenschaften bekommen. Ich kann immer noch als Ärztin arbeiten, meine

Eltern besuchen … ich kann alles machen und du willst mich nur einschränken."

„Du kannst *nicht* als Ärztin arbeiten, Kat! Du wirst deine Patienten aussaugen!"

„Fick dich", speit sie. Und dann springt sie.

Meine Welt überschlägt sich. Ich höre einen Schrei, einen Aufschlag, dann springe ich, falle und lande an ihrer Seite. Zuerst liegt sie ganz ruhig da. Sie sieht ganz aus, aber ich habe Angst, sie umzudrehen. Ein schwaches Stöhnen wandelt sich zu einem leisen Heulen der Qual. Ich kneife die Augen zu und beiße die Zähne zusammen, als ich tief durchatme. Ich hebe ihren schwer gebrochenen Körper hoch und drücke ihr Gesicht an meine Brust, damit ihr zunehmendes Wehklagen nicht zu hören ist. Im nächsten Augenblick springe ich hoch und lege sie auf die Matratze. Sie sieht mich an, sagt aber nichts … und mir fehlen die Worte. Ihre Qual brennt in mir.

Ich tippe auf die Sicherheitskonsole, ändere die Kombination für die Tür, schließe sie hinter mir und mache mich auf den Weg zu Club Toxic. Ich werde Blut brauchen. Sehr viel Blut. Die Sonne ist in Kats zweiter Nacht als Vampir erst vor etwa einer halben Stunde untergegangen und es gibt bereits eine Katastrophe. Der Eingang zum Club ist verlassen, aber die Tür steht offen. Ich kann mich an niemand anderen wenden. Ich könnte die Menschen in einer Blutbank im Krankenhaus bezirzen, aber das würde viel länger dauern.

Augustus kommt aus dem oberen, offiziellen Teil des Nachtklubs gestürmt. „Wir sind geschlossen … Oh, hey Mann. Scheiße. Ich habe es gehört. Tut mir leid. Das hätte nicht passieren dürfen."

Ich bin ganz seiner Meinung, aber was geschehen ist, ist geschehen.

„Ich brauche Blut. Sie ist verletzt. Ich werde euch nicht wieder belästigen, aber jetzt brauche ich es. Bitte."

„Es ist das Mindeste, was ich tun kann …“

Wir steigen ins Verlies hinab. Die Erinnerungen an den Albtraum von neulich Nacht stürzen mit voller Wucht auf mich ein und rauben mir die Luft. Ich starre auf die Stelle, an der ich den schäbigen Menschen und den monströsen Vampir getötet habe. Es gibt keine Spur mehr von dem, was geschehen ist, aber der Geruch von Kats Blut hängt noch immer in der Luft. Ihr letztes *menschliches* Blut. Mein Magen zieht sich schmerzlich zusammen.

Warum hat sie nicht mit mir gesprochen? Hat sie mir nicht vertraut? Vielleicht bin ich nicht fair, aber ich kann die Welle der Eifersucht nicht kontrollieren, die durch mich strömt und meine Gedanken schwärzt. Sie überließ ihr Leben einem anderen Mann. Er nahm ihr die Menschlichkeit und sie ging freiwillig mit ihm mit. Sie wollte sterben und verwandelt werden, aber sie ist nicht zu mir gekommen. Ich kämpfe gegen die Wut, die Frustration und die Angst an. Die letzten Tage haben mich völlig durcheinandergebracht und meine Emotionen verwüsten mein gesamtes Wesen.

Wenn irgendjemand die letzten Momente ihrer Existenz hätte auskosten sollen, dann wäre ich es gewesen. Ich hätte es schmerzlos für sie gemacht und sie mit Liebe und Fürsorge verwandelt.

Augustus steht vor mir. Ich weiß nicht, wie lange er mich schon beobachtet hat. Er streckt mir eine Sporttasche entgegen. „Das ist alles, was ich dir so kurzfristig geben kann.“ Er sieht mir in die Augen und schweigt. Schließlich sagt er: „Ich beneide dich nicht. Ach übrigens. Selene hat sich nach Baton Rouge aufgemacht.“

Ich zucke überrascht und kneife die Augen zusammen. „Nach Louisiana. Warum?“

„Sie mag deine Gefährtin. Sie und Lucius sind wütend, dass es direkt vor ihrer Nase passiert ist.“

„Sie ist allein dort hingegangen?"

„Selene ist stark. Und motiviert. Wenn irgendjemand in Soleros Hof gelangen und ihn ausschalten kann, dann sie."

„Er hat schon früher Attentatsversuche überlebt."

Augustus lässt die Tasche auf seinem Zeigefinger baumeln und antwortet nicht.

„Aber er ist noch nie auf Selene gestoßen", schlussfolgere ich und greife nach der Tasche. Es ist wahr. Die Kraft, die sie ausstrahlt, ist überwältigend und eine, die ich so noch nie zuvor gesehen habe. Kein Wunder, dass sie Lucius verzaubert hat. Ich denke an Kat und spüre die Sehnsucht in meiner Brust zerren. Ich habe auch noch nie jemanden wie sie getroffen. Warmherzig, fröhlich, klug, neugierig.

Und die *Meine*.

Dem wahnsinnigen König zu entfliehen war vielleicht das Beste, was mir je passiert ist. Nach all diesen Jahren.

„Geh zu deiner Frau. Kümmere dich um sie."

Ich werfe einen letzten dunklen Blick auf die Tür des Raumes, auf dessen Fußboden Kat starb. In dem Club, in dem wir so viel Zeit verbracht haben. Ich möchte am liebsten schreien, stürze mich jedoch die Treppe hinauf und entfliehe in die Nacht. Ich laufe in die Wüste und lasse meinen Qualen freien Lauf. Ich brülle zu den Sternen und beschwere mich über die Ungerechtigkeit der wankelmütigen Götter. Wenn ein Vampir an einem gebrochenen Herzen sterben könnte, würde ich augenblicklich zu Asche verfallen. Ich erwäge es, es auszusitzen und einfach bis zum Morgengrauen weiterzulaufen, bis es zu spät ist, umzukehren, aber ich werde sie nicht im Stich lassen. Ich werde ihr helfen, zu heilen. Es war egoistisch von mir, sie aus ihrem Leben zu reißen. Ich hätte das Risiko eingehen können, dass sie nicht über das gesprochen hätte, was sie gesehen hat. Ich hätte ihrem Verstand nur ein ganz kleinen Stups geben können, damit sie die Reißzähne vergisst und Zweifel daran gehabt hätte, dass mein Herz wie aus dem Nichts plötzlich zu schlagen begann.

Aber ich habe es nicht getan. Sie hat den höchsten Preis gezahlt.

Ein Ruck in meinem Herzen lässt mich innehalten und eine Staubwolke wirbelt um meine Füße herum auf. Sie ruft nach mir. Ich höre sie aus kilometerweiter Entfernung. Wir sind durch Blut miteinander verbunden. Es war mir so nicht bewusst, aber ich habe sie erschaffen. Obwohl ich sie nicht getötet habe, gehört sie trotzdem mir.

Bei der Erkenntnis, dass es Bass gewesen sein könnte, möchte ich mich am liebsten übergeben. Sie hätte Bass' Schöpfung werden können. Ich drehe mich um und laufe zurück. Schneller denn je, denn sie hat Schmerzen. Große Schmerzen. Ihre Qualen bringen mich um den Verstand und treiben Tränen in meine Augen. Ich tippe die Kombination ein und eile an ihre Seite, während ich gleichzeitig den Reißverschluss der Tasche öffne.

Sie ist nicht wiederzuerkennen. Ihre Haut ist geprellt, der Körper zerfleischt und die Gliedmaßen deformiert. Sie werden wieder zusammenwachsen und ich muss ihre Position nicht korrigieren, aber der Anblick ist abscheulich. Sie öffnet ein Auge so weit, wie sie es durch die Schwellung bewältigen kann.

„Du hattest recht", flüstert sie.

„Mm-hmm." Ich knirsche mit den Zähnen und halte einen Blutbeutel hoch. „Reißzähne raus."

Sie öffnet die Lippen, aber es passiert nichts. „Ich habe vergessen, wie."

„Meine Güte. Nein, das hast du nicht." Ich reiße den Beutel mit meinen eigenen Zähnen auf und hebe ihn an ihre Lippen. Dann höre ich ihr beim Schlucken zu.

Ihre Augen tränen und sie beugt sich zur Seite. „Es tut

weh … zu schlucken." Blut tropft über ihr Kinn und an ihrem Hals hinunter. Sie verschwendet wertvolle Tropfen.

„Das ist mir egal. Trink. Es wird sonst noch viel länger wehtun."

Tränen fließen an ihren Schläfen hinunter, aber sie gehorcht. Ich seufze vor Erleichterung, als ihre Reißzähne herausbrechen. Es ist ein winziges Zeichen, aber trotzdem ein Zeichen der Heilung. Verdammte, widerspenstige, störrische Frau.

Ich verbringe die nächsten Nächte an ihrer Seite und beobachte, wie ihre Blutergüsse langsam blasser werden. Ich füttere sie und verfluche sie.

IN DER DRITTEN Nacht schlagen meine Instinkte Alarm und lassen ein Kribbeln durch meine Adern rauschen. Jemand ist hier. Ein Vampir. Ich lausche und warte.

„*Lou*. Komm raus, wo auch immer du dich versteckst. Ich kann dich aus einem Kilometer Entfernung riechen."

Ich seufze erleichtert auf. Es ist Selene.

Ich tippe die Kombination ein und verlasse den Sicherheitsraum, wobei ich darauf achte, ihn hinter mir abzuschließen. Ich gehe kein Risiko ein. Ich will nicht, dass Kat ihn verlässt und auch nicht, dass jemand hineingelangt.

Selene trägt ein enges, weißes Kleid und ihr langes, blasses Haar hängt über ihre Schultern herab. Es lässt sie fast verwildert aussehen. Sie riecht nach Mensch, nach süßem Blut, und erinnert mich daran, wie durstig ich bin.

„Das ist eine Verbesserung", sagt sie und sieht sich um.

Ich strecke die Arme aus und zeige auf die Couch. „Es wird meinen Bedürfnissen gerecht. Ich habe nichts, was ich dir anbieten kann. Alles Blut, das ich habe, ist für Kat. Es tut mir leid.“

Selene winkt ab. „Ich brauche nichts und habe davon gehört. War sie zufällig ein bisschen sauer auf dich?“

Ich verkrampfe mich. Ich fühle mich immer noch nicht wohl mit dem Thema meines Widerwillens, sie zum Vampir zu verwandeln.

Sie lacht. „Wie dem auch sei. Ich bin gekommen, um dich wissen zu lassen, dass ich das Louisiana-Problem für dich gelöst habe. Der König ist Asche und seine Anhänger kämpfen um den Thron. Es ist ein riesiges Durcheinander. Ich habe ein Kriegsgebiet zurückgelassen. Niemand wird dich wieder belästigen.“

„Das hättest du nicht tun müssen. Ich hätte ihn gern selbst ausgeschaltet.“

„Du musst dich um deine kleine Neugeborene kümmern. Sie braucht dich hier. Ich mag sie und außerdem hat es Spaß gemacht. Mein letzter guter Kampf ist schon lange her.“

„Hat Solero etwa gekämpft?“ Es fällt mir schwer, das zu glauben. Er war ein Feigling, der sich hinter seinen Schöpfungen und seinen Wandlerlakaien versteckte.

„Nicht wirklich“, sagt Selene und grinst. Sie lässt ihre Reißzähne aufblitzen. „Ich habe mich verwandelt und an seinen Wachen vorbeigeschlichen. Niemand hat in meine Richtung geschaut. Ich hatte auch keine Rede vorbereitet. Ich habe ihn einfach ausgeschaltet und ging auf demselben Weg wieder hinaus, auf dem ich gekommen war.“

„Ich weiß es zu schätzen“, sage ich. Und das tue ich wirklich. Irgendwann hätte ich mich selbst darum gekümmert, aber stets vorsichtig sein zu müssen, während ich Kat in die Unterwelt einführe, wäre, gelinde ausgedrückt, ablenkend gewesen.

Sie steht auf. „Lass dich mal wieder sehen, Lou. Ich weiß,

du bist unruhig und wirst nicht lange hierbleiben, aber wir werden immer hier sein. Komm uns besuchen."

Ich gebe Versprechen, von denen ich nicht weiß, ob ich sie einhalten werde, sehe ihr nach, als sie geht und kehre dann zurück an Kats Seite. Es ist der einzige Ort, an dem ich sein möchte.

~

„BIST DU SAUER AUF MICH?", fragt sie, als wir in der vierten Nacht aufwachen.

Ich habe meine Gefühle in diesen Nächten der Heilung vor ihr verschlossen. Ihren Schmerz zu spüren, als ob es mein eigener wäre, ihre Tränen und ihr Wehleiden, haben mein Herz verwüstet. Ich habe das Band zwischen uns mehr als einmal verflucht. Jede Zelle meines Körpers schreit vor heißem Durst. Ich habe ihr jeden Tropfen Blut gegeben und nichts für mich selbst genommen.

„Ich weiß nicht, was ich sagen soll. Warum zum Teufel bist du gesprungen?"

„Ich war wütend."

„Du hättest mich einfach schlagen können."

„Wenn ich dich geschlagen hätte, hätte ich dich angesprungen. Ich war wütend. Ich wollte nicht ficken."

Ich fahre mir mit der Hand durchs Haar und seufze. „Meine Güte, Weibsbild!"

Sie setzt sich mit einem Stöhnen auf und tastet ihren Körper ab. Dann sieht sie mich mit einem Funkeln in den Augen frech an. Ich spüre, wie ihre Erregung steigt. Sie ist völlig ungezähmt, aber ich bin nicht in der Stimmung, nicht nach allem, was passiert ist.

„Nein."

„Komm schon! Ich bin geheilt. Siehst du." Sie zieht sich

das Oberteil aus, entblößt ihren Oberkörper und ihre köstlichen, perfekt geformten Brüste. Mein Schwanz erwacht zum Leben.

„Nein", sage ich erneut und packe ihre Handgelenke, als sie nach mir greift. Ich sehe nur Bass vor mir, der seine Reißzähne in ihrer Kehle versenkt. Ihr fehlendes Vertrauen und ihr Verrat quälen mich so heiß, als hätte ich Fieber.

Kat reißt sich los, zieht sich das Oberteil wieder an und steht auf. „Was ist los?"

Ich erhebe mich, gebe die Kombination ein und gehe ins Wohnzimmer. Wir haben hier noch nicht einmal gewohnt.

„Lou?" Sie packt meinen Arm.

„Warum zum Teufel hast du dich von ihm anfassen lassen?"

„Ihm? Bass?" Sie beißt die Zähne zusammen. Ich sehe ihr in die Augen und warte. „Ich habe dich immer wieder gefragt. Du wolltest mich nicht verwandeln."

„Warum wolltest du unbedingt sterben?"

Sie wirbelt herum und stürmt durch den Raum. Sie bleibt am Fenster stehen, wo sie sich wieder zu mir umdreht. „Ich wollte mit dir zusammen sein. Warum ist das so schwer zu verstehen? Du hast dich geweigert, darüber zu sprechen. Du hast einfach immer wieder nein gesagt!"

„Warum hattest du es so eilig, Kat? Wir hätten Jahre zusammen verbringen können, uns kennenlernen, die Entscheidung gemeinsam treffen und sie reifen lassen können."

„Du wolltest doch nur mein Blut", schreit sie.

Ein roter Schleier der Wut lässt meine Sicht verschwimmen. Ich sprinte zu ihr, packe ihre Arme und starre von oben auf sie herab. „Wovon redest du denn? Du warst viel mehr als das und das weißt du!"

„Ich war?"

Ich erstarre. Ich will es zurücknehmen, aber es ist gesagt. Ich meinte sie als Menschen, aber so klang es nicht und sie interpretiert es auch nicht so.

„Fick dich, Lou! *Fick* dich! Ich will dich nie wiedersehen!" Sie bricht in Tränen aus, stürmt zur Terrasse und ändert ihre Richtung, als ihr zweifellos auffällt, dass es eine wirklich dumme Idee wäre, noch einmal zu springen. Sie verschwindet ohne ein weiteres Wort durch die Wohnungstür.

Ich bin fast geneigt, ihr nachzugehen. Ich würde sie mit Leichtigkeit einholen. Aber ich beiße die Zähne zusammen und zwinge mich, es nicht zu tun. Sie muss es rauslassen. Sie wird noch vor Tagesanbruch zurück sein. Sie kann sonst nirgendwohin. Wie es dann weitergeht, weiß ich nicht. Vampire, besonders Neugeborene, sind emotional und manchmal über alle Maßen stur. Sie wird zurückkommen, weil sie zurückkommen muss, aber ich kann sie nicht dazu zwingen, bei mir zu bleiben, wenn sie wirklich gehen will.

Ein leiser Aufschrei der Qual zerreißt meine Brust und wird immer lauter, bis mein Brüllen durch die Nacht hallt. All meine einsamen Jahre brechen erneut über mich herein und es fühlt sich so an, als ob sich ein Strudel öffnet, der mich ganz zu verschlingen droht.

Wenn ich falle – wenn ich sie verliere – werde ich meinen Weg zurück nie wieder finden.

KAPITEL 19

K^{at}

Ich bin so wütend und enttäuscht, dass ich schreien könnte. Ich stürze auf die Straße hinaus. Es ist immer noch früh. Die Luft ist kühl und ich bin barfuß und nur mit einem Hemd bekleidet. Ich knurre Passanten an, die mich anstarren.

„Vergiss mich", sage ich und sehe dem nächstbesten Typen in die Augen. Er blinzelt und sein Blick wird leer. Ein Schauder durchläuft mich. Ich habe keine Ahnung, was ich gerade gemacht habe. Ich weiß nicht, wer ich bin oder was ich kann. Ich weiß nur, dass ich ein Wirrwarr von Gefühlen bin und glaube, verrückt zu werden.

War.

„Du warst mehr als das."

War.

Ich schluchze laut, laufe den Bürgersteig entlang, über die Straße und husche zwischen den Autos hin und her.

Ich habe es für ihn getan. Seans Verrat versengt mein Inneres. Wie konnte er nur? Er war doch auch ein Mensch. Genau wie ich. Irgendwie verstehe ich Bass' Handlungen besser. Er ist, oder war – ich bezweifle, dass sie ihn weiterleben gelassen haben – ein Vampir. Und ich kenne die Verlockung jetzt, sich bis zum letzten Tropfen laben zu wollen. Ich habe es nur dieses eine Mal erlebt, aber es war unwiderstehlich. Und ich habe mich ihm selbst wie auf einem Silbertablett serviert. Er hat nur seine Chance genutzt. Für ihn war ich bedeutungslos, aber für Sean. Er soll zur Hölle fahren! Gott, ich hoffe dass er auch tot ist. Oder auch nicht. Ich will ihn selbst töten. Meine Reißzähne blitzen beim bloßen Gedanken daran auf. Ich will ihn aussaugen.

Ich heule den Nachthimmel an und laufe weiter, so schnell, dass Häuserblöcke verschwimmen. Ich überquere eine weitere Straße, springe und lache wie wahnsinnig, als ich es mit Leichtigkeit über ein Auto schaffe. Ich komme an beleuchteten Fenstern vorbei, hinter denen normale Menschen in ihrem normalen Leben zu Abend essen. Als ich den Rand der scheinbar endlosen Wüste erreiche, bleibe ich stehen. Winzige Tropfen treffen mein Gesicht, wandeln sich und werden zu einem leichten Nieselregen. Ich blicke zum Himmel auf und atme ein. Mir sollte kalt sein, das ist es aber nicht. Ich bin weder durstig, noch müde und meine Füße bewegen sich bereits kilometerweit über den Asphalt, ohne zu schmerzen.

So fühlt es sich also an?

Warum wollte Lou mir das verweigern? Warum wollte er, dass ich in meiner schwerfälligen menschlichen Form bleibe?

Weil seine eigene Verwandlung schlimm war, flüstert eine kleine Stimme. Weil er es seinem ärgsten Feind nicht wünschen würde. Er wollte mir nicht wehtun. Nun, am Ende hat er es doch getan. Er denkt, ich hätte ihn verraten, und ich spüre seinen Schmerz in mir. Es zerreißt mich. Selbst über die Distanz hinweg spüre ich ihn. Zuerst denke ich, dass ich halluzinierte und mir Dinge einbilde, aber dann merke ich, dass es wirklich so ist. Ich fühle ihn.

Er hat mir sein Blut gegeben. Er hat mir neues Leben geschenkt. Werde ich ihn für immer fühlen? Ich bleibe stehen, lausche, spüre. Sein Schmerz ist mein eigener und wenn ich dachte, dass meine verrückten Neugeborenen-Gefühle stark waren, dann sind sie nichts im Vergleich zur Trauer eines tausendjährigen Vampirs.

Ich spüre, dass er sich durch die Stadt bewegt. Und frage mich, ob er mich genauso stark fühlt. Plötzlich schmerzt meine Kehle und meine Reißzähne rauschen so schnell hinunter, dass ich aufschreie. Er trinkt! Ich bin kilometerweit von ihm entfernt, draußen in der Wüste, und er trinkt warmes Menschenblut, direkt aus einem Hals. Ich wirbele herum und sehe mich verzweifelt um. Er macht es mit Absicht, ich schwöre es. Er will mich necken, mich zu sich locken und mir zeigen, dass ich ihn brauche.

Nun, das kann er vergessen! Denn ich weiß, wohin ich gehen muss. Ich laufe wieder. Ich weiß, wo ich Blut finden kann, ohne das Leben von jemandem zu riskieren. Ich steuere auf das Krankenhaus zu, als mir mein durchnässtes, nur halb bekleidetes Äußeres einfällt. Ich bleibe vor einem Haus stehen, in dem eine Frau allein an einem Küchentisch sitzt. Bevor ich mich überhaupt bewusst dafür entschieden habe, stehe ich bereits vor der Tür und klopfe.

Sie zögert leicht, als sie mich von oben bis unten mustert. „Ja?“

Ich klappere mit den Zähnen und stottere etwas darüber, dass mir kalt ist. Ich bin mir nicht sicher, was ich sage, da mich der Puls ihrer Halsschlagader direkt unter der zarten Haut an ihrem Hals ablenkt.

„Ich … ich rufe die Polizei“, sagt sie.

Nicht sehr hilfreich. Ich ziehe an der Tür und versuche, an

ihr vorbeizugehen. Um hineinzugelangen, aber etwas hält mich auf. Ich kann die Schwelle nicht überschreiten. Ich versuche es noch einmal. Sie schreit etwas.

„Oh, stimmt", sage ich zu ihr und starre ihr in die Augen. „Lassen Sie mich rein."

Sie presst die Lippen zusammen und tritt zur Seite. Ich versuche es erneut, aber ich komme nicht vorbei. Die Erinnerung an Lou in meinem Apartment steigt in mir auf. Mist. Nun, gut für die Menschen, schätze ich. Auf der anderen Seite …

„Sagen Sie mir, dass ich eintreten soll."

„Treten Sie ein", sagt sie. Ihre Stimme ist leise, die Pupillen geweitet und der Blick verschwommen.

Ich versuche es noch einmal und *voilà!* „Sind Sie alleine?" Ich werde durstig. Wirklich durstig. Lou, dieser Mistkerl, trinkt schon wieder. Mein Magen tut weh und meine Kehle ist rau vor Durst. Scheiß auf ihn!

„Ja", sagt sie.

„Ich brauche eine Hose. Und eine Bluse." Ich starre auf meine nackten Füße. Ich brauche zwar keine Schuhe, aber ich werde weniger auffallen, wenn ich welche trage. „Schuhe."

„Ja", sagt sie atemlos.

Ich krümme mich und greife mir an den schmerzenden Magen. „Ich will Ihnen nicht wehtun", keuche ich. „Laufen Sie!"

Die Frau sprintet die Treppe hinauf und es dauert ewig. Die menschliche Geschwindigkeit ist unglaublich langsam. Schließlich kommt sie mit einem Arm voller Kleider wieder hinunter. Ihr Mund hängt offen und Speichel tropft von ihrer Lippe. Ich zucke zusammen. Das arme Ding. Ich habe keine Ahnung, wie man Menschen richtig bezirzt.

„Lassen Sie die Kleidung hier", stöhne ich. „Gehen Sie

nach oben und schließen Sie sich im Badezimmer ein. Kommen Sie nicht wieder hinunter, bevor ich weg bin."

Sie starrt mich mit leerem Blick an.

„Gehen Sie!", rufe ich. Sie wird blass und stolpert erneut die Treppe hinauf. Ich höre das Einrasten des Schlosses und wühle durch den Kleiderstapel. Ich ziehe mir die ersten Kleidungsstücke an, die mir in die Hände fallen. Gott, ich brauche Lou. Er muss unbedingt aufhören, zu trinken.

Ich will, dass er …

Ich brauche ihn einfach!

Ich war so wütend auf ihn. Ich glaube, er ist wütend auf mich, aber es ist mir egal. Er weiß, dass ich ihn spüre und er lockt mich an. Ich werde ihm die verdammte Kehle herausreißen. Als Mensch war ich nicht gewalttätig, aber ich habe keinerlei Kontrolle über die Wut, die in meiner Vampirseele tobt. Ich muss sie nur an der richtigen Kreatur auslassen oder ich werde meine Taten für den Rest meines Lebens bereuen.

Ich finde ihn in einer Gasse wieder, berauscht vom Blut mit geröteten Wangen. Seine Augen strahlen in der Dunkelheit. Er riecht nach seiner letzten Mahlzeit, süß und absolut köstlich. Seine markanten Züge stechen mehr ins Auge. Sein kantiger Kiefer unter den dunklen, kräftigen Stoppeln, die hohen Wangenknochen, die tiefbraunen Augen und das dichte, zerzauste Haar. Eifersucht durchströmt mich, wie ein glühend heißer Feuerhaken, der sich durch mein Herz bohrt. *Süßes* Blut.

„Hast du …?"

Er schüttelt den Kopf. „Ich habe ihn nur zu Tode erschreckt."

„Du hast doch nicht …"

„Nicht ohne dich."

Ich verpasse ihm eine Ohrfeige, sodass er zurücktaumelt. „Ich hasse dich!"

Er lacht.

„Du hast mich reingelegt!“

„Ich weiß.“

„Ich habe Durst!“

„Ich weiß.“

„Mistkerl.“

„Warum hast du das Krankenhaus nicht überfallen?“

„Ich habe es nicht dorthin geschafft“, murmele ich. „Ich war in einem unglücklichen Zustand von … Kleiderlosigkeit. Und wenn ich darüber nachdenke, finde ich es auch verdammt unethisch, gespendetes Blut aus dem Krankenhaus zu stehlen. Es ist aus einem bestimmten Grund dort und es gibt ohnehin schon immer einen Mangel.“

Er mustert mich und sein Blick wandert über meinen Körper. „Du befindest dich *immer noch* in einem unglücklichen Zustand von …“

„Halt die Klappe!“ Ich blicke auf mein hoffnungslos unpassendes Outfit hinunter und dann auf seinen teuren Anzug und Mantel, den gestreiften Schal um seinen Hals, die schwarzen, perfekt polierten Schuhe. „Ich hätte sie fast ausgesaugt.“

Er neigt den Kopf.

„Deine Schuld.“

Lou lacht und seine ernsten Gesichtszüge entspannen sich. „Aber du hast es nicht getan.“

„Ich bin Ärztin. Ich *töte* keine Menschen!“

Er antwortet nicht. Ich genieße seinen Anblick. Ich will ihm das hübsche Gesicht zerkratzen, ihn als den Meinen markieren, seine schicke Kleidung vom Leib reißen und ihn bis zum Morgengrauen ficken.

„Ich wollte, dass du es bist“, sage ich. „Derjenige, der mein menschliches Leben beendet.“

Lou tritt näher. Sein Herz schlägt und, Gott helfe mir,

meines schlägt ebenso. Es trommelt schneller, je näher er kommt.

„Ich weiß", sagt er.

„Es tut mir leid, dass ich nicht auf dich gewartet habe."

„Es tut mir leid, dass ich nicht zugehört habe. Ich dachte, du wärst noch nicht so weit. Ich habe dich nach meinen eigenen Erfahrungen beurteilt, aber du bist nicht ich. Du bist du selbst."

„Ich bin stärker, als du denkst."

„Definitiv." Er schlingt eine Hand um meinen Nacken und zieht seine Finger durch die Strähnen meines Haares.

Ich hätte nicht gedacht, dass es einem Vampir den Atem verschlagen kann, aber es fühlt sich so an. Wärme strömt durch meine Brust und in meinen Bauch. Seine Berührung ruft ein berauschendes, nassfeuchtes Gefühl zwischen meinen Beinen hervor.

„Du schummelst", keuche ich.

„Nun, du bist leicht zu haben, kleines Mädchen."

Ich versuche, die Hand zu heben, um ihn erneut zu ohrfeigen, aber er fängt sie blitzschnell ein. „Nennst du mich ein Flittchen?"

Lou zieht eine Augenbraue hoch. „Ich sage, dass ich nur das hier tun muss …" Er wirbelt mich herum und drückt meinen Rücken gegen seine Brust, während er meine Hände in einer seiner Hände hinter meinem Rücken festhält. Mit der freien Hand greift er nach meiner Brust und drückt fest zu. Ich winde mich und versuche, mich zu befreien, aber er ist viel stärker. Viel stärker. Mir wird bewusst, dass ich keine Ahnung hatte, wie stark Lou wirklich ist, denn er hatte es nicht zeigen können, als ich noch ein Mensch war. „Und das." Er schiebt seine Hand in die scheußliche Hose und zu meiner höschenlosen Muschi hinunter, die bereits heiß und geschwollen ist. Mit einem brutalen und plötzlichen Stoß rammt er seine Finger in mich hinein. Ich schreie vor Schmerzen auf, die sich sofort in glühendes Verlangen wandeln.

Er drückt seinen Mund an mein Ohr, während er mich weiter mit den Fingern fickt und flüstert: „Siehst du? Ganz leicht."

Mein Stöhnen klingt nicht menschlich, als ich versuche, mich zu befreien. Er will nichts davon wissen. Er zerrt mich an ein paar Mülltonnen vorbei tiefer in die Schatten der Gasse und schießt dann in Richtung Himmel hinauf. Die kleinen Regentropfen fühlen sich wie Nadeln an, als sie bei der Geschwindigkeit auf mein Gesicht prasseln. Wir landen auf einem Dach, er fällt über mich her und drückt mich nach unten.

„Wolltest du wissen, ob du es immer noch genießt, wenn ich dir nett den Hintern versohle?"

Ich versuche, mich zu befreien, aber ich komme nicht weg. „Nein. Ich wollte wissen, ob ich es aushalte, wenn du mir so richtig böse den Hintern versohlst. Offensichtlich kann ich sogar einen Sturz aus dem neunzehnten Stockwerk überstehen."

Lou stößt mich nach vorn und ich lande auf Händen und Knien. Bevor ich aufstehen kann, springt er auf meinen Rücken und drückt mich nach unten. „Du", sagt er und zerreißt den Stoff der Hose, um meinen Hintern der feuchten Nachtluft zu entblößen, „... wurdest für diese Aktion noch lange nicht genug bestraft." Er streichelt meine nackte Haut, erst langsam und zärtlich, und klatscht dann so fest mit der Hand darauf, dass ich Sterne sehe. Ich spüre das Brennen bis in meine Kopfhaut kribbeln und heule auf.

„Ich habe mir jeden einzelnen Knochen in meinem Körper gebrochen!", keuche ich. „Wie kann das nicht Strafe genug sein?"

„Du hast mir nicht gehorcht." Er schlägt mich erneut. Ich quietsche und zucke, als ich darum kämpfe, ihn von mir zu stoßen. Aber es ist, als wollte ich einen Felsen bewegen.

„Ich war wütend!", schreie ich. Der dritte Schlag fühlt sich an, als würde er mich ohrfeigen. „*Gott!* Wie stark *bist* du? Das wusste ich nicht!" Mein Arsch pulsiert vor Schmerz und Hitze und die Ausläufer zucken bis in meine Muschi, als würde Lava auf meiner Haut schmelzen.

„Ich", *klatsch*, „bin", *klatsch*, „unbesiegbar." *Klatsch*.

„Ich hasse dich!"

Lou beugt sich vor, findet den Spalt zwischen meinen brennenden Arschbacken und leckt über meinen geschwollenen Eingang, teilt meine Schamlippen mit der Zunge und lässt mich vor Verlangen erzittern. Blitzschnell wechselt er die Position, zieht mich an der Hüfte hoch und dringt mit einem harten Stoß tief in mich ein.

Im Rhythmus des Brummens der Klimaanlagen, des unregelmäßigen Quietschens der Kabel aus dem Aufzugsschacht und der hochaufragenden Wasserzisterne neben uns, verpaaren wir uns. Wild, kratzend, reißend, knurrend. Jeder meiner Sinne ist geschärft. Ich spüre die Stadt, rieche sie und höre sie um uns herum. Die Oberfläche des Daches zerkratzt mir den Rücken, als Lou in einem verzweifelten Tempo in mich hämmert, das mich völlig um den Verstand bringt. Ich ziehe ihn an mich und lecke über seinen Hals. Noch bevor ich darüber nachdenken kann, fahre ich meine Reißzähne aus und beiße zu. Tief. Er erstarrt vor Überraschung und ich ebenfalls. Sein Blut schmeckt wie der Himmel, wie Sünde, wie die Nacht, die Sterne und die Ewigkeit. Ich schlucke und ziehe mich überrascht zurück.

„Oh mein Gott."

Lou begegnet meinem Blick. In seinen Augen schwimmt ein Bedürfnis, das ich noch nie zuvor gesehen habe. „Weißt du“, sagt er langsam, „was es bedeutet, wenn zwei Vampire voneinander trinken?“

Ich schüttle den Kopf und habe schreckliche Angst, etwas Unverzeihliches getan zu haben. Sein Blut zischt durch meine Adern, als hätte es ein jedes meiner Nervenenden versengt.

„Es bedeutet, dass wir uns fürs Leben verpaaren. Wir sind einander gleichgestellt.“

Die Nacht verstummt. Sie hält den Atem für uns an, obwohl wir es beide nicht müssen. Dann drehe ich meinen Kopf zur Seite und präsentiere ihm meinen Hals. Mein Herz trommelt in meiner Brust. Was, wenn er mich nicht auf diese Weise will? Ich biete ihm meine Ewigkeit an. Er hat mir vielleicht nicht das Leben genommen, aber ich bete zu Gott, der hoffentlich zuschaut, dass er mein Unleben will.

Als ich seine Reißzähne sprießen höre, schließe ich die Augen. Er beugt sich vor, riecht an meinem Haar und wandert an der Kante meines Ohrs hinunter. Dann stößt er seine Zähne in meinen Hals und trinkt.

Ich krümme mich, während sich mein ganzer Körper wie unter Strom verkrampft und explodiere mit solch starker Erlösung, dass meine Krallen Rillen ins Dach kratzen. Ich schlinge meine Arme um ihn und genieße das Gefühl, wie er in mir zuckt. Sein Herz schlägt im Gleichklang mit meinem, während er mir die Kehle sauber leckt und dann schwer auf mich fällt.

„Ich liebe dich, Katarina Donovan. Ich werde dir meine Welt zeigen, all die Schönheit und alles, worüber wir je gesprochen haben. Ich werde dich verehren und beschützen, mein Blut, mein Herz und mein ganzes Wesen mit dir teilen.“

„Ich liebe dich auch“, sage ich und schmiege mein Gesicht an seine Brust. „Auch wenn das verrückt klingt, habe ich dich doch schon geliebt, seit ich dich zum ersten Mal gesehen habe.“ Ich bewege meine Hüfte und entlockte ihm ein Keuchen. Er ist immer noch hart. Er wird erst weich, wenn er es will. „Und wage es ja nicht, mich zu sehr zu verehren. Ich will, dass du wirklich schlimme Sachen mit mir machst.“

Lou zieht sich zurück und stößt erneut zu. Mein Körper steht sofort wieder in Flammen.

„Auch das verspreche ich dir.“

EPILOG

*K*_{at} „Du hättest deinen Vater nicht bezirzen müssen."

Lou hält mir die Tür eines kleinen Porsches auf. Ein Wagen, der so viel gekostet hat, wie ich früher in einem Jahr verdient habe, und noch ein kleines Vermögen extra. Ich wusste vorher nicht, dass dieser nomadische Höhlenmann so viel Geld hat. Aber anscheinend muss man ein Dummkopf sein, wenn man ewig lebt und es schafft, arm zu bleiben. Nun dann, in Ordnung. Ich habe keine Einwände gegen ein paar Annehmlichkeiten: Autos, Immobilien auf der ganzen Welt, Reisen und wohltätige Zwecke.

„Er hat zu viele Fragen gestellt", sage ich und lasse mich in den formschönen Ledersitz sinken. „Es war nur ein winziger Stups."

Er springt hinters Lenkrad und lässt den Motor aufheulen. Wir winken beide meiner Mutter und meinem Vater zu, die gebeugt und gealtert auf ihrer kleinen Veranda stehen, bevor wir die geschwungene Schotterstraße hinunterrasen.

„Nein, es war doch alles gut."

„Du hast ihn nicht gehört. Er hat andauernd von meiner Arbeit geredet und da ich seit meiner Verwandlung nicht mehr gearbeitet habe, musste ich nach Strich und Faden lügen. Außerdem hat er sich mit dem Rasiermesser geschnitten. Mein Zahnfleisch brennt immer noch. Und ich schwöre, er hat mich durchschaut, als wir gegessen haben. Es ist nicht so, dass ich nicht essen kann, aber es schmeckt alles wie Sägemehl."

„Ach du armes Ding." Er streichelt mir die Wange und ich strecke ihm die Zunge heraus. „Mein Schatz, das größere Problem und der Grund, warum er misstrauisch wird, ist, dass du nicht alterst. Es sind schon zehn Jahre. Dies ist der Zeitpunkt, an dem Menschen anfangen, Vampire unbewusst wahrzunehmen. Es ist der Zeitpunkt, an dem wir umziehen und woanders neu anfangen."

Ich zucke zusammen, als sich meine Brust verkrampft. „Sie werden älter, Lou. Ich bin ihr einziges Kind. Ich kann nicht einfach meine Sachen packen und verschwinden."

„Kat …"

„Das werde ich nicht tun!"

„Ich weiß. Und ich werde dir helfen. Ich helfe mit den Denkanstößen und werde sie vergessen lassen, was sie zu sehen glauben."

Ich schlinge meine Arme um meinen Mann und ziehe ihn an mich. Der Wagen kommt nicht einmal ins Schlingern. „Wohin jetzt?"

„Ich dachte, du wolltest nach Zimbabwe und die Victoriafälle sehen?"

„Oh ja! Kommen Lucius und Selene mit?"

„Ich glaube nicht, dass Lucius sonderlich darauf steht, mit Freunden zu reisen."

„Ich glaube, ich auch nicht."

Ein Jahrzehnt ist bereits vergangen und ich will Lou

immer noch nur für mich allein haben. Die eine oder andere Nacht im Club Toxic zu verbringen, Spielchen zu spielen, mich Lou zu unterwerfen und eine ahnungslose Frau oder einen ahnungslosen Mann so zu verführen, dass sie heiß und ganz süß werden, um sich einen Hals zu teilen, ist allerdings für ein paar Stunden auch verdammt gut.

Lou schmiegt sich an mich und behält die Straße mit einem Auge im Blick. „Weißt du, dass es in Harare ein Nachtleben gibt?" Seine Stimme ist voll von sündhafter Verheißung und ein Schauer durchfährt mich.

„Wie zum Beispiel …"

„Von außen betrachtet ist alles streng und geregelt, aber du weißt ja, was passiert, wenn Leute zu sehr eingeschränkt werden."

„Sie brauchen ein Ventil."

„Ganz genau." Sein Lächeln ist verrucht und der Gedanke lässt Aufregung durch meinen Körper schießen.

Süßblut. Er hat mich gelehrt, wie man die Kunst perfektioniert, einem Menschen das richtige Maß an Schmerz und Vergnügen zu bereiten und ihnen gerade genug Blut abzuzapfen, um sie nicht zu verletzen.

„Wie werden wir bei den Wasserfällen schlafen? Ist das nicht zu weit in der Wildnis?"

„Es gibt Höhlen, von denen kein Mensch etwas weiß. Tief unter den Wasserfällen. Keine Sonne und nichts, was uns stören könnte."

„Oh. Wann warst du schon mal dort?"

„1682."

Ich staune mit offenem Mund. „Du hast immer noch Geschichten zu erzählen, nicht wahr?"

„Ich habe dreitausend Jahre gelebt, vielleicht sogar noch mehr. Es wird einige Zeit dauern, dir alles zu erzählen."

„Ich will alles wissen!"

„Ich weiß." Er küsst mich auf die Nasenspitze. „Und ich werde dir alles erzählen. Jedes Jahr. Jedes Jahrzehnt. Jede Wendung der Zivilisation. Ich werde dir mein ganzes Leben zeigen, bis ich dich traf."

Wärme durchflutet mein Herz. Es gibt keinen Ort, an dem ich lieber wäre als an seiner Seite.

„Es war vielleicht chaotisch, aber ich bin immer noch so glücklich, dass ich nicht auf dich gehört habe, als du wolltest, dass ich ein Mensch bleibe."

„Ich gebe es nur ungern zu, Liebes. Aber ich habe mich geirrt."

„Das hast du allerdings, du sturer Vampir."

„Widerspenstiges Weibsbild."

„Benehme ich mich schlecht?" Ich lasse meine Reißzähne aufblitzen.

„Sehr."

„Wirst du etwas dagegen tun?"

„Definitiv."

„Besser so."

BONUSSZENE

Lou

„Ein Wettrennen!" Kat stürmt über die Seite der Pyramide. „Du bist ein langsamer, alter Mann", ruft sie, als sie bereits auf halbem Weg nach oben ist.

„Ich gebe dir nur einen kleinen Vorsprung, Liebes", rufe ich zurück, bevor ich mich umsehe. Es ist still und dunkel. Ein paar Lichter in der Ferne und weit und breit kein Mensch in Sicht. Dann renne ich los. Kurz bevor wir die Spitze erreichen, werfe ich meine Arme um ihre Taille und ziehe sie mit mir. Wir stürzen aufs Gestein, wobei ein paar Kiesel aus dem Sandstein herausbrechen.

Kat strampelt und schreit. „Unfair!"

Ich lasse meine Hände an ihrem Brustkorb nach oben gleiten, umschlinge ihre Brüste und kneife in ihre Brustwarzen. Die ägyptische Nacht ist lau und Kat trägt nichts als ein knappes Kleidchen. Sie hat ihre Sandalen zum Laufen weggeworfen, trägt nur selten einen BH, es sei denn, sie will mich necken, und ich habe außerdem gesehen, dass sie auf halbem Weg nach oben ihr Höschen entsorgt hat.

Der Tag war heiß, aber wir haben ihn in einem Grab in

einer der Pyramiden verbracht. Tief in der Erde und weit weg von Touristen, Archäologen und neugierigen Menschen.

Der Tag ist zur Nacht geworden. Wir sind wach und es gibt nur uns und die Sterne … jetzt sind wir an der Reihe zu spielen.

WOLLEN SIE MEHR?

Machen Sie sich für das nächste Buch der Mitternacht Doms
Reihe bereit, **Ihr Vampir Held von Nicolina Martin.**

Alpha's Blut
 Ihr Vampir Master
 Ihr Vampir Prinz
 Ihr Vampir Held

MITTERNACHT DOMS
Alphas Blut
Ihr Vampir Master
Ihr Vampir Prinz
Ihr Vampir Held
Ihr Vampir Schuft
Ihr Vampir Rebell
Ihre Vampir Leidenschaft
Ihre Vampir Versuchung
Ihre Vampir Besessenheit
Ihr Vampir Fürst

LESEN SIE DIE BAD BOY ALPHA SERIE, DIE DEN
MITTERNACHT DOMS VORAUSGEHT

Bad Boy Alphas
Alphas Versuchung
Alphas Gefahr
Alphas Preis
Alphas Herausforderung

Alphas Besessenheit
Alphas Verlangen
Alphas Krieg
Alphas Aufgabe
Alphas Fluch
Alphas Geheimnis
Alphas Beute
(Alphas Blut)
Alphas Sonne

www.ingramcontent.com/pod-product-compliance
Lightning Source LLC
Chambersburg PA
CBHW061608100726
47898CB00002B/569